www.tredition.de

AF204620

K.-D. HIERONYMUS

***

DER FREITAG HAT NOCH FÜNF MINUTEN

Kriminalroman

www.tredition.de

© 2019 K.-D. Hieronymus

Verlag und Druck: tredition GmbH, Hamburg

ISBN
Paperback: 978-3-7482-5226-9
Hardcover: 978-3-7482-5227-6
e-Book: 978-3-7482-5228-3

Personen

G.H. Emanuel Hart: Spitzname Rigidus, intelligent, ausgezeichnete Beobachtungs- und Kombinationsgabe, 1,92 m groß, sportlich, 90 kg Kampfgewicht, abgebrochenes Jurastudium, ist kein Privatdetektiv, aber meistens schneller, als die Polizei erlaubt.

Walther Behrends: Hauptkommissar bei der Mordkommission, 19 Jahre erfolgreich bei der Kripo und ein passionierter Bridgespieler.

Bernd Schubert: Kommissar bei der Mordkommission, mit 1,87 m Körpergröße, 110 kg Lebendgewicht und schrecklich hoher Fistelstimme ist er der engste Mitarbeiter des Hauptkommissars.

Otto Heumacher: Erfolgreicher Bauunternehmer mit dem Charme des ungebildeten Emporkömmlings, wird erpresst, engagiert Hart und wird Opfer eigener Überheblichkeit.

Anna Heumacher: Ehefrau von Otto, verfügt theoretisch über das Firmenvermögen und ist auch sonst eine interessante Frau.

Alfred Simbach: Genialer Elektroingenieur, erst gutgläubig, dann pleite und schließlich verrückt.

Claudia Dohrmann: Abgebrochenes Medizinstudium, ist mit 29 Jahren noch unverheiratet und unsterblich in Hart verliebt.

1. Kapitel

Der schwarze Mercedes, S-Klasse, rollte langsam auf den Parkplatz mit dem Hinweisschild *Geschäftsleitung*. Otto Heumacher öffnete die Wagentür auf der Fahrerseite bis zum Anschlag und wälzte seine 130 Kilogramm Fleisch- und Muskelmasse aus dem Auto. Dass die Tür an dem auf dem Nachbarparkplatz abgestellten Firmenwagen dabei eine empfindliche Beule in das Karosserieblech drückte, nahm er mit einem abfälligen Grunzen zur Kenntnis. Dem Schaden schenkte er weiter keine Beachtung, warf mit kräftigem Schwung die Fahrertür zu und entnahm dem Kofferraum einen flachen, schwarzen Aktenkoffer. Der Mann trug weder Mantel noch Kopfbedeckung, obwohl der nasskalte Novemberwind eisige Hagelkörner vor sich hertrieb. Empfindlich prickelnd trafen sie sein grobschlächtiges und durch viel Alkoholgenuss aufgeschwemmtes Gesicht.

Laut Wetterbericht waren das die letzten Ausläufer des Tiefs „Sieglinde". Es sollte wärmer werden.

Als er die Eingangsstufen zu dem Bürogebäude erreicht hatte, zeigte sein hellblaues Hemd dunkle Wasserflecken an der Brust. Der knallrote Binder, durch den Wind hatte er sich über die Schulter gelegt, war nur halb zugezogen und der oberste Hemdknopf geöffnet. Er fühlte sich eingeengt bei geschlossenem Hemdkragen und ärgerte sich, wenn seine Frau ihn deshalb tadelte. Sein dunkelblauer, einreihiger Anzug zeigte ebenfalls Wasserflecken an der Vorderseite und auf den Schultern.

Die großzügige Windfanganlage öffnete und schloss sich per Bewegungsmelder, so dass er beim Betreten des Gebäudes mit der freien Hand, die nicht aufgetauten Eiskörner aus dem Haar und vom Revers streifen konnte.

Durch seinen massigen Körper mit dem Stiernacken und den prankenartigen Händen wirkte der Mann bullig und brutal. Eher wie ein Berufscatcher, nicht wie ein erfolgreicher Geschäftsmann. Dieser Eindruck täuschte, denn Otto Heumacher entpuppte sich in schwierigen Geschäftsabschlüssen stets als ein außerordentlich geschickter und einfühlsamer Verhandlungspartner, der mit Witz und dem unnachahmlichen Charme eines ungebildeten Emporkömmlings meistens den Erfolg für sich verbuchen konnte.

Rücksichtslos konnte er allerdings sein, wenn es um seinen persönlichen Vorteil ging. Diejenigen, die sich ihm bei seiner steilen Karriere als erfolgreicher Bauunternehmer in den Weg stellen wollten, bereuten dies meistens schnell. Auch gegenüber den Mitarbeitern war er nicht zimperlich, wenn es darum ging, Leistungen einzufordern. Anderseits arbeiteten sie alle gerne für ihren Chef, denn irgendwie war er einer von ihnen geblieben. Er zahlte gute Löhne und Gehälter. Heumacher wusste aus eigener Erfahrung, wie wichtig Motivation und Loyalität der Mitarbeiter für ein leistungsstarkes Unternehmen sind.

Als einfacher Maurer hatte er begonnen, sich hochgearbeitet zum Polier und irgendwann erkannt, dass man mehr Geld verdienen konnte, wenn man andere für sich arbeiten ließ. Die ersten Gerätschaften, die er für seine Selbstständigkeit brauchte, hatte er nach und nach von den Großbaustellen, auf denen er arbeitete, mitgehen lassen. Kontrollsysteme über Gerät und Material auf den Baustellen gab es so gut wie nie. Damals wurde im Baugewerbe noch viel Geld verdient.

Aber Otto Heumacher lebte nach dem Grundsatz: Man soll aus den Fehlern anderer lernen, denn kein Mensch hat so viel Zeit, sie alle selbst zu machen.

In seinem Unternehmen wurden deshalb jede Schubkarre, jeder Mischer, jede Schaufel, überhaupt alles an beweglichen Kleingeräten von einem Zentralmagazin verwaltet. Es wurde dort registriert, gepflegt und ausgeliefert und nach Beendigung der Baumaßnahme wieder eingelagert. Defekte Gerätschaften mussten genauso abgeliefert werden wie die unbeschädigten. Nichts durfte über die Baustellen entsorgt werden. Damit war sichergestellt, dass keiner von den Arbeitern auch nur einen einfachen Besenstiel oder eine Flechterzange mitgehen lassen konnte. Was nicht wieder abgeliefert wurde, zog er rücksichtslos dem Polier von dessen Baustellenprämie ab.

„Guten Morgen, Herr Heumacher."

Den freundlichen Gruß der Dame an dem runden Empfangstresen in der Eingangshalle erwiderte er nicht, sondern knurrte mit befehlsgewohnter Stimme. „Sagen Sie dem Hausmeister er soll die Eingangsstufen eisfrei halten. Ich will nicht, dass sich jemand da noch den Arsch bricht und mir das in Rechnung stellt."

An seine Fäkaliensprache und seine schlechte Laune am Montag hatten sich längst alle gewöhnt. In der Baubranche war dieser Umgangston zwar nicht mehr üblich, aber jeder kannte die Biografie des Chefs, und irgendwie erwartete man nichts anderes.

Ohne stehen zu bleiben oder eine Antwort abzuwarten, verschwand Otto Heumacher in sein Büro. Es war ein schlicht eingerichteter Raum. Ein großer Schreibtisch aus Mahagoniholz, schmale Schränke links und rechts neben der Tür, ein riesiger, ovaler Besprechungstisch, den er hatte extra anfertigen lassen und an dem zwölf Personen bequem auf einfachen Schwingsesseln Platz nehmen konnten. An den Wänden gab es keine Bilder, aber viele Metallschienen, an denen mit Magneten Zeichnungen aufgehängt wurden.

Otto Heumacher stellte den flachen Lederkoffer auf den Besprechungstisch und ließ sich ächzend hinter seinem Schreibtisch auf den bequemen Chefsessel nieder.

Die riesige Papierunterlage auf seinem Schreibtisch war vollgekritzelt mit Zahlen, Notizen und mit überwiegend treppenartig gezeichneten Rechtecken, die er fein säuberlich mit roten und blauen Strichen ausgemalt hatte. Eine Fundgrube für jeden Psychologen.

Zwei Unterschriftenmappen verdeckten das Meiste davon. Die eine Mappe war für die ausgehende Post bestimmt, in der anderen lagen Überweisungen, die er unterschreiben musste. Er zog die Postmappe näher zu sich heran und begann mit dem Lesen der Schriftstücke. Bevor er den letzten Brief unterzeichnete, trat nach kurzem Klopfzeichen seine Sekretärin mit der am Wochenende eingegangenen Post ein.

„Guten Morgen, Herr Heumacher. Die Post." Sie legte ihm den Stapel ungeöffneter Briefe auf den Schreibtisch. Er behielt es sich vor, sämtliche Briefposteingänge selbst zu öffnen.

„Denken Sie bitte daran, dass Sie um 11.30 Uhr einen Termin bei der Deutschen Bank haben. Möchten Sie jetzt eine Tasse Kaffee?"

„Nein. Aber Sie können mir einen schwarzen Tee mit einem Schuss Rum bringen."

Es war nichts Ungewöhnliches, dass er am frühen Morgen Alkohol trank. Bei seiner Körpermasse zeigten diese geringen Mengen auch keinerlei Wirkung.

Er stand auf, zog sein Jackett aus und hielt es seiner Sekretärin hin. „Hängen Sie das zum Trocknen auf. – Ich möchte nur wissen, wann dieses Scheißwetter endlich aufhört. Haben schon Baustellen Schlechtwetter gemeldet?" Er setzte sich wieder und sah seine Sekretärin fragend an.

„Bis auf den Bauleiter der neuen Ganztagsschule hat bisher keiner angerufen. Auf den anderen Baustellen scheint es zurzeit noch trocken zu sein." Sie ging mit dem Jackett ihres Chefs zu dem kleinen Garderobenschrank gleich neben der Tür und hängte das Kleidungsstück auf einen Bügel. „Wollen Sie jetzt diktieren, Herr Heumacher, oder soll ich mich um Ihren Tee kümmern?"

„Bringen Sie mir den Tee. Ich sehe erst die Post durch." Damit wandte er sich dem Stapel Briefpost zu.

Mit seinem Taschenmesser begann er die Briefe auf-zuschlitzen. Den edlen Brieföffner mit dem Elfenbein-griff, ein Geschenk seiner Mitarbeiter, benutzte er nicht. Brieföffner waren ihm verhasst, weil sie stumpf waren und er damit den Umschlag meistens nur so aufbekam, dass auch der Inhalt aufgeschlitzt oder ein-gerissen wurde.

Als er einen Brief ohne Absender und mit dem Ver-merk *persönlich, vertraulich* öffnete traute er seinen Augen nicht. Er hielt das Schreiben gegen das Licht und wusste selber nicht warum. Vielleicht hoffte er ir-gendetwas an dem Papier oder an dem Wasserzeichen im Papier zu entdecken, das einen Rückschluss auf den Absender zuließ. Dann las er noch einmal ganz langsam den Inhalt des Schreibens, das ohne Datum und ohne Unterschrift kursiv in Times New Roman mit einem Computer geschrieben war.

Ich fordere von Ihnen Diamanten im Wert von € 226.000, -. Die Übergabe erfolgt am Dienstag, d. 16. November. Genaue Angaben folgen in Kürze. Beschaffen Sie sich bis dahin die Diamanten und benachrichtigen Sie nicht die Polizei. Zum Beweis, dass dies kein Scherz ist, wird es auf einer Baustelle heute eine entsprechende Demonstration geben.

Otto Heumacher seufzte tief, als er sich zurücklehnte und mit geschlossenen Augen, die Prankenhände über seinem massigen Bauch gefaltet, darüber nachdachte, wer wohl dieser Idiot war, der glaubte ihn erpressen zu können. Der Kerl musste völlig verrückt sein. Diamanten im Wert von 226.000,

- Euro! Und warum so eine krumme Summe? Er öffnete die Augen und drehte den Kopf in Richtung Wandkalender. Heute war Montag, der 8. November. Der 16. November war schon der nächste Dienstag.

Er nahm den Briefumschlag und musterte ihn nochmals von allen Seiten. Nichts Besonderes erkennbar. Ein schlichter, weißer, nicht gefütterter Briefumschlag. Er musste in den Hausbriefkasten geworfen worden sein, denn eine Briefmarke gab es nicht. Die Anschrift lautete: *Herrn Otto Heumacher* und darunter *persönlich, vertraulich.*

Abrupt wurde er aus seinen Gedanken gerissen, als seine Sekretärin ohne anzuklopfen ins Zimmer stürmte. „Auf der Baustelle Postweg ist eben eine Materialbude in die Luft geflogen, Herr Heumacher! Der Polier ruft gerade an und fragt, ob Sie rauskommen können." Sie rang vor Aufregung nach Luft, als ob sie gerade einen Hundertmetersprint hinter sich hätte.

„Verbinden Sie mich mit Hansen."

Trotz der Größe des Unternehmens kannte Heumacher jeden der Bauleiter und Poliere und wusste genau, auf welchen Baustellen sie eingesetzt waren.

Die Sekretärin hetzte zu ihrem Telefon im Vorzimmer und stellte die Verbindung her.

„Was ist los, Hansen?", brüllte Heumacher ins Telefon.

„In einer Zementbude ist ein alter Feuerlöscher in die Luft geflogen. Hat 'n mächtigen Knall gegeben, Chef. Das Dach hat richtig abgehoben und die Tür ist rausgeflogen."

„Wurde jemand verletzt?"

„Nein. War gerade Frühstück."

„Was hat denn der Feuerlöscher in der Zementbude zu suchen?"

„Weiß ich auch nicht. Keiner hier weiß, wie das Ding da reingekommen ist. Ich werde es aber noch rauskriegen. Zum Glück ist nichts in Brand geraten."

„Halten Sie Neugierige von der Baustelle und möglichst auch die Polizei, falls die von einem der Nachbarn angerufen wurde. Ich bin in zehn Minuten da." Er legte den Hörer auf und rief laut nach seiner Sekretärin. „Frau Richter!"

„Ja?"

„Ich fahre in den Postweg. Sagen Sie den Termin bei der Deutschen Bank ab. Den Rest der Unterschriften erledige ich heute Nachmittag." Sorgfältig steckte er den Erpresserbrief wieder zurück in den Umschlag und verstaute ihn in seiner Gesäßtasche.

***

Er hatte schon gehofft, die ganze Geschichte hätte sich erledigt, weil nach Eingang des Erpresserschreibens eine Woche vergangen war, ohne dass die angekündigten Anweisungen eingetroffen wären. Aber nun, einen Tag vor dem Übergabetermin, hielt er eine kleine Blechdose in der Hand, die vor wenigen Minuten durch einen Boten beim Empfang abgegeben worden war. Wieder stand auf dem Umschlag: *Herrn Otto Heumacher, persönlich, vertraulich.*

Die zum Glück harmlos abgelaufene Explosion auf der Baustelle im Postweg hatte ihm gezeigt, dass er es mit einem ernst zu nehmenden Gegner zu tun hatte.

Ihm war klar, dass der Erpresser dahintersteckte. Das Ganze hätte auch schlimmer ausgehen können. Der Zeitpunkt war geschickt gewählt worden. Alle Arbeiter machten weit ab von der Zementbude in den Mannschaftscontainern Frühstückspause. Das Risiko, dass Personen verletzt werden würden, war also gering.

Eindeutig eine Warnung. Und wenn der Täter beweisen wollte, wie kontrolliert er vorzugehen vermochte, dann war das mit dieser Demonstration eindrucksvoll gelungen. Nie wäre er auf den Gedanken gekommen, eine Frau könnte sich mit ihm anlegen und ihn erpressen.

Tagelang hatte er gegrübelt, wer dahinterstecken könnte. Auch über die Möglichkeit, dass es sich um mehrere Täter, um eine Erpresserbande handeln könnte, hatte nachgedacht. Instinktiv erfasste er, dass es irgendwie mit seinen Geschäften, jedenfalls mit der Firma zusammenhing. Privates schloss er aus. Ein Mann wie er hatte kaum private Freunde oder Feinde. Nur Geschäftspartner oder Zweckfreundschaften, Personen an den Schaltstellen in der Politik beziehungsweise bei den Behörden, denen er großzügig nicht nur zu Weihnachten etwas zukommen ließ. Natürlich schloss er gedanklich auch verschiedene Mitbewerber in der Baubranche nicht aus. Aber das war schon ziemlich unwahrscheinlich.

Und die Deponiemafia? Wohl kaum, die würden nicht mit so einer geringen Geldsumme Erpressungsversuche unternehmen. Und warum sollten die Diamanten anstelle von Bargeld fordern? Nein, die würden ihn eiskalt in die Insolvenz treiben, falls er wirklich durch den Zuschlag in Stockholm in deren Focus geraten war. Oder ihn umbringen. – Aber er würde sich schon mit denen arrangieren, um es nicht soweit kommen zu lassen. – Es musste, verdammt noch mal, jemand sein, der ihn und den Betrieb genau kannte.

Ein Handfeuerlöscher, der nicht zum Inventar der Baustelle gehörte, musste präpariert und von jemand Fremden in der Zementbude versteckt worden sein. Soviel war klar. Denn überall hatten Teile des zerborstenen Feuerlöschers herumgelegen. Wie das Ding zur Explosion gebracht worden war, blieb unklar, denn polizeiliche Ermittlungen, die dies geklärt hätten, wollte er nicht. Die hätten mit ihren kriminaltechnischen Untersuchungen stundenlang die Bauarbeiten behindert. Außerdem hätten sie Fragen gestellt. Otto Heumacher war jemand, der seine Angelegenheiten lieber selber in die Hand nahm und in Ordnung brachte.

Er las zum wiederholten Mal das zweite Erpresserschreiben.

Die Diamantenübergabe erfolgt morgen, am Di., d. 16. November, im Bürgerpark. Stecken Sie die Diamanten in den Behälter und legen diesen genau um 23.00 Uhr im Bürgerpark auf den Weg vor dem Gerdes-Pavillon. Ihr Auto parken Sie an der Parkallee und gehen danach dorthin zurück. Sollten Sie diese Anweisungen nicht ganz genau befolgen, wird in einer Ihrer Wohnanlagen um 00.00 Uhr eine Bombe gezündet.

Er hielt es für unmöglich seine drei Wohnanlagen mit jeweils 115 Wohnungen vor einem Attentat zu bewahren. Wie sollte das gehen? 345 Wohnungen beziehungsweise über 1000 Menschen müssten kontrolliert und bewacht werden. Und wie lange? Wer sagte denn, dass nach Ablauf der Frist nicht eine neue gesetzt werden würde? Außerdem hatte er registriert, dass vor der Zeitangabe 00.00 Uhr kein Datum angegeben war. War das nicht sogar ein Hinweis darauf, dass der Erpresser damit rechnete, beim ersten Übergabetermin nicht erfolgreich zu sein? Ohne Gesichtsverlust könnte er die nächste Drohung dann mit Datumsangabe wiederholen.

Logisch für ihn war, dass der Erpresser nur ein Ziel hatte: Geld beziehungsweise die Diamanten. Das mit den Diamenten fand er schon schlau. Der Weg der Diamanten würde von den Ermittlungsbehörden nur schwer oder überhaupt nicht verfolgt werden können. Bei Lösegeld sah das anders aus. Der Erpresser musste davon ausgehen, dass die Nummern der Geldscheine der Polizei bekannt waren.

Nein, er würde das Problem auf seine Art lösen. Und er wusste auch schon, wie. Erst einmal würde er zum Schein auf die Erpressung eingehen und Glasperlen anstelle der Diamanten in den Behälter tun. Vielleicht gelang es ihm bei der Übergabe, den Erpresser zu Gesicht zu bekommen. Möglich sogar, dass es ein Bekannter war. Ganz sicher aber würde der Kerl wieder mit ihm Kontakt aufnehmen, wenn er den Schwindel gemerkt hatte. Dann bekam er eine zweite Chance. Und dann würde ihm schon etwas einfallen, wie er sich den Burschen schnappen konnte.

Damit war für Otto Heumacher erst einmal die Welt wieder in Ordnung. Allerdings überlegte er noch, ob er nicht einen Personenschutz anheuern sollte. Immerhin könnte der Erpresser sich nach der ersten

Enttäuschung auch direkt an ihm rächen wollen.

Er griff zum Telefon und wählte die Nummer seines Architekten.

„Büro Trautmann!?"

„Heumacher hier. Geben Sie mir Trautmann."

„Herr Trautmann ist nicht im Büro, Herr Heumacher. Vielleicht erreichen Sie ihn zu Hause."

Er legte grußlos den Hörer auf. Derartige Telefonate hielt er immer kurz und knapp.

Die Privatnummer von Viktor Trautmann wusste er auswendig.

„Trautmann!?"

„Heumacher. Viktor, du hast doch so einen Freund, der dich mal aus der Scheiße geholt hat. Hast du noch Kontakt zu ihm?"

„Du meinst meinen Freund Rigidus Hart. Ja, der wohnt sogar noch bei mir. Was ist mit ihm?" Viktor Trautmann kannte seinen besten Kunden sehr gut und verkniff sich eine Bemerkung über dessen Ausdrucksweise.

„Ich brauch ihn mal vorübergehend. Hätte er Zeit?"

„Das musst du ihn schon selber fragen, Otto. Ich weiß es nicht. Soll ich mal nachsehen, wo er steckt?"

„Dauert jetzt zu lange. Sag ihm, er soll mich heute Abend zu Hause anrufen. Bis dann."

Otto Heumacher hatte sich gerade wieder den Angebotsunterlagen für die Großdeponie in Schweden zugewandt, als das Telefon klingelte. Seine Sekretärin meldete das Gespräch einer Firma an, die Alarm- und Sicherheitsanlagen überprüft.

„Heumacher. Worum geht's? Ich habe wenig Zeit", meldete er sich schroff.

„Mein Name ist Hauser. Firma *Home-Securitas*. Wir

sind neu am Markt, Herr Heumacher, und bieten eine Überprüfung sämtlicher Sicherheitseinrichtungen wie z.B. Alarmanlagen und Bewegungsmelder von Außenbeleuchtungen usw. zu einem besonders günstigen Einführungspreis an. Egal wie umfangreich die Einrichtungen sind, rechnen wir unsere Leistungen mit einer Pauschale von 120,- Euro je Anwesen ab. Das ist ausgesprochen günstig, wenn Sie bedenken, dass ein Monteur mindestens zwei bis zweieinhalb Stunden ohne Anfahrt mit der Überprüfung und dem Ausstellen eines Testats zu tun hat."

Heumacher lehnte sich zurück und dachte scharf nach. Das Angebot kam nicht ungelegen. Eine Überprüfung der Sicherheitseinrichtungen seines Wohnhauses in dieser Situation, wo er sich mit einem Erpresser anlegen würde, schien zweckmäßig und angebracht.

„Wie kommen Sie gerade auf mich?" fragte er misstrauisch.

„Sie gehören in dieser Stadt zu den bekannten Persönlichkeiten, Herr Heumacher. Wie ich schon sagte, wir sind verhältnismäßig neu am Markt und möchten gern möglichst kurzfristig entsprechende Referenzen vorzeigen können. Unser Firmensitz ist in Hamburg; rufen Sie doch einfach zurück."

„Das werde ich auch. Bis wann könnten Sie die Arbeiten durchführen?"

Heute war Montag und morgen sollte die Diamantenübergabe stattfinden.

„Bis wann brauchen Sie denn die Überprüfung, Herr Heumacher?"

„Morgen. Bis morgen Mittag."

„Oh, das wird knapp, Herr Heumacher. Ginge es nicht auch am Donnerstag?"

„Nein. Bis morgen Mittag oder gar nicht. Sie wollen doch einen Auftrag. Also tun Sie was dafür und setzen Sie den Arsch Ihres Monteurs in Bewegung."

„Okay. Ich werde es einrichten. Bestätigen Sie mir den Auftrag noch schriftlich?"

„Ja. Geben Sie meiner Sekretärin Ihre Telefon- und Faxnummer, dann haben Sie ihn in zehn Minuten. Wie heißt der Monteur, den Sie schicken werden?"

„Ich werde selber kommen, weil kein Monteur so kurzfristig frei ist. Mein Name ist Hauser. Unser Faxgerät wird gerade erneuert, Schicken Sie den Auftrag per Post. Ich komme trotzdem schon morgen" Die heisere, deshalb kaum zu verstehende Stimme machte eine kurze Pause. „Vielen Dank für den Auftrag."

Otto Heumacher stellte ohne weiteren Kommentar die Verbindung zurück zu Frau Richter und beauftragte sie die Firma in Hamburg vor Auftragserteilung anzurufen und die Adresse zu notieren. Er schrieb den Namen Hauser auf die Schreibtischunterlage und malte ein Kästchen darum. Er durfte nicht vergessen, seiner Frau Bescheid zu geben.

***

Anna Heumacher hörte die Haustürklingel nicht, weil das Radio sehr laut eingestellt war und ihre ganze Konzentration dem rechten Fuß galt, zwischen dessen Zehen sie kleine Wattebäuschchen geklemmt hatte und gerade anfing, die Fußnägel mit einem knallroten

Nagellack zu überziehen.

Sie saß im Badezimmer auf einem flauschig überzogenen Hocker und hatte den rechten Fuß gegen die Badewanne abgestützt. Der Linke stand zum Trocknen des Nagellacks auf einem weißen Frottiertuch. Sie ging zwar regelmäßig zur Maniküre, aber die Pflege ihrer Füße übernahm sie gern allein. Obwohl es jetzt zum Winter hin eigentlich egal war, ob die Fußnägel lackiert waren.

Anna Heumacher war das, was man eine attraktive Frau nannte. Ihre makellose Figur wurde nur unvollständig von dem seidenen Morgenrock, der jetzt, durch die nach vorn geneigte Haltung, weit auseinander fiel, umhüllt. Sie war so attraktiv, dass viele ihrer Bekannten für die nun schon 18 Jahre andauernde Ehe mit dem ungehobelten Klotz Otto Heumacher nur eine Erklärung hatten: Sucht nach Luxus.

Er schien sie wirklich zu lieben, ja ihr geradezu verfallen zu sein, während über sie einige Gerüchte in Umlauf waren, die einer Lady Chatterley zur Ehre gereicht hätten. Niemand wusste Genaues, aber jeder verbreitete diese Gerüchte, stets angereichert mit der eigenen Fantasie.

Das Klingeln des schnurlosen Telefons war nicht zu überhören. Das Handy lag direkt neben ihr auf dem Teppichboden des Badezimmers.

„Anna Heumacher?", meldete sie sich mit wohlklingender Altstimme.

„Hier spricht Hauser von der *Home-Securitas*. Frau Heumacher, Ihr Mann hat mich mit der Überprüfung der Sicherheitseinrichtungen Ihres Hauses beauftragt. Ich stehe hier vor der Haustür. Anscheinend haben Sie das Klingeln nicht gehört. Würden Sie mich bitte hineinlassen?"

Anna Heumacher erinnerte sich, dass ihr Mann gestern davon gesprochen hatte, ein Monteur Hauser würde am Dienstagvormittag die Alarmanlage und die über Bewegungsmelder gesteuerte Außenbeleuchtung überprüfen.

„Warten Sie einen Augenblick."

Sie verschloss die Flasche Nagellack, raffte den Morgenrock nachlässig vorn zusammen und ging barfuß, immer darauf bedacht, die Wattebäusche zwischen den Zehen nicht zu verlieren, zur Haustür.

Der Mann in dem verwaschenen, dunkelblauen Monteuranzug hielt seine abgegriffene speckige Mütze mit beiden Händen fest, als fürchtete er, sie könnte ihm im nächsten Augenblick von jemanden entrissen werden, und schaute verlegen zu Boden. Einen großen metallenen Koffer hatte er neben sich gestellt.

„Kommen Sie rein und putzen Sie bitte vorher Ihre Schuhe sauber. Ins Bad müssen Sie doch hoffentlich nicht, oder?"

Der Monteur schüttelte verlegen den Kopf, ohne sie anzusehen. Sie mochte solche Typen nicht und zog instinktiv den Morgenrock über ihren üppigen Brüsten fester zusammen. Dann trat sie einen Schritt zurück und ließ den Mann, der den großen Metallkoffer aufgenommen hatte, eintreten. „Ich hoffe, Sie finden sich allein zurecht. Der Kasten mit den Sicherungen und die Alarmanlage befinden sich dort hinter der Tür neben dem Hausarbeitsraum."

Sie wies auf eine der kostbar verzierten und mit teuer aussehenden Messingbeschlägen versehenen Türen in der großen Diele und ging zurück ins Bad.

Als sie ihre Morgentoilette beendet hatte und in einem beigefarbenen Hosenanzug die Diele betrat, kniete der Mann im Hausarbeitsraum und fummelte an irgendwelchen Kabeln herum. Die Haustür war nur angelehnt, weil er anscheinend draußen und drinnen zu tun hatte.

„Kommen Sie klar?", fragte sie höflich.

„Ja", war die wortkarge Antwort.

„Wie lange brauchen Sie denn noch?"

„Bin gleich fertig."

Sie kümmerte sich nicht weiter um den Mann und begab sich in die Küche, um ihr Frühstück vorzubereiten. Einen Augenblick lang war sie sich unschlüssig, ob sie dem Monteur nicht einen Kaffee anbieten müsste. Otto achtete immer sehr darauf, Handwerker nach so etwas zu fragen. Aber sie hatte nicht die geringste Lust, diesen einsilbigen Arbeiter zu bedienen, der ja auch gleich fertig sein würde.

Ein Glas Grapefruit, eine Tasse Tee, ein Toast mit Kirschmarmelade und eine Scheibe Schwarzbrot ohne Butter, mit Käse belegt, waren ihr tägliches Frühstück. Das Geheimnis ihrer guten Figur lag aber nicht nur an dem kargen Frühstück und dem Weglassen des Mittagessens. Sie ging regelmäßig schwimmen, joggte und spielte Tennis und Golf. Ihr Mann frühstückte morgens allein. Er war Frühaufsteher und von klein auf deftige Mahlzeiten zu allen Tageszeiten gewöhnt. Zu seinem Frühstück gehörten zwei gekochte Eier und vier Scheiben Schwarzbrot, die er fingerdick mit Leberwurst, Schinken oder Käse belegte. Für Sport begeisterte er sich nur am Fernseher. Die sportlichen Aktivitäten seiner Frau gefielen ihm allerdings. Sie nahmen ihm die Last, sich um ihre Unterhaltung sorgen zu müssen, und weil er morgens in Ruhe die Zeitung lesen wollte, zeigte er auch Verständnis dafür, dass sie länger schlief und er die Frühstückseier selbst kochen musste, alles andere stand vorbereitet auf dem Tisch.

„Ich bin fertig, Frau Heumacher." Der Monteur mit der seltsam heiseren Stimme stand in der Diele, hatte die Mütze tief ins Gesicht gezogen und den großen Metallkoffer in der Hand.

„Ist alles soweit in Ordnung. Den Prüfbericht schicke ich Ihrem Mann zu. Auf Wiedersehen."

Durch die offenstehende Küchentür sah sie, wie der Mann, ohne eine Antwort abzuwarten, das Haus verließ. Komischer Kauz, dachte sie und widmete sich wieder der Anzeige des Park Hotels, in der eine Vitamin-C-Gesichtsbehandlung, 120 Minuten lang, für nur 78 Euro angeboten wurde.

***

In sieben Stunden sollte die Übergabe der Diamanten sein. Otto Heumacher saß an seinem Schreibtisch und hatte die kleine Blechdose, die wie eine Tabaksdose aussah, geöffnet vor sich. Früher hatten Bauarbeiter solche Dosen in der Tasche, als noch viel Pfeife geraucht wurde. Sie war rund und der Deckel sprang auf, wenn man sie seitlich anfasste und etwas zusammendrückte.

Die Glasperlen hatte er in einem Kaufhaus erstanden. Noch nie hatte er sich Gedanken über Glasperlen gemacht und war erstaunt, in welcher Auswahl an Größe, Form und Farbe so etwas angeboten wurde. Er hatte sich für eine bunte

Mischung entschieden. Damit wollte er den Erpresser wütend machen. Wer wütend war, beging vielleicht eher Fehler.

Sorgfältig schüttete er die etwa erbsengroßen Perlen aus der Tüte in die Blechdose. Er machte den Deckel drauf, lehnte sich in seinem bequemen Chefsessel zurück und schloss die Augen. Die innere Anspannung, die ihn bereits seit dem Mittag befallen hatte, wollte nicht weichen. Im Gegenteil, je näher der Übergabetermin kam, desto unruhiger wurde er.
Es machte ihm nichts aus, sich mit allen möglichen Menschen anzulegen. Aber ein unbekannter Gegner setzte ihm doch irgendwie zu.

Wieder las er die beiden Erpresserschreiben.

Dann leerte er wütend den Doseninhalt auf seine Schreibtischunterlage und riss einen Zettel aus dem Notizblock.

In seiner etwas ungelenken Handschrift schrieb er:
Wenn du Arschloch denkst, mich erpressen zu können, musst du früher aufstehen.

Er faltete den Zettel zusammen und drückte ihn zuunterst in die Tabaksdose. Dann sammelte er die Glasperlen wieder ein und legte sie darauf. Sorgfältig verschloss er die Dose mit dem Deckel und verstaute sie in seiner Hosentasche. Die beiden Erpresserbriefe steckte er achtlos in die rechte Gesäßtasche, bevor er zufrieden das Büro verließ.

***

„Hast du heute Abend noch was vor?" Anna Heumacher saß mit angezogenen Beinen auf dem lindgrünen Ledersofa und schob die Schale mit gesalzenen Erdnüssen näher zu ihrem Mann, während sie ihn fragend ansah. Sie selber verzichtete diszipliniert auf jegliche Art von Nüssen, Salzgebäck oder Süßigkeiten und gönnte sich abends beim Fernsehen lediglich ab und an ein Glas Rotwein.

Heute wurde sie von heftigen Kopfschmerzen geplagt, hatte sie ihm gerade mit gequältem Gesichtsausdruck erzählt. Am Nachmittag hatte es ganz plötzlich damit angefangen, und trotz eingenommener Tablette hielten die Schmerzen unvermindert an. Ihr Mann nahm es gelassen, dass kein Abendbrot für ihn vorbereitet war. Er war in dieser Hinsicht pflegeleicht und versorgte sich in solchen Fällen allein, ohne ihr Vorhaltungen zu machen.

„Ja, aber erst später. Du wirst schon schlafen, wenn ich wiederkomme. Was machen deine Kopfschmerzen?"

„Immer noch nicht besser. Ich werde gleich nach den Nachrichten zu Bett gehen."

Es waren die 20-Uhr-Nachrichten, die sich beide im Fernsehen anschauten. Er saß hemdsärmelig in seinem ledernen Relaxsessel, der sich farblich durch ein dunkleres Grün von den anderen Sitzmöbeln unterschied, und hatte gegen seine sonstige Gewohnheit Schuhe und Krawatte nicht abgelegt.

Seine Augen verfolgten zwar die Geschehnisse auf dem Bildschirm, aber den Inhalt der Nachrichten nahm er nicht richtig wahr, weil seine Gedanken um die Übergabe der falschen Diamanten kreisten. Um

23.00 Uhr sollte es soweit sein. Vielleicht wäre es ganz gut, doch schon früher dort sein und sich zu verstecken, um den Erpresser bei möglichen Vorbereitungen zu beobachten, ging es ihm durch den Kopf.

Er wusste genau wo der Gerdes-Pavillon im Bürgerpark war. Ganz in der Nähe der alten Meierei. Bis zur Meierei konnte man mit dem Auto fahren. Von dort aus war es fußläufig nicht weit bis zum Pavillon, der etwas abseits vom Hauptweg, durch Buschwerk und Bäume zum Parkplatz abgeschirmt, am Rande der Meierei-Weide stand. Man konnte vom Pavillon in alle Richtungen schnell flüchten – zu Fuß oder mit dem Fahrrad. Wenn der Erpresser ein Fahrrad benutzen würde, hätte Heumacher keine Chance ihn zu stellen. Es gab zu viele Möglichkeiten unerkannt zu entkommen. Der Übergabeort war geschickt gewählt.

Als der Wetterbericht, der einen ungewöhnlichen Temperaturanstieg für die nächsten Tage angekündigt hatte, beendet war, fasste er einen Entschluss und trank mit einem glucksenden Geräusch die Bierflasche leer. Ohne den missbilligenden Blick seiner Frau zu beachten, stemmte er seine 130 kg aus dem Sessel und marschierte in die Diele. Er vergewisserte sich, dass die Tabaksdose, die er zum Abendbrot aus der Hosentasche genommen hatte, noch in der Seitentasche seiner Jacke steckte, und nahm von der Garderobe die kleine Taschenlampe an sich, die dort als Notbeleuchtung immer griffbereit stand.

„Ich fahr jetzt schon. Gute Besserung!", rief er seiner Frau ins Wohnzimmer zu und verließ das Haus.

Der kalte Wind war immer noch kräftig und unangenehm, als Otto Heumacher auf dem Parkplatz vor der alten Meierei aus dem Auto stieg. Ab und zu wurde die Wolkendecke aufgerissen, und der Bürgerpark erschien im hellen Vollmondlicht.

Das Erste, was ihm auffiel, war, dass in der Meierei kein Licht brannte. Auch der Parkplatz war leer. Nicht ein einziges abgestelltes Auto war zu sehen. Die Wohnung über dem Restaurant war ebenfalls dunkel.

Otto Heumacher marschierte zur Eingangstür des Lokals und versuchte, die Öffnungszeiten auszumachen. Er nahm die Taschenlampe zur Hilfe und las, dass am heutigen Dienstag Ruhetag war. Ratlos ging er zum Wagen und setzte sich wieder ins geschützte Innere.

So dumm würde der Erpresser nicht sein, dass er im hellen Mondlicht anspaziert kam, und irgendwelche Vorbereitungen traf, um nachher unerkannt an die Diamanten zu kommen.

Jetzt ärgerte Heumacher sich doch, dass er so früh hierher gefahren war. Ein Blick auf seine Armbanduhr zeigte, dass noch gut zwei Stunden Zeit bis zur Übergabe waren.

Er entschloss sich, sein Auto hier stehen zu lassen und zu Fuß in Richtung Park Hotel zu gehen. Vielleicht gab es irgendetwas Auffälliges unterwegs. Als er aus dem Kofferraum seine Parka-ähnliche Baustellenjacke herausnahm, überlegte er einen Moment, ob er sich mit dem großen, handfesten Brecheisen – einem Kuhfuß, den er immer im Auto mitführte, bewaffnen sollte. Er ließ den Gedanken wieder fallen und verließ sich ganz auf seine Körperkräfte.

Den Weg vor dem Gerdes-Pavillon und das kleine,

laubenartige Gebäude nahm er besonders in Augenschein. Nichts Verdächtiges, nichts Auffälliges. Der Mond kam immer häufiger zum Vorschein und leuchtete die Gegend so weit aus, dass er die kleine Taschenlampe in der Jackentasche stecken lassen konnte.

Weit und breit war keine Menschenseele zu sehen. Der Weg führte jetzt nahe an der Meierei-Weide entlang. Friedlich sah alles aus, und die zwei schwarz-bunten Rinder käuten ihren Mageninhalt liegend wider, ohne den nächtlichen Besucher zu beachten. Am anderen Rand der großen Weide, etwa zweihundert bis dreihundert Meter weg, konnte er das schwach beleuchtete Tiergehege sehen.

Kurz vor dem Hermann-Löns-Stein stürmten plötzlich zwei Hunde aus dem Unterholz. Es waren große Hunde. Die Rasse konnte er in dem dämmrigen Licht nicht so schnell erkennen, aber wahrscheinlich waren es Schäferhunde, die an ihm vorbeifegten in Richtung Wassergraben. Vielleicht jagten sie ein Kaninchen.

Otto Heumacher blieb stehen und schaute sich suchend um. Vom Hundebesitzer keine Spur. Dann ertönte ein scharfer, sehr hoher Pfiff, ganz aus der Nähe, aus einer Hundepfeife, und wie an einer unsichtbaren Leine gezogen, ließen die Hunde von ihrer Verfolgung ab und stürmten unmittelbar an ihm vorbei zurück. Interessiert folgte er dem Weg zur Parkallee ein Stück, von wo der Pfiff, der sehr nahe geklungen hatte, gekommen sein musste. Aber Hunde und Besitzer schienen sich in Luft aufgelöst zu haben, denn es war von dem ganzen Spuk nichts mehr zu hören oder zu sehen.

Etwas nervös versuchte er, die Uhrzeit auf dem Leuchtzifferblatt seiner Armbanduhr zu erkennen. Erst eine halbe Stunde war vergangen, seit er losgegangen war. Unschlüssig blieb er stehen und überlegte, ob er seinen Weg zum Park Hotel fortsetzen oder umkehren sollte. Er entschloss sich umzukehren, den Wagen in die Parkallee zu bringen und später langsam wieder zur Meierei beziehungsweise zum Gerdes-Pavillon zu marschieren.

Der Wind hatte jetzt dunkle Wolkentürme vor den Vollmond geschoben, sodass er schon genau hinschauen musste, wohin er trat.

Wie aus dem Nichts stand plötzlich ein Mann mit zwei Schäferhunden an kurzer Leine vor ihm. Heumacher hatte ihn nicht kommen sehen und nicht kommen hören, weil er sich auf den Weg konzentrieren musste. Die Hunde gaben ein leises Knurren von sich. Von dem Gesicht des Mannes konnte er so gut wie nichts erkennen, weil der seine Baseballmütze ganz tief heruntergezogen und um den hochgestellten Mantelkragen ein Schal geschlungen hatte.

Weder der Mann mit den Hunden noch Otto Heumacher gaben den Weg für den anderen frei. Sie standen sich lauernd gegenüber. In solchen Situationen kannte der frühere Bauarbeiter Heumacher immer nur einen Weg – den nach vorne.

Er machte einen Schritt auf den Mann zu, ohne sich von dem Knurren der Hunde beeindrucken zu lassen.

„Das waren doch eben Ihre Köter, die hier gewildert haben!", schnauzte er den Mann an.

Der Fremde zog die Hundeleinen kurz an, wandte sich ohne zu antworten seitlich um und verschwand eilig im Wald.

Otto Heumacher spürte so etwas wie Triumph und ging weiter. Nach einigen Schritten stoppte er plötzlich. Er drehte auf dem Absatz um und lief die wenigen Meter zurück. Ein schlimmer Verdacht stieg in ihm auf. War das vielleicht gerade der Erpresser gewesen? Warum hatte der Kerl nichts gesagt? Hatte er Angst, sich durch seine Stimme zu verraten? Sollten die Hunde vielleicht nur seine Witterung aufnehmen und wenn er die Blechdose abgelegt hatte, ihn durch den Park hetzen? Ja, so könnte es sein, überlegte Heumacher. Der Erpresser würde in aller Ruhe die vermeintlichen Diamanten aus der Tabaksdose nehmen, während er vor den Schäferhunden flüchten musste. Die Viecher parierten auf Pfiff, wie er sich gerade hatte überzeugen können.

Otto Heumacher lief an der Stelle in den Wald, an der der Unbekannte mit seinen Hunden verschwunden war. Nichts mehr zu sehen. Kein Laut zu hören. Er sackte in einem halbausgetrockneten Graben bis zu den Knöcheln in Wasser ein und schimpfte laut. Das Wasser war empfindlich kalt, und die nassen Füße veranlassten ihn umzukehren.

Missmutig suchte er den Weg zurück zum Parkplatz. Einen Beweis, dass es der Erpresser gewesen war, hatte er nicht. Vielleicht war es ja doch nur ein harmloser, ängstlicher Mann, der seine Hunde abends ausführte und sich fürchtete, von ihm wegen der wildernden Hunde angezeigt zu werden. – Für alle Fälle würde er aber den Kuhfuß zur Verteidigung gegen die Hunde nachher mitnehmen.

Als er den Wagen von der Meierei in die Parkallee zurückgefahren hatte, ließ er den Motor weiterlaufen und stellte die Heizung auf die höchste Stufe. Es waren noch gut fünfzig Minuten bis zur Übergabe. Vielleicht bekam er Socken und Schuhe bis dahin etwas trocken.

Um 22.45 Uhr nahm er das Brecheisen aus dem Kofferraum und machte sich wieder auf den Weg zum Gerdes-Pavillon. Der Himmel zeigte große Wolkenlücken, und der Vollmond ersetzte die ausgeschaltete Straßenbeleuchtung bis zum Parkplatz der Meierei. Als er dort ankam, war das Gebäude immer noch unbeleuchtet und anscheinend menschenleer.

Er schaute auf seine Armbanduhr. 22.55 Uhr. Vorsichtig ging er in Richtung Pavillon weiter.

Genau um 23.00 Uhr legte er mitten auf dem Weg vor der Laube die Blechdose mit den Glasperlen ab. Einen Augenblick lang blieb er in der Hocke.

Nichts war zu sehen. Kein Mensch, kein Hund.

Eine Drossel, die sich gestört fühlte, flog mit Gezeter in den nächsten Busch, dann war alles wieder still. Nur der Wind sorgte für die gewohnte Geräuschkulisse in den blattlosen Baumkronen. Langsam richtete sich Otto Heumacher auf. Den Kuhfuß fest in der rechten Hand, bereit sich gegen alles, was ihn angreifen würde, zu verteidigen, ging er ebenso langsam den Weg zurück. Nach fünf Minuten erreichte er den Parkplatz der Meierei und beobachtete die Umgebung genau. Noch immer schien sich niemand um die abgelegte Dose zu kümmern. Einsehen konnte er auf die Entfernung die Stelle nicht mehr. Dafür war es zu dunkel und dazwischen standen zu viele Bäume.

Sollte er weitergehen zu seinem Auto in der Parkallee, so wie der Erpresser es gefordert hatte? Angestrengt blickte er in Richtung Pavillon. Seine

Neugierde auf das, was passieren würde und die Hoffnung, den Erpresser zu Gesicht zu bekommen, waren groß. Vielleicht konnte man von der Seite vor der Meierei aus etwas erkennen. Er ging zum Haus und stellte sich unter der Balustrade eng an die Hauswand. Sehen konnte er nicht mehr als vorher, obwohl der Mond jetzt nicht von Wolken verdeckt wurde. – Aber der Standort hatte den Vorteil, dass er selber nicht sofort gesehen wurde.

Plötzlich hörte er leises Motorengeräusch. Er trat einen Schritt vor und schaute nach oben, von wo das Geräusch kam. Gegen das Licht des Vollmondes gut erkennbar, sah er einen Helikopter vom Tiergehege herkommend auf die Meierei zufliegen.

Er begriff nicht sofort, dass es sich um einen Modellhubschrauber handelte, der mit hoher Geschwindigkeit auf ihn zukam. Dann drehte das ferngesteuerte Fluggerät ab, zog eine kreisende Flugbahn über dem Gerdes-Pavillon und verschwand unter den Baumkronen.

Otto Heumacher stürmte los, lief quer über den Parkplatz in den Wald Richtung Pavillon, stolperte über einen Ast und schlug lang hin. Er rappelte sich auf und rannte weiter. Gerade als er den Weg erreichte, sah er, wie der Hubschrauber etwa einen Meter über der im Mondlicht metallisch glänzenden Blechdose schwebte. Ein Band mit einem großen, runden Gewicht daran hing herunter. Plötzlich hob sich die Dose vom Boden ab, es gab ein leises, klickendes Geräusch – und sie hing an dem Gewicht. Das Flugmodell stieg auf und entfernte sich mit knatterndemMotor.

Der Rauch des verbrannten Benzingemischs hing in

der Luft und reizte ihn zum Husten. Er versuchte vergeblich, die Flugbahn durch die Baumwipfel auszumachen. Vom Geräusch her zu urteilen, flog der Modellhubschrauber wieder Richtung Tiergehege. Wütend stampfte Heumacher mit dem Fuß auf und fluchte laut. Mit so einem Trick hatte er nicht gerechnet. Das große, runde Gewicht an dem Band musste ein starker Magnet gewesen sein.

Er wischte den Dreck und die nassen Blätter von der Kleidung, die bei dem Sturz hängen geblieben waren und machte sich auf die Suche nach dem Kuhfuß, den er beim Hinfallen verloren hatte. Aber der Boden war weich und mit vielen kleinen und großen Ästen sowie mit abgestorbenen Blättern übersät, die es unmöglich machten, das Eisen in der Halbdunkelheit wiederzufinden.

2. Kapitel

Der Dachboden sah unverändert aus, so wie er ihn sich das letzte Mal genau eingeprägt hatte. Nur die Luft war heute stickig warm. Seit zwei Tagen schlug das Wetter Kapriolen.
Wann hatte es das schon gegeben, dass am 18. November mit 21°C eine Temperatur wie im Sommer gemessen wurde? Die Zeitungen wetteiferten seit Mittwoch mit den verrücktesten Theorien über eine nicht mehr aufzuhaltende globale Erwärmung mit allen nur vorstellbaren Szenarien durch die Folgen der Polareisschmelze. Von einer neuen biblischen Sintflut bis zum sicheren Weltuntergang war alles dabei.
Die Einfachverglasung der beiden dreiteiligen Giebelfenster und die Pfanneneindeckung des Dachs hatten keine dämmende Wirkung, sodass sich die Innentemperatur schnell der von außen angeglichen hatte. Es war fast dunkel hier oben. Licht von der Straßenbeleuchtung drang nur spärlich durch die kleinen Giebelfenster, die sich deutlich gegen die Morgendämmerung abzeichneten. Im Treppenhaus hatte er seine kleine Speziallampe benutzt. Das Treppenhaus hatte keine Fenster. Die Gefahr, dass der Lichtschein von draußen gesehen werden konnte, bestand also nicht. Hier oben gab es Fenster, und deshalb verzichtete er auf das Einschalten der Lampe. Silhouettenhaft konnte er das Dachtragwerk erkennen. Vorsichtig setzte er seine Füße und tastete sich gebückt und langsam zum Giebel vor. Eine Ratte huschte vor ihm weg und verschwand in einem Loch des Dielenfußbodens. Ratten gab es auf dem ehemaligen Speicher mehr als genug.

Bei seinem ersten Besuch hier oben hatte er eine Ratte mit seinem Wurfmesser, das er immer in einer Lederscheide unter dem Hemd bei sich trug, erwischt, bevor sie eins dieser Astlöcher erreichen konnte. Durch das Messer festgenagelt auf dem ungehobelten Dielenfußboden, hatte die Ratte geschrien und sich im Todeskampf mit wilden Zuckungen aufgebäumt, bis er mit dem Absatz seines Springerstiefels dem Tier den Kopf zerquetscht hatte. Nachdem er das Messer herausgezogen, die beidseitig rasiermesserscharf geschliffene Klinge mit einem Papiertaschentuch sorgfältig abgewischt und das Messer wieder unter dem Hemd verstaut hatte, kickte er den Kadaver an den gemauerten Drempel. Der Blutgeruch des Artgenossen hatte die anderen Ratten eine Zeitlang zurückhalten können.

Jetzt kümmerte er sich nicht um die Ratten, sondern achtete darauf, dass er mit dem Geigenkasten, den er wie einen Rucksack auf dem Rücken trug, nicht gegen einen der Dachstiele stieß.

Als er den Giebel erreicht hatte, richtete er sich hinter dem Mittelpfeiler zwischen den beiden Fenstern auf und streckte vorsichtig den linken Arm vor, um im schwachen Licht, das durch die verdreckte Scheibe drang, das Zifferblatt seiner Armbanduhr zu erkennen. Es war erst 7.10 Uhr. Noch viel Zeit, alle Vorbereitungen zu treffen.

Er ging in die Hocke, nahm den Geigenkasten vom Rücken und lehnte sich entspannt an das Mauerwerk. In Gedanken ging er den Ablauf Schritt für Schritt nochmals durch: Die Tür zum Treppenhaus, durch das er hergekommen war, hatte er von innen mit einem Dietrich abgeschlossen. Das war wichtig, falls er – trotz aller Vorsicht – beobachtet worden war. Die Tür am zweiten Treppenhaus, am entgegengesetzten Ende des Speichers, hatte er kontrolliert. Es war sein Fluchtweg nachher, und er hatte zur Sicherheit das Schloss ausgebaut, damit niemand diesen Fluchtweg zusperren konnte.

Bei all diesen Arbeiten hatte er Handschuhe getragen. Fingerabdrücke würde es im ganzen Speicher von ihm nicht geben. Er trug immer Handschuhe bei seiner Arbeit. Seine Gründlichkeit und Sorgfalt bei den Vorbereitungen und bei der Ausführung waren sein Markenzeichen und hatten ihm international den Spitznamen Doc eingebracht, sowie eine Menge Geld auf einem Schweizer Nummernkonto.

Auch dass er schon so früh am Tatort war, gehörte zu seinen üblichen Vorsichtsmaßnahmen. Wenn er tatsächlich beobachtet worden wäre, dann würde er spätestens in der nächsten Stunde Besuch bekommen. Auf derartige Zwischenfälle war er vorbereitet.

Schon als Kind hatte er früh lernen müssen, sich auf gefährliche Situationen blitzschnell einzustellen. Sein Vater, ein ungebildeter Klotz von einem Mann, der tagsüber Schwerstarbeit in der Schmiede des kleinen polnischen Dorfes verrichtete, betrank sich regelmäßig am Samstagabend bis zur Besinnungslosigkeit in der Dorfkneipe. Es bedurfte einer ganzen Menge des billigen Fusels, bis seine Beine unter dem Körpergewicht von 160 Kilo das Gleichgewicht nicht mehr ausbalancieren konnten und er zu Boden stürzte. Der Wirt ließ ihn dann vor die Tür schleppen und schickte jemanden zu seiner Mutter mit der

Nachricht, dass es soweit sei. Als dem Ältesten von elf Geschwistern fiel es ihm zu, seinen Vater nach Hause zu schaffen. Er lief zum Dorfkrug, kniete sich neben den Röchelnden und kehrte das Innere der Hosentaschen nach außen, in der Hoffnung, dass noch ein paar Zloty vom Wochenlohn übriggeblieben waren. Aber außer einigen rostigen Nägeln förderte er meistens nichts zu Tage, was seiner Mutter helfen konnte, die dreizehnköpfige Familie satt zu bekommen. Dann schnappte er sich den Wassereimer neben der Regentonne und schöpfte ihn so voll, dass er ihn noch gerade über den Rand der Tonne heben konnte. Immer darauf bedacht, nicht in Reichweiter der mächtigen Pranken des Alten zu geraten, leerte er den Eimer über dessen Kopf.

Eine Ratte näherte sich vorsichtig seinem linken Fuß. Er bewegte sich etwas, und die Ratte huschte davon. Von Minute zu Minute wurde es jetzt merklich heller draußen. Mit seiner behandschuhten Rechten streichelte über den Geigenkasten, als wollte er sich vergewissern, dass er noch da war. Langsam ging er von der Hocke in Sitzposition und streckte beide Beine zur Entspannung lang aus. Den Geigenkasten legte er sich über den Schoß und schloss die Augen.

Gegen 9.00 Uhr würde das Auto in der Einbahnstraße vor dem Stoppschild halten. Er musste schnell sein, denn wenn nur wenig Querverkehr das Einbiegen in die Vorfahrtstraße behinderte, würde der Fahrer sofort weiterfahren. Nach seinen Beobachtungen der letzten Tage war das aber nur selten der Fall.

Er merkte, wie sich kleine Schweißtropfen auf seiner Stirn unter der tief heruntergezogenen Pudelmütze bildeten. Die stickige und warme Luft auf dem Dachboden war drückend. Seine Kleidung schloss hermetisch alle Körperteile ab. Die Pudelmütze umschloss vollständig seine schwarzen, kurz geschnittenen Haare. Er wusste, wie genau die Polizei den Tatort nach irgendeinem Indiz absuchen würde. Und mit einem Haar konnte die moderne Kriminaltechnik eine ganze Menge anfangen.

Wieder ging sein Blick zur Armbanduhr. Mittlerweile zeigte sie 07.48 Uhr.

Der Mann, den sie Doc nannten, überprüfte nochmals den Sitz seiner Handschuhe. Sie mussten weit genug unter den Ärmelabschluss seiner Jeansjacke geschoben werden, damit auch die behaarten Unterarme hermetisch abgeschlossen wurden. Er hatte eine Abneigung gegen Gummihandschuhe und bevorzugte deshalb dünne Baumwollhandschuhe. Es waren weiße, wie sie von Verkäufern empfindlicher Silberwaren oder von den Helfern, die in Kunsthallen wertvolle Bilder herumschleppten, getragen wurden. Sie blieben auch von innen immer trocken und saugten sich nicht an der Haut fest. Gummihandschuhe ließen sich nicht so leicht und schnell abstreifen wie die Baumwollenen. Schnelligkeit würde nachher entscheidend wichtig für ihn sein.

Bedächtig öffnete er den Verschluss des Geigenkastens und klappte langsam den Deckel auf. Unter einem grünen Filztuch lag eine scheinbar echte Geige mit Seiten, Wirbeln, Kinnhalter und so weiter. Was fehlte – aber nicht erkennbar – war der Klangkörper. Die Geige hatte keinen Klangkörper, denn der Geigenhals war am Übergang zum Boden so gekürzt, dass die Zarge nur 20 Millimeter hoch war. Auf den ersten Blick sah die Attrappe täuschend echt aus. Jeder Polizist, der ihn anhalten würde und darauf bestand, den Geigenkasten zu kontrollieren, hätte sich mit einem Blick in den Kasten zufriedengegeben.

Er nahm die Geigenattrappe heraus und legte sie neben sich. Dann entfernte er ein weiteres Filztuch und sah zufrieden auf sein eigentliches Handwerkszeug. Die Spezialanfertigung eines Präzisionsgewehres – in nur zwei Einzelteile zerlegt – mit gesonderter Zieleinrichtung.

Der beste Waffenschmied in Polen hatte sie genau nach seinen Wünschen angefertigt. Der Lauf mit System war weit nach hinten zum Hinterschaft verlegt worden, um eine kurze, führige Waffe zu erhalten. Dadurch war das Gewehr deutlich kürzer, ohne dass die Lauflänge verringert war. Er setzte die beiden Teile zusammen, befestigte die Zieleinrichtung mit der lichtstarken Optik und schraubte den Schalldämpfer fest.

Während er mechanisch die Handgriffe ausführte, waren seine Gedanken schon weiter. Immer und immer wieder hatte er das Auseinandernehmen und das Einpacken der Teile geübt. Seine Rekordzeit lag bei knapp fünfzehn Sekunden, bis der Geigenkasten als Rucksack wieder auf seinem Rücken hing. Möglich war das nur durch die von ihm und dem Waffenschmied ausgeklügelte Verschlusstechnik.

Draußen war es fast taghell geworden. Anscheinend auch noch wärmer, denn der Schweiß staute sich unter seiner Pudelmütze, und er merkte, wie sich auch auf seiner Oberlippe kleine Tropfen bildeten. Als einer auf den Gewehrkolben fiel, wischte er ihn eiligst mit dem Handschuh weg. Liebevoll polierte er die Stelle noch eine ganze Zeit weiter, obwohl keine Nässe mehr zu sehen war. Dann richtete er sich vorsichtig auf und sah auf die Straße hinunter.

Der Berufsverkehr erreichte um diese Zeit sein dichtestes Aufkommen. Die Fensterbrüstung war so hoch, dass er nicht direkt vor das Gebäude sehen konnte. Er zog sich mit einem Klimmzug an dem Kehlbalken hoch, um steilere Sicht nach unten zu haben. Ein Nagel auf dem Balken stach durch den Baumwollhandschuh in seinen linken Zeigefinger.

„Kurwa", entfuhr es ihm. Aber seine Schmerzempfindlichkeit war nicht sehr groß, und er suchte zunächst mit den Augen sorgfältig das Gelände unmittelbar vor dem Speicher ab, bevor er sich wieder herunterließ. Bis auf einen Radfahrer, der den nicht eingezäunten Vorhof als Abkürzung nahm, blieben die Fußgänger auf dem Gehweg, und die Autos stauten sich je nach Verkehrslage auf der Vorfahrtsstraße bis etwa 80 Meter zurück. Das war gut für ihn, hatte er doch so ausreichend Zeit, sein Ziel ins Visier zu nehmen.

Er repetierte das Gewehr, sicherte es und stellte die Waffe an die Wand. Vorsichtig löste er das durchsichtige Klebeband von der Scheibe und legte das Glas zwei Schritte neben dem Fenster auf den Boden. Er hatte sich für das mittlere Fensterteil entschieden, als er sich überlegt hatte, welches die günstigste Schussposition sein würde; das Glas dann herausgeschnitten und mit dem Klebeband wieder provisorisch befestigt.

Erst jetzt bemerkte er, dass sein linker Handschuh am Zeigefinger einen Blutfleck aufwies. Da es die linke

Hand war, störte ihn die Wunde nicht weiter. Er würde nachher im Hotel etwas Jod darauf träufeln. Durch einen erneuten Klimmzug suchte er nach dem Nagel. Als seine Augen fast auf Höhe des Kehlbalkens waren, sah er plötzlich den schwarzen Mercedes mit der auffälligen Kennung OH-500.

„Kurwa", knurrte er erneut und ließ sich auf die Füße fallen.

Das Gewehr in Anschlag nehmen, entsichern und den Lauf auf die eiserne Sprosse legen, war eine einzige, gleitende Bewegung, die er viele Male geübt hatte.

Die Ankunft des Wagens war viel früher, als er erwartet hatte, und der Mann saß auch nicht allein im Auto.

Er konnte durch das Zielfernrohr beide Personen gut erkennen. Langsam näherte sich das Fahrzeug durch stopp and go der Kreuzung. Der Fahrer war unverkennbar die Zielperson. Völlig emotionslos nahm er ihn ins Visier. Schießen würde er erst, wenn das Auto die Kreuzung erreicht hatte.

Das ihm gut bekannte Gefühl einer gewissen vorauseilenden Zufriedenheit ergriff ihn. Alles war bisher genau planmäßig abgelaufen. Das Finale war erreicht. Selbst das verfrühte Eintreffen der Zielperson, das seinen Adrenalinausstoß nur geringfügig ansteigen ließ, würde daran nichts ändern. In wenigen Sekunden war sein Auftrag erfüllt.

Wohltuend spürte er die Kühle des Gewehrkolbens an seiner Wange, während sein rechter Zeigefinger langsam Druckpunkt nahm. Trotz der stickig warmen Luft war sein Kopf klar, und funktionierte eiskalt wie eine Maschine. Nichts konnte ihn mehr stoppen, niemand das Schicksal des Fahrers in der schwarzen Limousine verhindern.

***

Hart parkte seinen roten Porsche pünktlich um 7.30 Uhr neben dem Mercedes, der schon in der Einfahrt vor der Garage stand. Er blickte erwartungsvoll zu der halb offenstehenden Haustür. Sein Freund Viktor Trautmann hatte ihm einiges über den Mann erzählt, dessen Leben er ab heute für eine Woche schützen sollte und von dem er nur die Stimme kannte. Er war sehr gespannt auf diesen Bauunternehmer, der am Telefon seinen Honorarvorschlag für den einwöchigen Personenschutz kurzerhand auf die Hälfte gekürzt und dazu erklärt hatte, er solle sich den Rest von Viktor auszahlen lassen, der ihm ständig überhöhte Rechnungen schicke.

Verabschiedet hatte sich sein neuer Mandant mit dem Satz: „Wenn Sie am Mittwochmorgen nicht pünktlich sind, scheiß ich auf Ihre Dienste." Damit hatte er aufgelegt.

Otto Heumacher war einer der ganz wichtigen Kunden von Viktor, und nur seinem Freund zuliebe hatte Rigidus Hart sich die passende Antwort am Telefon verkniffen und überhaupt den Auftrag angenommen. Außerdem hatte Viktor ihn vorher schon darauf hingewiesen, dass Heumacher das Honorar kürzen würde und er besser gleich vierzig Prozent aufschlagen sollte. Genau das hatte er getan.

Das Gespräch war am Montagabend gewesen. Am Dienstag früh rief eine Frau Richter an und verschob den Termin auf den heutigen Donnerstag. Sie sagte, es habe sich für Mittwoch eine wichtige Delegation aus Schweden angesagt, mit der sich Herr Heumacher in Kiel treffen müsse.

Hart brauchte für das Bestreiten seines Lebensunterhaltes keine zusätzlichen Einkünfte aus solchen Tätigkeiten, wie er gerade eine angenommen hatte. Er war wirtschaftlich unabhängig, weil er ein kleines Vermögen geerbt hatte. Aber diese Art von Jobs machte ihm Spaß, weil sie genau die Talente von ihm abforderte, über die er verfügte. Er sprach fließend englisch, spanisch und französisch, trieb viel Sport und hatte damals sein Jurastudium abgebrochen, um den Vater eines Kommilitonen auf einer diffizilen Auslandsreise als Bodyguard, der nicht nur physischen Schutz, sondern auch intellektuelle Hilfe bieten sollte, zu begleiten. Die Reise war noch nicht zu Ende gewesen, da empfahl ihn der Geschäftsmann an einen anderen weiter. In dem Empfehlungsschreiben hieß es: *Der junge Mann verfügt über eine vorzügliche Kombinations- und Beobachtungsgabe.*

So wurde er immer wieder gleich weiterempfohlen. Er war kein Privatdetektiv oder Agent und hatte auch keine Lizenz für derartige Tätigkeiten, aber manchmal gab es eben doch so etwas wie Berührungspunkte mit diesen Berufsgruppen. Seine Reisen hatten ihn viele Jahre lang durch die ganze Welt geführt, meistens im Auftrag von Privatpersonen, aber auch Behörden hatten seine besonderen Fähigkeiten schon in Anspruch genommen, bis sein alter Schulfreund ihn um Hilfe bat. Seitdem wohnte er bei dem Architekten Viktor Trautmann, der verwitwet und nicht nur froh über seine Gesellschaft war, sondern sich besonders über ihre gemeinsame Passion, das Golfspielen, freute.

Langsam ging er zur Haustür und horchte aufmerksam auf Geräusche aus dem Haus. Die Außenbeleuchtung schaltete sich über Bewegungsmelder an, als er die Tür fast erreicht hatte. Im gleichen Augenblick trat Otto Heumacher aus dem Haus. „Steigen Sie schon ein. Wir fahren zusammen in meinem Auto. Bin gleich zurück", sagte er ohne weitere Begrüßung und verschwand wieder nach drinnen.

Hart schüttelte verständnislos den Kopf und ging zum Porsche, um seinen Regenmantel zu holen. Die außergewöhnliche Schwüle würde zwar laut Wetterbericht auch heute noch anhalten, aber es sah nach Regen aus. Den Mantel über die Schulter geworfen, wartete er neben dem Mercedes auf die Rückkehr seines Auftraggebers.

„Nun steigen Sie schon ein, ich habe es eilig. Der Wagen ist nicht abgeschlossen." Heumacher rief es mürrisch in Richtung des Wartenden, während er beim Gehen in seinem Aktenkoffer etwas suchte. Dann wuchtete er sich hinter das Lenkrad seiner Luxuslimousine, warf den Aktenkoffer auf den Rücksitz und öffnete seinen Hemdkragen so weit, dass die Krawatte unter das Revers seiner dunkelblauen Anzugjacke rutschte.

„Guten Morgen", sagte Hart freundlich, als er neben ihm Platz nahm. „Schlecht geschlafen?"

„Sparen Sie sich das, Hart. Sie sollen nur aufpassen, dass mir nicht irgendein Arsch in die Quere kommt, wenn ich gerade nicht damit rechne", war die Antwort des übel gelaunten Bauunternehmers.

Hart zögerte nicht lange. Mit einer blitzschnellen

Bewegung zog er mit der linken Hand den Zündschlüssel ab, hielt ihn in seiner Faust hoch und drehte sich dem erstaunten Zweieinhalbzentnermann zu. „So, verehrter Herr Heumacher, jetzt wollen wir mal eins klarstellen: Ein Mindestmaß an Höflichkeit ist in der zivilisierten Welt üblich. Und daran werden auch Sie sich während unserer geschäftlichen Beziehung halten. Zweitens erwarte ich von Ihnen, dass Sie mir sofort klipp und klar erzählen, wovor Sie Angst haben oder wer oder was Sie bedroht. Wenn ich Sie schützen soll, muss ich das wissen. – Sollte Ihnen das nicht passen, dann steige ich jetzt aus, und Sie suchen sich jemand anderen."

Vielleicht war es die sachliche Art oder die kalte Stimme von Hart, vielleicht auch seine Drohung auszusteigen oder einfach die Verwunderung darüber, dass es jemand wagte, ihm die Stirn zu bieten: Otto Heumacher starrte ihn erst erstaunt an und grinste dann über sein ganzes feistes Gesicht. „In Ordnung, Herr Hart. Sie gefallen mir." Er streckte seine rechte Hand vor, um den Zündschlüssel zurückzubekommen.

Hart öffnete die Faust und ließ den Schlüssel auf die offene Handfläche fallen.

„Sie haben recht. Ich erzähle Ihnen alles, wenn wir in der Firma sind. Es besteht die Möglichkeit, dass man mir nach dem Leben trachtet. – Jetzt müssen wir uns beeilen, ins Büro zu kommen, da ich um 8.10 Uhr ein wichtiges Telefonat erwarte." Nach kurzem Zögern fügte er entschuldigend hinzu. „Ich habe ziemlich beschissen geschlafen."

Er startete den Wagen und fuhr rückwärts aus der Einfahrt. Beide Männer schwiegen eine Zeitlang.

Während Heumacher aggressiv und rücksichtslos das Auto durch den morgendlichen Berufsverkehr lenkte, überlegte Hart, ob es nicht doch besser sei, den Auftrag einfach zurückzugeben. Andererseits imponierte ihm dieser ungehobelte Klotz auch irgendwie. Typen wie ihn gab es nicht mehr viele, und anscheinend konnte er auch einstecken.

„Sehen Sie dort die fünfgeschossige Wohnanlage? Rechts vor uns." Der Bauunternehmer wies mit der Rechten auf ein riesiges Gebäude. „Die gehört mir. – Das heißt, mir gehört sie eigentlich gar nicht, sondern meiner Frau. Alles gehört meiner Frau. Das muss man heute so machen. – Keiner weiß, ob man morgen nicht schon Insolvenz anmelden muss." Er lachte dreimal kurz und trocken auf. Ob er es lustig fand, sein Vermögen seiner Frau überschrieben zu haben, oder die Vorstellung, am nächsten Tag pleite zu sein, blieb für Hart rätselhaft. Sein freudloses Lachen konnte beides bedeuten.

Der Verkehr staute sich jetzt in einer Einbahnstraße vor einer Straßenkreuzung, sodass sie nur im Stopp-and-go-Tempo vorwärtskamen. Otto Heumacher schaute wiederholt nervös auf die Uhr im Armaturenbrett. Es war 8.09 Uhr. Im Wageninneren zeigte das Thermometer
23°C. Er stellte die Klimaautomatik runter bis auf 20°C.

„Diese Wärme draußen ist ja völlig unnatürlich", murmelte Heumacher mehr zu sich selbst und betätigte den elektrischen Fensterheber. Die einströmende Außenluft unterschied sich kaum von der im Auto. Er wischte sich Schweißperlen von der Stirn und hielt die Hand zum Trocknen nach draußen.

„Ja", bestätigte ihm Hart wortkarg, auf dessen Gesicht allerdings keine derartigen Anzeichen zu erkennen waren. Für ihn war klar, dass Heumachers Schweißausbruch nicht von der Wärme, sondern von dessen labilem Kreislauf durch zuviel Alkoholgenuss oder Stress verursacht wurde.

Der Wagen stand jetzt an der vorfahrtberechtigten Straße. Da auch dort der Verkehrsfluss stockend war, ließen die meisten Fahrer den Querverkehr einfädeln. Otto Heumacher streckte seinen linken Arm weit aus dem Fenster und hob die Hand ein wenig, um anzudeuten, dass auch er sich einfädeln wollte.

***

Als der Kopf seitlich nach vorn gegen das Lenkrad fiel und das Projektil, das den Kopf von Otto Heumacher glatt durchschlagen hatte, das Sicherheitsverbundglas der Frontscheibe in unzählige kleine Splitterteile zerlegte, riss Hart geistesgegenwärtig die Beifahrertür auf und ließ sich auf die Straße fallen. Der Wagen knallte gegen einen Kleinlaster und kam zum Stehen.

Hart rollte sich ab und blieb auf dem grabenartig vertieften Seitenstreifen liegen. Vorsichtig richtete er sich etwas auf und versuchte, die Situation zu erfassen. Sein Gesicht und die Kleidung waren voller Blut. Aus den zwei nachfolgenden Autos kamen Insassen auf ihn zugelaufen.

„Bleiben Sie in Ihren Wagen!" schrie er sie an. „Hier wird geschossen." Die zur Hilfe Geeilten duckten sich erschrocken und krochen auf allen Vieren zurück zu ihren Fahrzeugen.

Seine Augen suchten die umliegenden Häuser nach einem Schützen ab. Er konnte nichts Auffälliges entdecken, ging in die Hocke und spurtete mit zwei langen Sätzen zu dem Mercedes, der sich mit eingeknickter Motorhaube unter den Kleinlaster geschoben hatte.

Der Fahrer des Lasters kletterte kreideweiß aus seinem Führerhaus und besah sich den Schaden. Als er die hässliche Kopfwunde des Toten sah, torkelte er an den Straßenrand und übergab sich würgend.

„Gehen Sie besser wieder in Ihren LKW", riet ihm Hart „Und warten Sie dort, bis die Polizei hier ist."

Er wählte auf seinem Handy die Notrufnummer, beschrieb dem Beamten die Straßenkreuzung und bat darum, die Kripo zu verständigen, da es sich nicht nur um einen Verkehrsunfall, sondern mit größter Wahrscheinlichkeit auch um ein Kapitalverbrechen handelte.

Bis zum Eintreffen des ersten Streifenwagens hatte er dann alle Hände voll zu tun, die Neugierigen von der Unfallstelle fernzuhalten. Immer wieder musste er erklären, dass er unverletzt sei und die Blutspritzer von dem toten Fahrer des Mercedes kamen. Im Nu hatten sich auf beiden Straßen lange Staus gebildet. Das ungeduldige Hupen einiger Autofahrer war nervig und würde wahrscheinlich erst aufhören, wenn die Polizei vor Ort die Regelung des Verkehrs übernommen hatte.

Seinem Mandanten konnte er nicht mehr helfen. Otto Heumacher war sofort tot gewesen, als das Geschoss seinen Kopf mit so viel Wucht durchschlagen hatte, dass sogar die Frontscheibe von der ausgetretenen Kugel zertrümmert wurde.

Das viele Blut und Teile des herausgespritzten Gehirns an den Armaturen boten einen Anblick des Grauens. Hart wandte sich ab, bevor auch sein Magen zu rebellieren anfing, und ging zu der Stelle zurück, an der er aus dem Auto gesprungen war. Der Schuss, den keiner gehört hatte, konnte seiner Ansicht nach nur von dem alten Speichergebäude dort drüben abgegeben worden sein. Der Schusswinkel von dem einzigen Fenster in der Giebelfront des etwas tiefer gelegenen Speichers zum Seitenfenster des Mercedes, also zum Kopf des Opfers könnte nach seiner Einschätzung passen. Aber das würde Aufgabe der Kriminalpolizei sein, den Standort des Schützen ausfindig zu machen. Seine Sache war es herauszufinden, ob das der von Heumacher befürchtete Anschlag war, um den zu verhindern er engagiert worden war.

Die uniformierte Polizei fing an, die Unfallstelle großräumig abzusperren. Das Hupen hatte aufgehört.

„Mein Gott, Herr Hart, wie sehen Sie denn aus?" Die sonore Stimme von Hauptkommissar Behrends riss ihn aus seinen Gedanken. „Sind Sie verletzt?"
Behrends sah ihn aufmerksam und prüfend an. Seine klugen Augen hinter der schwarzen Hornbrille musterten den großen, sportlichen Mann von oben bis unten. Beide hatten sich bei der Aufklärung eines Verbrechens, in das Viktor Trautmann verstrickt gewesen war, kennen und schätzen gelernt.

„Nein." Hart hielt dem Hauptkommissar die Hand zur Begrüßung hin, die dieser nur zögernd ergriff. „Das Blut und der Dreck sind angetrocknet und färben nicht mehr ab. Sie können ruhig zupacken. – Gut, dass Sie selber gekommen sind, Herr Behrends." Er lächelte den Kripochef an und gab ihm einen kurzen, sachlichen Bericht der Ereignisse.

Behrends schaute interessiert zu dem Speichergebäude und winkte dann seinen Assistenten Kommissar Schubert heran. „Schubert, schicken Sie die Kollegen von der Spurensicherung da drüben in das Gebäude, wenn die hier fertig sind. Das ganze Haus muss sorgfältig abgesucht werden. Wir wissen noch nicht, von wo genau geschossen wurde. – Haben Sie schon das Projektil gefunden?"

„Nein. Die Leute sind dabei, jeden Zentimeter auf und neben der Straße abzusuchen. Das wird noch dauern. Kann auch sein, dass wir das Geschoss im Fahrzeug finden werden. Noch ist der Leichnam nicht abtransportiert. Es handelt sich übrigens um den Bauunternehmer Heumacher. Benachrichtigen Sie die Familie?"

Die hohe Fistelstimme passte so gar nicht zu dem korpulenten, 1,87 Meter großen Beamten. Hart hatte Mühe, sich an die heisere und undeutliche Aussprache erst wieder zu gewöhnen. Fistel-Schubert hatten Viktor und er ihn damals genannt.

„Mein Auto steht vor der Privatvilla von Heumacher, Herr Behrends", mischte er sich in das Gespräch der beiden Kripobeamten ein. Behrends wusste aus seinem Bericht, dass er neben dem Bauunternehmer im Auto gesessen hatte, und dass er einen Anschlag auf dessen Leben verhindern sollte.

„Ich halte es für richtig und – sagen wir für angemessen, wenn ich der Witwe die Nachricht überbringe. Schließlich war es mein Job, genau das zu verhindern, was hier eingetreten ist. – Außerdem habe ich das dringende Bedürfnis, mich zu säubern und umzuziehen. Wenn es Ihnen recht ist, Herr Behrends, komme ich anschließend zu Ihnen, wegen der schriftlichen Zeugenaussage."

Fistel-Schubert wandte ein, dass es nicht ratsam sei, den Hauptzeugen gehen zu lassen, bevor die Spurensicherung ihre Arbeit abgeschlossen hatte. Vielleicht ergaben sich noch wichtige Fragen, die nur Herr Hart beantworten konnte. Der Hauptkommissar winkte ab. Er wusste, dass die beiden keine Sympathien füreinander hegten. Schubert fehlte bisweilen das richtige Maß an Einfühlungsvermögen bei seinen Vernehmungen, und Hart hatte seinen Assistenten damals bei einer schlampigen Recherche erwischt.

„Soll Sie ein Streifenwagen fahren?", fragte der Hauptkommissar.

„Nein, vielen Dank. Ich rufe mir ein Taxi. Bis nachher dann."

Hart bestellte sich per Handy ein Taxi und fuhr zu seinem Freund Viktor Trautmann.

3. Kapitel

Otto Heumacher und seine Frau Anna wohnten allein in der großen Villa. Kinder hatten die beiden nicht, und für Haustiere interessierten sie sich nicht, weil man sich damit beschäftigen musste. Sie verbrachten ihre Zeit mit anderen Dingen. Er mit dem Anhäufen von Vermögen und sie mit Körperpflege, Sport und Erfüllung gesellschaftlicher Verpflichtungen. Selbst Schauspielunterricht hatte sie eine Zeit lang genommen und wurde sogar als „recht begabt" eingestuft. Aber wegen ihrer vielen anderen, überwiegend sportlichen Aktivitäten, verlor sie schnell die Lust an diesem Hobby. Das Auswendiglernen war zu zeitaufwendig.

Es gab einen Gärtner, eine Putzfrau und einen Fensterputzer, die montags und donnerstags Haus und Garten in Ordnung hielten und zu Weihnachten einen Briefumschlag mit jeweils einhundert Euro als Sonderzahlung in die Hand gedrückt bekamen.

Hart stand jetzt vor der Haustür und wartete darauf, dass ihm jemand öffnete.

Um den Porsche herum fegte der Gärtner die Einfahrt und versicherte ihm nochmals unaufgefordert, dass Frau Heumacher im Hause sein müsse und sicher gleich komme.

„Ja bitte?" Anna Heumacher trat ihm in eng sitzenden Jeans und dunkelrotem Kaschmirpullover entgegen. Beides betonte vorteilhaft ihre schlanke Figur.

„Frau Heumacher?"

Sie nickte leicht.

„Mein Name ist Hart. Ich habe mich heute Morgen

hier mit Ihrem Mann getroffen. Ich würde gern etwas mit Ihnen besprechen. Darf ich reinkommen?" Er schaute zu dem Gärtner hinüber, der auffällig gründlich in Hörweite mit Fegen beschäftigt war.

Anna Heumacher folgte seinem Blick. Dann musterte sie den großen, schlanken Besucher mit ihren kastanienbraunen Augen. „Natürlich. Kommen Sie bitte." Sie ging voran durch die große, mit kostbaren Fliesen belegte Diele in den Wohnbereich und bat ihn, auf einem der bequemen, lindgrünen Ledersessel Platz zu nehmen. Sie selber setzte sich ihm gegenüber, schlug die Beine übereinander und schaute ihn erwartungsvoll an.

Er erläuterte kurz, dass ihr Mann ihn als eine Art Bodyguard engagiert hatte und er deshalb heute früh mit ihm verabredet war. Ihr schmales Lächeln wirkte verkrampft und ungeduldig.

Vielleicht ahnt sie etwas, dachte er. Ihre Augen verrieten es ihm. Er versuchte, sich auf das zu konzentrieren, was er ihr jetzt mitteilen musste, und lehnte sich ein wenig vor. „Frau Heumacher, es tut mir sehr leid – ich bringe eine traurige Nachricht." – Er sah den Schmerz in ihren Augen, bevor er die schreckliche Botschaft ausgesprochen hatte. – „Ihr Mann ist heute Morgen auf dem Weg in sein Büro einem Attentat zum Opfer gefallen."

Auf der Herfahrt hatte er sich diesen Satz genau überlegt. Er war sicher, dass der Schuss auch dem Opfer gegolten hatte. Dass eine Verwechslung so gut wie auszuschließen war.

Die rot lackierten Fingernägel ihrer gepflegten Hände krallten sich in das Leder, während sie ihn anstarrte und die Augen sich mit Tränen füllten. Bevor die erste

Träne floss, schlug sie die Hände vors Gesicht und stand auf. Sie ging zum Sofa, kauerte sich mit angezogenen Beinen darauf zusammen und begann heftig zu schluchzen.

Hart lehnte sich zurück und ließ ihr Zeit. Irgendwann würde sie aufstehen und fragen, wie ihr Mann zu Tode gekommen war. Noch blockierte aber der Schmerz alles logische Denken.

Von seinem Freund Viktor wusste er, dass die Gerüchte, die über sie im Umlauf waren, wohl mehr auf die blühende Fantasie neidischer Geschlechtsgenossinnen zurückgingen. Der Architekt Viktor Trautmann und der Bauunternehmer Heumacher, der einer der bedeutendsten Investoren der Stadt war, unterhielten rege Geschäftsbeziehungen, aber darüber hinaus auch engen persönlichen Kontakt. Viktors Urteil war also sicher begründet. Zudem spielte Anna Heumacher im gleichen Golfclub wie er.

Hart sah sich in dem teuer möblierten Wohnzimmer um. Alles war sehr geschmackvoll eingerichtet. Die große Fensterfront zur Terrasse gab den Blick frei auf die nach hinten leicht abschüssige Parkanlage. Große Rasenflächen wurden durch Buchsbaumgruppen und Ziersträucher aufgelockert. Rosenbeete, die im Sommer wahrscheinlich prachtvoll blühten, waren in Erwartung eines strengen Winters schon mit Tannengrün abgedeckt.

Anna Heumacher erhob sich unvermittelt und verließ wortlos das Wohnzimmer. Nach wenigen Minuten kam sie zurück. Er sah, dass sie ihr Make-up erneuert und die Frisur in Ordnung gebracht hatte. Mit leiser Stimme fragte sie, ob er einen Kaffee wolle, und verschwand dann in die Küche.

Beide nippten an ihren Kaffeetassen, bevor Anna Heumacher sich endlich dazu durchgerungen hatte, nach der Todesursache ihres Mannes zu fragen.

„Er wurde hinterhältig aus einem Versteck an einer Kreuzung erschossen."

„Er war sofort tot", fügte er schnell hinzu, als er ihren gequälten Gesichtsausdruck bemerkte.

„Warum? " Ihre Stimme klang gebrochen und die erneuten Tränen hinterließen weiße, gezackte Spuren auf dem frischen Make-up.

„Ich weiß es nicht, Frau Heumacher. Aber die Polizei ist vor Ort und sichert alle Spuren. Hauptkommissar Behrends von der Mordkommission ist ein sehr tüchtiger Beamter. Man wird den Mörder finden. Ich bin da ganz sicher."

Sie sagte nichts und versuchte nur den Tränenfluss zu stoppen. Hart hatte das Gefühl, hier nicht mehr helfen zu können. Er stand auf und legte ganz vorsichtig eine Hand auf ihre Schulter.

„Die Polizei wird vielleicht noch heute zu Ihnen kommen wollen, um Fragen zu stellen. Sagen Sie den Beamten, dass Sie vor morgen nicht vernehmungsfähig sind. – Wenn Sie möchten, Frau Heumacher, komme ich morgen am späten Vormittag und helfe Ihnen bei den Formalitäten, die jetzt auf Sie zukommen. Vielleicht weiß ich auch schon etwas über den Stand der polizeilichen Ermittlungen. – Irgendwie fühle ich mich Ihrem verstorbenen Mann gegenüber verpflichtet. – Natürlich nur, wenn Sie möchten."

Ohne hochzuschauen, berührte ihre Rechte seine Hand auf ihrer Schulter. – Ein stilles Einverständnis. – Dann wandte sie sich schnell ab und ging hinaus ins

Bad.

„Nehmen Sie Platz, Herr Hart. Kollege Schubert kommt auch gleich dazu. – Möchten Sie Kaffee?" Hauptkommissar Behrends zeigte auf die Kaffeemaschine, deren Glaskanne halbvoll war.

„Vielen Dank. Ich habe gerade bei Frau Heumacher Kaffee getrunken."

„Gut, dann darf ich Sie bitten, mich für wenige Minuten zu entschuldigen. Ich muss schnell noch ein paar Unterschriften leisten." Der Chef der Mordkommission ging zu seinem Schreibtisch und suchte zwischen Aktenbergen und Papierstapeln nach einem geeigneten Schreibgerät. Als er einen brauchbaren Kugelschreiber gefunden hatte, konzentrierte er sich auf das Lesen der Schriftstücke.

Hart sah sich schweigend im Zimmer um. Es kam ihm vor, als hätte sich seit seinem letzten Besuch hier oben im Dienstzimmer von Hauptkommissar Behrends überhaupt nichts verändert. Akten über Akten auf jeder nur denkbaren Ablage des über dreißig Jahre alten Mobiliars. Die altmodische Schreibtischlampe, deren Schirm rundherum mit den unterschiedlichsten Zetteln beklebt war, und die aufgespießten Zettelablagen in allen Größen zeigten ihm, dass die Marotte mit der Zettelwirtschaft nach wie vor zur bevorzugten und unveränderten Arbeitsmethode des Kripochefs gehörte. Selbst die schäbige Pinnwand war noch da und mit gelben Klebezetteln übersät. Behrends und seine Mitarbeiter tauschten hier Informationen aus, die nicht so dringlich waren. Sein nachdenklicher Blick ging hinüber zum Leiter der Mordkommission, der auch als

Bridgespieler einen ausgezeichneten Ruf in der Stadt hatte.

An der Wand hinter dem Schreibtisch, zwischen zwei Aktenregalen, erkannte er die Kopie des Schreibens von Friedrich dem Großen an einen Vorfahren des Hauptkommissars, der wegen seines couragierten Einsatzes gegen „staatsfeindliche Individuen" vom König namentlich gelobt wurde. Behrends zitierte ab und an Mitarbeiter davor und erzielte mit einer großzügigen Übersetzung des lateinischen Textes, der mit *Fridericus Rex* unterschrieben war, unglaubliche Motivationserfolge.

„Sagen Sie, Herr Hart, ist Rigidus eigentlich Ihr richtiger Vorname? Entschuldigen Sie bitte meine Neugierde, aber ich wollte Sie das schon immer fragen, und zudem müssen wir ja gleich Ihre Personalien aufnehmen." Etwas zögernd fügte er hinzu. „Außerdem möchte ich nicht, dass durch Schuberts Talent, einen wolkenlosen Himmel in eine Gewitterfront zu verwandeln, unser Pulver im Fall Heumacher gleich nass wird." Der Hauptkommissar klappte die Unterschriftenmappe zu und kam mit einem vielsagenden Lächeln wieder an den Besprechungstisch.

Auch Hart grinste. Kommissar Schubert hatte in der Tat häufig genug bei Vernehmungen das Gesprächsklima durch unpassende Bemerkungen empfindlich und völlig unnötig gestört. „Nein, das ist natürlich nicht mein richtiger Vorname. Meine Taufnamen sind Gottfried-Heinrich Emanuel." Einen Augenblick lang überlegte der Observer, ob er Behrends die ganze Geschichte erzählen oder es dabei bewenden lassen sollte. Da Schubert noch nicht aufgetaucht war, fuhr er grinsend fort. „Geeignetere Namen, um mich ständig gegen verunglimpfende Abwandlungen wehren zu müssen, hätten meine Eltern kaum finden können. Obwohl sie mir auf meine gelegentlichen Beschwerden hin versicherten, dass zu einem besonderen Menschen eben auch nur ein besonderer Name passt, war der Trost schwach und auch nicht langanhaltend, denn beim nächsten Ruf ‚Emma' war der Ärger wieder da. Ab der Quarta dann, nach etwa vier Monaten Lateinunterricht, gingen die Klassenkameraden zu der Übersetzung meines Nachnamens über. Sie nannten mich ‚Rigidus'. Das lateinische Wort für hart. Damit konnte ich besser leben."

Er blickte offen in die klugen Augen hinter der schwarzen Hornbrille seines Gegenübers.

Hauptkommissar Behrends lächelte verständnisvoll und schob mit dem linken Ellenbogen einen Aktenstapel beiseite, um sich auf einem kleinen, gelben Zettel die Namen zu notieren.

Kommissar Schubert trat mit einem roten Aktendeckel in der Hand nach kurzem Klopfen ein. „Entschuldigung für die Verspätung", fistelte er mit Blick auf seinen Chef und zog sich einen der Holzstühle heran.

„Schon gut, Schubert. Die Personalien von Herrn Hart habe ich bereits aufgenommen und gebe sie Ihnen nachher." Der Kripochef wandte sich mit ernstem Gesicht dem Observer zu. „Vielleicht schildern Sie noch einmal genau, was Sie wahrgenommen haben, Herr Hart. Am besten fangen Sie beim Beginn der Fahrt an. – Kommissar Schubert wird das Wesentliche notieren und ein

Zeugenprotokoll verfassen."

Schubert hob protestierend die Linke. Während er Hart misstrauisch anschaute, öffnete er mit der rechten Hand den roten Aktendeckel und schob ihn seinem Chef zu.

Dieser zog die zwei darin liegenden Schriftstücke näher zu sich heran und räusperte sich mehrmals beim Lesen. „Wo haben Sie das her, Schubert?" Der Hauptkommissar sah seinen Mitarbeiter scharf an.

„Das haben wir in der Gesäßtasche des Toten gefunden." Schuberts Augen gingen missbilligend zwischen Hart und seinem Chef hin und her. Er hielt offensichtlich weitere Erörterungen über den Inhalt der Schriftstücke im Beisein von Hart für unangebracht.

„Seien Sie nicht albern, Schubert", tadelte ihn der Hauptkommissar unwirsch, der die Geste und die Blicke von Schubert sofort verstanden hatte. Er schob den Aktendeckel mit den beiden Schreiben demonstrativ in Hart's Richtung.

„Was halten Sie davon, Herr Hart?" Während sich Hart neugierig über die Schriftstücke beugte und Schubert wild die Augen verdrehte, lehnte sich Behrends zurück und faltete nachdenklich mit geschlossenen Augen die Hände über seinem Bauch.

„Dann ist er also erpresst worden", war Hart's lakonischer Kommentar, als er beide Erpresserschreiben sorgfältig durchgelesen hatte.

„Ja, aber er scheint nicht gezahlt zu haben, sonst hätte er Sie nicht engagiert und wäre jetzt vermutlich noch am Leben." Hauptkommissar Behrends strich sich seufzend über die grauen Stoppelhaare und fuhr seinem Assistenten zugewandt fort. „Hat die

Durchsuchung des Speichers schon irgendwelche Hinweise auf den Täter ergeben?"

„Bisher noch nicht. Außer Blutspuren, die wahrscheinlich von einer Ratte stammen, deren Kadaver auf dem Dachboden gefunden wurde, gibt es nichts Auffälliges. Weder an der herausgeschnittenen Glasscheibe noch sonst wo an dem Fenster gibt es Fingerabdrücke. Keine Patronenhülse, keine Gewebefasern von Kleidung, keine Spucke, keine Kippen – nichts. Sieht nach Profi aus, Chef."

Körpersprache und Mimik verrieten zwar immer noch Schuberts anhaltende Vorbehalte gegen die Anwesenheit eines Nichtpolizisten bei der Erörterung von Ermittlungsergebnissen, aber er berichtete seinem Vorgesetzten jetzt ausführlich. Die innere Anspannung machte seine Fistelstimme allerdings noch unverständlicher als sonst.

„Im Augenblick gehen die Kollegen mit unserem Spezialstaubsauger über den Boden. Vielleicht haben wir Glück und finden doch noch irgendwelche Fasern oder Haare. Der eine Treppenzugang war übrigens abgeschlossen und beim zweiten Treppenhaus war das Schloss der Außentür ausgebaut. Wir wissen noch nicht, ob das mit dem Fall zusammenhängt."

„Wem gehört denn der alte Speicher?", mischte sich Hart ein.

„Wissen wir nicht. Ist auch unwichtig, denn das Gebäude steht seit Jahren leer, und die Schlösser an den Türen zu den Treppenhäusern sind von jedem Kind mit einem selbst gebastelten Dietrich aufzukriegen." Fistel-Schubert hatte beim Sprechen nicht Hart, sondern stur seinen Chef angesehen und durch sein Mienenspiel keinen Hehl daraus gemacht, was er von der Einmischung und von solchen Fragen hielt.

Hart ließ sich nicht aus der Ruhe bringen und setzte freundlich grinsend nach.

„Es gibt ziemlich viele geeignete Stellen in der Stadt, um jemanden zu erschießen. Stellen, die vor allem belebter sind als die Hafengegend zur Mordzeit. Und die es einem Mörder deshalb leichter machen, unerkannt zu entkommen. Warum also dort? Es könnte zudem sein, dass man sich vom Besitzer selbst einen Schlüssel besorgt hat – unter irgendeinem Vorwand. Oder der Besitzer könnte Auskunft darüber geben, weshalb eines der Schlösser ausgebaut wurde. Der Speicher könnte sogar dem Bauunternehmer Heumacher gehören. – Die Frage nach dem Besitzer des Speichers scheint mir doch nicht so unwichtig zu sein, wenn ich auch sonst noch über keine Erkenntnisse verfüge." Der beabsichtigte Tonfall des dozierenden Oberlehrers verfehlte seine Wirkung bei Kommissar Schubert nicht.

Wütend drehte der sich Hart zu. Auf seiner Stirn staute sich das Blut in einer steilen Zornesader und ließ diese bis zu beängstigender Dicke anschwellen. Ein warnendes Zeichen, dass sein durch Nikotin ohnehin geschädigter Kreislauf jeden Moment kollabieren konnte.

Hauptkommissar Behrends, der eben noch gelassen dem Dialog der beiden Männer gefolgt war, starrte gleichermaßen besorgt wie neugierig auf die physiognomische Veränderung im Gesicht seines Assistenten und ließ dann seine rechte Hand krachend auf den Tisch fallen. „Jetzt aber Schluss, meine Herren. Schubert beruhigen Sie sich um Gottes willen und hören Sie endlich auf, sich mit den falschen Leuten anzulegen. – Und Sie, Herr Hart, beginnen bitte mit Ihrer Zeugenaussage, indem Sie uns schildern, was Sie alles von Beginn der Fahrt an beobachtet haben. –War Heumacher zum Beispiel besonders nervös? – Sprach er mit Ihnen über seine Ängste? – Erzählen Sie bitte möglichst detailliert und umfassend, an was Sie sich erinnern können."

Hart schlug die Beine übereinander und rutschte auf dem Holzstuhl in eine bequemere Sitzposition. Dann berichtete er über alles, was sich ereignet und worüber er sich mit Heumacher unterhalten hatte. Vom Eintreffen auf dem Heumacher Grundstück bis zum Erscheinen der beiden Kripobeamten an der Unfallstelle. Es war eine seiner besonderen Begabungen, auch noch nach Tagen ein Gespräch wörtlich wiedergeben zu können.

Als er mit seinem Bericht zu Ende war, sah er den Hauptkommissar ernst an. „Ich werde morgen Frau Heumacher helfen, die jetzt anstehenden notwendigen Dinge zu regeln. Die Frau war vorhin noch ziemlich geschockt. Vielleicht könnten Sie erst morgen Nachmittag mit der Befragung beginnen. Ich glaube, sie ist zurzeit nicht in der Lage, klare Aussagen zu machen."

„Ja, das kann ich mir vorstellen." Der Kripochef nickte mitfühlend. Dann hob er entschuldigend beide Hände hoch. „Andererseits können wir die Ermittlungen nicht so weit hinausschieben. Wir brauchen spätestens morgen früh Frau Heumachers Aussagen. Das mag unmenschlich klingen, aber es handelt sich um kaltblütigen Mord, da können wir uns nicht viel Mitgefühl leisten." Er stand auf und verabschiedete sich von Hart mit einem kräftigen Händedruck. „Vielen Dank für Ihr Kommen, Herr Hart. Schubert ruft Sie an, wenn das Protokoll geschrieben ist." Damit drehte er sich um und begleitete Hart zur Tür.

**

Hauptkommissar Behrends schloss leise die Tür und setzte sich hinter seinen Schreibtisch. „Kommen Sie hier her, Schubert," wies er seinen Assistenten an und zeigte auf den leeren Stuhl vor sich, „und bringen Sie die Erpresserschreiben mit."

Schubert rückte den Stuhl ein wenig vom Schreibtisch weg, um sich genug Freiraum zu schaffen, und reichte seinem Chef den roten Aktendeckel mit den beiden Briefen. „Wollen Sie, dass ich was mitschreibe, Chef?", fistelte er.

„Ja." Behrends lehnte sich zurück, nahm die dunkle Hornbrille ab und rieb sich die Augen.

„Sie gehen morgen gleich um 9.00 Uhr zur Villa der Heumachers und versuchen dort herauszubekommen, ob die Witwe oder sonst jemand im Hause irgendetwas von der Erpressung wusste. Vielleicht hat sie selber eine größere Summe Geld von der Bank geholt. – Hart hatte doch vorhin gesagt, Otto Heumachers Frau würde über das Firmen- und Privatvermögen verfügen." Er machte eine Pause und las nochmals beide Erpresserschreiben durch.
Schubert kritzelte Stichworte in ein kleines Notizbuch, das er immer mit sich führte.

„Nach den beiden Erpresserschreiben zu urteilen",

sinnierte der Hauptkommissar laut, „könnte es sein, dass Heumacher seinen Erpresser sogar kannte. – Warum fordert jemand so eine krumme Summe? – Das deutet für mich auf irgendeine Beziehung der beiden zueinander hin. Leider wissen wir nicht, ob Heumacher bezahlt hat. – Na ja, und natürlich nicht, ob Heumacher tatsächlich wusste, von wem er erpresst wurde."

Er legte die beiden Schreiben zurück in den roten Aktendeckel und erhob sich. Langsam ging er mit auf dem Rücken verschränkten Armen zum Fenster und schaute schweigend auf die Menschen in den Wallanlagen, die vier Stockwerke unter ihm fast ausnahmslos ihre Mäntel oder Jacken über dem Arm oder über die Schulter geworfen trugen. Alle waren zu warm angezogen nach draußen gegangen, weil diese Wärme zu dieser Jahreszeit einfach zu unglaublich war.

„Die Schreiben sind doch wohl auf Fingerabdrücke untersucht worden, Schubert!?" Der Kripochef drehte sich bei der Frage nicht um.

„Ja, selbstverständlich. Dies hier sind Kopien. Die Originale sind noch bei der Kriminaltechnik."

„Schicken Sie einen Kollegen zur Firma von Otto Heumacher." Er schaute auf seine Armbanduhr. „Heute werden dort keine Mitarbeiter der Buchhaltung mehr zu erreichen sein. Also dann morgen. – Vielleicht gibt man uns ohne richterliche Anordnung freiwillig Auskunft, ob eine größere Summe Geld von einem Firmenkonto in der fraglichen Zeit abgebucht wurde."

Hauptkommissar Behrends machte wieder eine längere Pause, bevor er sich umdrehte und zum Schreibtisch zurückging.

„Mein Gott, Schubert, stellen Sie sich vor, wir sollten so eine Wohnanlage, wie Hart sie vorhin beschrieben hat, nach einer Bombe durchsuchen oder alle Bewohner einschließlich der näheren Umgebung evakuieren. Schreckliche Vorstellung. Die ganze Stadt würde verrückt spielen. Da kann man direkt froh sein, dass der Allmächtige es diesmal anders geregelt hat." Etwas verlegen grinsend schaute er Schubert an und gab ihm einen leichten Klaps auf den Oberarm. „So, nun sehen Sie zu, dass wir Ergebnisse von der Kriminaltechnik kriegen. Besonders wichtig wären Erkenntnisse über den Schützen auf dem Speicher. Wir wissen noch nicht, ob es sich bei Erpresser und Mörder um die gleiche Person handelt." Er blieb überlegend stehen. „Noch was, Schubert. Schicken Sie auch einen Kollegen zur Meierei in den Bürgerpark. Der soll sich überall umhören, ob in der fraglichen Zeit der Diamantenübergabe etwas Auffälliges beobachtet wurde. Zum Beispiel ob der Mercedes von Heumacher mit dem auffälligen Kennzeichen OH-500 gesehen wurde. – Und dann soll sich jemand die Juweliergeschäfte in der Stadt vornehmen. Wenn Heumacher wirklich geliefert hat – was ich allerdings nicht glaube – muss er sich die Dinger ja irgendwo besorgt haben." Er überlegte kurz, ob er etwas Wichtiges vergessen hatte „Hat man eigentlich das Projektil gefunden?"

„Ja, es lag eingeklemmt zwischen dem Blech der Motorhaube und dem Frontscheibenrahmen. Ist bereits bei der KTU."

„Gut, Schubert, dann an die Arbeit."

Damit verließ er das Büro. Es war Donnerstag. Und donnerstags nahm Hauptkommissar Behrends immer an dem Bridgeturnier seines Clubs teil. Von Kommissar Schubert bis zum jüngsten Mitarbeiter im Polizeipräsidium wusste jeder, dass es einem beruflichen Harakiri gleichkam, ihn bei einem Bridgeturnier zu stören. Selbst der Polizeipräsident hatte schon vor Jahren in einer Ansprache vor den Abteilungsleitern darauf hingewiesen, dass der Respekt der Kriminellen vor Hauptkommissar Behrends in der Kriminalstatistik ablesbar sei, denn kein Kapitalverbrechen in dieser Stadt hätte jemals an einem Donnerstagabend zwischen 19.00 und 23.00 Uhr stattgefunden.

4. Kapitel

Anna Heumacher hatte in der Nacht so gut wie kaum geschlafen. Immer wieder war sie aus einer Art Dämmerzustand aufgewacht, hatte orientierungslos einige Minuten gebraucht, um in die Wirklichkeit zurückzufinden, und war dann wieder in diese endlose Leere gefallen. Anfangs hatten wilde Träume sie aufschrecken lassen, in denen sie verzweifelt versuchte, einem auf sie zurasenden Auto auszuweichen, das kurz vor dem Aufprall plötzlich die Gestalt ihres Mannes annahm. Ein greller Blitz ließ ihn dann explosionsartig wieder verschwinden, und plötzlich erschien dieser Fremde mit den auffallend hellblauen Augen, der sie am Vortag besucht hatte und dessen Namen sie nicht mehr wusste, als schwarz gekleideter Verkehrspolizist, der mit ausgebreiteten Armen versuchte, umherschwirrende, schwarze Särge wie ein Handballtorwart abzuwehren. Schweißnass war sie um fünf Uhr morgens aufgestanden und hatte nach einem ausgiebigen Duschbad – erst heiß, dann eiskalt – ihren Kreislauf wieder einigermaßen stabilisiert.

Froh, endlich allein zu sein und keine quälenden Fragen mehr beantworten zu müssen, verabschiedete sie wortlos den korpulenten Kommissar mit der undeutlichen und unangenehm hohen Stimme und schloss erleichtert die Tür hinter ihm. Sie nahm die inzwischen eingegangene Post aus dem Briefkasten, der von der Diele aus durch eine mit seitlichen Scharnieren gerahmte Fotografie geöffnet werden konnte. Sinnigerweise zeigte das Bild eine sechsspännige Postkutsche, die in waghalsiger Fahrt durch den Wilden Westen jagte. Der Geschmack von Otto Heumacher. Sie nahm die Post und ging damit in die Küche.

Die Reklame sortierte sie aus und legte die übrigen Briefe zur Seite. Bis auf einen Brief waren alle Schreiben an ihren Mann adressiert. Müde stützte sie den Kopf auf beide Hände und starrte vor sich hin. Schließlich raffte sie sich auf und öffnete lustlos mit einem Küchenmesser den an sie gerichteten Brief. Sie glättete den maschinengeschriebenen Bogen und las erstaunt den Inhalt.

„Besorgen Sie € 226.000 in 100- und 50-Euroscheinen. Stellen Sie das Geld in einem Müllsack verpackt bis um 18.00 Uhr bereit. Sie werden später erfahren, was Sie weiter zu tun haben. Wenn Sie die Polizei benachrichtigen, wird heute um 24.00 Uhr in einer Ihrer Wohnanlagen eine Bombe explodieren.
Ihr Mann hat sich Dienstagabend nicht an meine Forderungen gehalten und musste sterben. Machen Sie nicht den gleichen Fehler, sonst sterben viele unschuldige Menschen.“

Sie begriff nicht sofort, was sie dort las. Das Gefühl, den Boden unter den Füßen zu verlieren und in ein tiefes, dunkles Loch zufallen, ließ sie erstarren.

Hatte nicht gerade dieser Polizist von der Mordkommission davon gesprochen, dass Otto um den gleichen Betrag erpresst worden war? Sie hatte nichts davon gewusst. Der Kommissar schien ihr nicht geglaubt zu haben, da sie Vollmacht zu allen Konten hatte und auch allein über höhere Auszahlungen verfügen konnte. Auf erschreckende Weise wurde jetzt ihre Aussage bestätigt.

Der Brief hatte keine Anrede und war anscheinend mit einem Computer geschrieben. Er musste in den Hausbriefkasten geworfen worden sein, denn wie sie erst jetzt bemerkte, waren auf dem Umschlag kein Postwertzeichen und kein Stempel. Die Adresse stand auf einem Aufkleber.

Heute war Freitag, der 19.November. Kreidebleich schaute sie auf ihre goldene, mit Diamanten reich verzierte Armbanduhr, mit der ihr Mann sie zum zehnjährigen Hochzeitstag überrascht hatte.

Es war genau 10.05 Uhr. Was sollte sie tun? Die Polizei verständigen? Der Kommissar war gerade gegangen. Dass Otto an einen Erpresser geraten war, hatte sie nicht so sehr überrascht. Irgendwann musste so etwas passieren. Das hatte sie auch dem Mann von der Kriminalpolizei gesagt. Aber jetzt war die ungeheuerliche Situation eingetreten, dass sie selbst erpresst wurde. Sie war nicht fähig aufzustehen. Die Angst, das gleiche Schicksal wie ihr Mann erleiden zu müssen, lähmte sie.

Beim Läuten der Haustürglocke zuckte sie nervös zusammen, was ihr aber half, die Lähmung zu überwinden. Mit zittrigen Fingern faltete sie den Brief zusammen und steckte ihn hastig in den Umschlag, wobei das Küchenmesser auf den Boden fiel. Sie ließ es liegen und ging zur Haustür.

Der große, sportliche Mann mit den auffallend hellblauen Augen, der sie gestern besucht hatte und dessen Namen sie nicht mehr wusste, stand lächelnd vor der Haustür. „Hallo, Frau Heumacher. Sie erinnern sich? Darf ich reinkommen?"

Anna Heumacher öffnete wortlos die Tür und trat

zur Seite.

Hart musterte die in einem schwarzen Kostüm vor ihm stehende Frau und erfasste instinktiv, dass gerade irgendetwas Schlimmes passiert sein musste. Die Frau war leichenblass und vermied es, ihn anzusehen. Suchend schaute er sich in der Diele um. Etwas Außergewöhnliches konnte er nicht entdecken. Durch den offenen Spalt der Küchentür sah er das auf dem Boden liegende Küchenmesser. Sofort ging sein besorgter Blick wieder zu Anna Heumacher. Verletzt schien sie nicht zu sein.

„Was ist passiert, Frau Heumacher? – Entschuldigung, aber Sie sehen aus, als wäre Ihnen gerade der Leibhaftige begegnet."

„Nichts. – Bitte." Sie zeigte einladend auf die offene Tür zum Wohnzimmer.

Unschlüssig blieb Hart vor dem Sessel stehen, auf dem er gestern Nachmittag gesessen und ihr die traurige Nachricht vom Tod ihres Mannes überbracht hatte.

Sie nickte ihm zu und nahm selber mit übergeschlagenen Beinen auf dem Sofa Platz. Er setzte sich und registrierte, dass der kurz geschnittene Kostümrock ihre wohlgeformten Beine vorteilhaft zur Geltung kommen ließ. Ihr Gesicht drückte Angst aus.

„Frau Heumacher, ich bin hier, um Ihnen zu helfen. Bitte, sagen Sie mir, was passiert ist!"

Ihre niedergeschlagenen Augen blieben auf die im Schoß gefalteten Hände gerichtet. Anna Heumacher konnte nicht sprechen, weil ein dicker Kloß ihr die Kehle zuschnürte.

Hart merkte, wie Mitleid und Wut in ihm hochkamen. Mitleid, weil er nachfühlen konnte, wie grausam es sein musste, wenn ein nahestehender Mensch plötzlich eines gewaltsamen Todes stirbt. Egal wie die Eheleute Heumacher auch zueinander gewesen sein mochten. Was spielte das nach einer brutalen Ermordung des einen Partners noch für eine Rolle?

Erst wenn etwas Vertrautes fehlt, spürt man, dass man Wertvolles verloren hat.

Aber das alles fing auch an, ihn wütend zu machen. Gestern hatte sich eine ähnliche Situation ergeben, als Otto Heumacher ihm nicht sagen wollte, was oder wer ihn bedrohte. Heute war er tot. Vielleicht hätte es doch eine Chance für den erpressten Unternehmer gegeben.

„Hat es etwas mit dem Besuch von Kommissar Schubert zu tun? Hat er Ihnen erzählt, dass Ihr Mann erpresst wurde?"

Sie hob den Kopf und blickte ihn mit leerem Gesichtsausdruck an. Dann stand sie abrupt auf. Mit einem Briefumschlag kam sie aus der Küche zurück und hielt ihn Hart wortlos hin.

Mit gerunzelter Stirn las dieser den Erpresserbrief. Zweifellos der gleiche Autor, gleicher Schrifttyp und gleiches Papier wie die beiden Schreiben an den Ermordeten, die ihm Hauptkommissar Behrends am Vortag gezeigt hatte. Auch hier fehlte die Anrede, und der Text war sachlich knappgehalten.

„Haben Sie schon mit der Polizei gesprochen?"

„Nein."

Hart sah auf seine Armbanduhr. Weniger als acht Stunden Zeit, um entweder 226.000 Euro zu beschaffen oder den Erpresser zu ermitteln, drei große Wohnanlagen mit über 1000 Bewohnern zu evakuieren oder versteckte Sprengstoffladungen in etwa 350 Wohnungen mit den zugehörigen Nebenräumen zu finden. Bis auf das Beschaffen des Geldes, dürfte das selbst für die personell stärkste und am besten ausgestattete Polizeitruppe der Welt ziemlich schwierig werden. Wie sollte aber eine mittlere Großstadt mit den ihr zur Verfügung stehenden Möglichkeiten diese Aufgaben bewältigen?

„Wir müssen Hauptkommissar Behrends anrufen und ihm den Brief übergeben. Die moderne Kriminaltechnik kann außerordentlich viel an Erkenntnissen aus so einem Stück Papier gewinnen. Außerdem könnte die Staatsanwaltschaft zu dem Schluss kommen, dass sich aus dem Schreiben eine Art Mordgeständnis herauslesen lässt."

Anna Heumacher fuhr erschreckt zusammen und setzte sich kerzengerade auf. „Auf keinen Fall die Polizei! Sie haben doch erlebt, wie es meinem Mann ergangen ist, weil er sich nicht an die Bedingungen gehalten hat. – Keine Polizei!" Sie reagierte so heftig, dass Hart erstaunt mit dem vorsichtigen Zusammenfalten des Briefes innehielt.

„Aber, liebe Frau Heumacher, die Sätze *Ihr Mann hat sich Dienstagabend nicht an meine Forderungen gehalten und musste sterben. Machen Sie nicht den gleichen Fehler sonst sterben viele unschuldige Menschen* sind ein wichtiger Hinweis darauf, dass es sich bei dem Mörder und dem Erpresser um die gleiche Person handelt. Die Polizei muss das wissen."

Eindringlich sah er die jetzt wieder in sich zusammengesunkene Frau in dem schwarzen Kostüm an. Die ineinander verschränkten Hände lagen in ihrem Schoß, wobei die gepflegten Finger ständig knetende Bewegungen machten, gerade so als wollte sie die Knöchel massieren, wie ein Klavierspieler vor dem Einsatz. Sie hielt seinem strengen Blick nicht stand und senkte den Kopf. Es war nicht zu erkennen, ob sie mit den Tränen oder mit ihrer inneren Erregung kämpfte.

Unverhofft stand sie auf und machte einen halben Schritt auf ihn zu. Dann hielt sie inne und setzte sich auf die Lehne eines anderen Sessels. „Ich habe Ihren Namen vergessen", sagte sie mit leiser, aber fester Stimme.

Hart war verblüfft über diese Eröffnung. „Hart", erwiderte er irritiert. „Rigidus Hart. Ich bin mit Viktor Trautmann befreundet, über den auch die Verbindung zu Ihrem Mann entstanden ist."

Er versuchte zu ergründen, was wohl in ihrem Kopf vorging. Ihr Gesicht drückte Verzweiflung aus, und in ihren dunkelbraunen Augen, die ihn jetzt voll anblickten, erkannte er entsetzliche Angst.

„Könnten Sie nicht meinen Schutz übernehmen? – So, wie Sie es …", sie schluckte, bevor sie weitersprechen konnte, „wie Sie es mit Otto vereinbart hatten?" Und als er nicht gleich zu einer Antwort fand, fügte sie schlicht hinzu: „Bitte"

Es überraschte ihn, dass die Witwe des Mannes, dessen Tod er nicht hatte verhindern können, obwohl er dafür engagiert worden war, ausgerechnet ihn um Hilfe bat.

„Selbst, wenn ich diese Aufgabe übernehmen würde, Frau Heumacher, wir müssen Hauptkommissar Behrends verständigen. – Lassen Sie mich mit ihm sprechen."

„Nein." Sie stand auf und trat an die Fensterfront, von wo aus sie längere Zeit in den Garten starrte. Als sie sich Hart wieder zuwandte, klang ihre Stimme fest und bestimmt. „Die drei Wohnanlagen sind bis Mitternacht mit größter Wahrscheinlichkeit nicht zu evakuieren und es ist fraglich, ob die Bombe in der kurzen Zeit gefunden werden kann. Wollen Sie das Leben so vieler Menschen riskieren? Helfen Sie mir, das Geld zu beschaffen und die Übergabe zu organisieren. Durch die Polizei wird nur alles komplizierter und riskanter." Sie machte eine kurze Pause und drehte sich wieder dem Fenster zu, bevor sie leise fortfuhr. „Und wann der Mörder meines Mannes gestellt wird, ist doch jetzt sekundär, Herr Hart. – Es geht auch um mein Leben."

Sie hatte genau das ausgesprochen, was Hart in seiner eigenen Abwägung der Dinge zu schaffen machte. Was konnte die Polizei realistisch heute bis 0.00 Uhr noch erreichen? Bis die Hundestaffeln zur Sprengstoffsuche aus benachbarten Bundesländern eintreffen würden, wäre zu viel Zeit vergangen. Niemand konnte vorhersagen welchen Wohnblock der Erpresser präpariert hatte und die Evakuierung von etwa tausend Bewohnern, unter denen behinderte, kranke und vielleicht auch sehr eigenwillige Menschen sein mochten, wäre ein aussichtloses Rennen gegen die Zeit. Anna Heumacher hatte recht. Die Polizei konnte bestenfalls die ganz kleine Chance nutzen, den Erpresser vor Ablauf des Ultimatums zu stellen und natürlich den Personenschutz der Witwe verstärken.

Hart fasste einen Entschluss. „Setzen Sie sich bitte, Frau Heumacher." Er wartete, bis sie ihm gegenüber Platz genommen hatte.

„Ich werde alles in meiner Macht stehende unternehmen, Sie vor dem Erpresser zu schützen.

Aber ich bin verpflichtet – und Sie übrigens auch – der Mordkommission keine Beweismittel vorzuenthalten." Ihr Kopf ruckte hoch, doch mit einer unmissverständlichen Handbewegung bedeutete er ihr, den Protest zurückzuhalten, und fuhr ruhig und sachlich mit seinen Erläuterungen fort.

„Allerdings halte es für verantwortbar, diese Benachrichtigung im Interesse eines möglichen Zeitgewinns um zwei Stunden hinauszuzögern. Der Polizeiapparat arbeitet schwerfällig. Wir wissen nicht, ob Ihr Mann bezahlen wollte. Möglicherweise hat er entsprechende Vorkehrungen in der Firma getroffen. Wir können wegen des Attentates nur davon ausgehen, dass er noch nicht bezahlt hatte. Hauptkommissar Behrends wird ähnliche Überlegungen anstellen. Die Akten aus der Buchhaltung in der Firma Ihres Mannes werden also wahrscheinlich ins Polizeipräsidium geschafft und dort von Experten gesichtet werden. Zuvor müsste Ihre Einwilligung oder die eines Richters eingeholt werden. Wenn überhaupt etwas über den Erpresser in der Firma zu erfahren ist, werde ich es vor Ort schneller herausfinden."

Er registrierte mit Erleichterung, dass Anna Heumacher konzentriert zuhörte. „Es ist jetzt genau 10.30 Uhr. Rufen Sie bitte die Buchhaltung an und sagen Sie denen, dass ich in zwanzig Minuten alle Kontobewegungen der letzten zwei Wochen einsehen möchte. Spätestens um 13.00 Uhr bin ich wieder hier, um mit Ihnen zusammen der Kripo den Erpresserbrief zu übergeben. Ich rufe Hauptkommissar Behrends auf der Rückfahrt hierher vom Auto aus an."

Sie hielt jetzt seinem Blick stand und obwohl nicht

gerade Begeisterung für seinen Plan in Ihrem Gesicht zu lesen war, schien sie allmählich Vertrauen zu fassen. Sie stand auf, glättete den schwarzen Kostümrock und fragte, ob er etwas trinken wolle.

„Nein, danke. Dazu haben wir keine Zeit. Bitte schreiben Sie die Vollmacht und geben Sie mir sicherheitshalber Schlüssel für die Firmenräume."

Anna Heumacher nickte zustimmend und verschwand in einen der angrenzenden Räume. Bevor sie die Tür hinter sich schloss, rief er ihr nach, dass sie auch ihre Handynummer aufschreiben solle, er würde seine dann gleich in ihrem Handy speichern.

***

Die Dame hinter dem runden Empfangstresen bat Hart im Flüsterton, einen Augenblick zu warten. Der Tod des Chefs war hier heute natürlich Thema Nummer eins, und er spürte die gedämpfte Stimmung im Hause. Alle Rundfunkanstalten in ganz Deutschland brachten den heimtückischen Mord ständig in den Nachrichten.

Die Vollmacht musste er gar nicht erwähnen. Anna Heumacher hatte die Mitarbeiter angewiesen, ihm behilflich zu sein.

Ein älterer Herr stellte sich als Verantwortlicher der Buchhaltung vor und brachte ihn in das Büro von Otto Heumacher. Trotz der Trauer, die bei allen Mitarbeitern vorherrschte, hatte man die Gepflogenheiten einer guten Besucherbewirtung nicht vergessen. Auf dem großen Besprechungstisch standen auf einem edlen Silbertablett eine

Thermoskanne mit Kaffee, Kaffeetassen, Milch, Zucker und eine Schale mit Gebäck. Hart schob alles dankend zur Seite und bat um die Kontoauszüge dieser und der vergangenen Woche aller Banken, bei denen das Unternehmen Geschäftskonten unterhielt.

Der ältere Herr zog sich diskret zurück, nachdem er die Ordner der Kontoauszüge hereingetragen, entsprechende Erläuterungen gegeben und Hart versichert hatte, dass er jeder Zeit auch die Sekretärin des Chefs befragen könne, die noch bis 14.00 Uhr nebenan arbeiten würde.

Über die Hausbank wurden die meisten Rechnungen abgewickelt. Aber auch bei den weiteren drei Banken gab es diverse Buchungen. Wenn Heumacher das Geld von den Geschäftskonten genommen hatte, dann sicher nicht die gesamte Summe von einem Konto. Es würde also eine ziemliche Zeit dauern, bis er alle Vorgänge überprüft haben würde. Systematisch und konzentriert begann er mit der Arbeit.

Nach eineinhalb Stunden stand er auf und sah sich ein wenig im Büro von Otto Heumacher um. Die Konten waren so gut wie fast alle überprüft, ohne dass er etwas Verdächtiges hatte entdecken können. Es sah ganz so aus als hätte der ermordete Bauunternehmer keinerlei Vorbereitungen getroffen, die Summe von 226.000 Euro bereitzustellen. Das hieß, dass er nicht vorgehabt hatte zu bezahlen. Wenn es so war, würde er hier keinen Hinweis auf den Erpresser finden, sagte sich Hart und ließ sich nachdenklich auf den schwarzen Chefsessel hinter dem Mahagonischreibtisch fallen.

Seine Gedanken schweiften ab, als er etwas abgespannt die Augen schloss. Wie hätte er an

Heumachers Stelle gehandelt? Mit Sicherheit hätte er die Polizei hinzugezogen. Der Bauunternehmer hatte sich stark genug gefühlt, alles allein durchzustehen. Lediglich privaten Personenschutz hatte er durch ihn veranlasst. Diese Überheblichkeit hatte ihm das Leben gekostet. Jetzt war das größte Bauunternehmen der Region führungslos geworden. Von heute auf morgen mussten nun viele Mitarbeiter um ihren Job bangen.

Er öffnete die Augen und sah unentschlossen auf die mit unzähligen Kritzeleien übersäte Schreibtischunterlage. Fast alle dort notierten Namen und Zahlen waren wieder durchgestrichen worden. Ein *Hauser* in einem rechteckigen Rahmen war nicht durchgestrichen. In einigen älteren Käschen, durch Kaffeeflecken kaum noch lesbar, fiel ihm auf, dass irgendwelche Zahlen immer mit 1,95583 mulipliziert wurden. Hart vermutete, dass es sich um Umrechnungen von Euro in DM handelte.

Spielerisch nahm er den Taschenrechner auf dem Schreibtisch zur Hand und tippte 226.000 x 1,95583 ein. Heraus kam die krumme Summe von 442.017,58

Einer Eingebung folgend nahm er das Telefon zur Hand und wählte die Nummer der Sekretärin. Frau Richter erschien auf seine Bitte sofort und fragte höflich, wie sie helfen könne.

„Können Sie mit einem Betrag in Höhe von 442.017,58 DM etwas anfangen??"

„Nein, nicht dass ich wüsste." Die Sekretärin machte ein nachdenkliches Gesicht.

„Gab es mal Forderungen an die Firma in dieser Höhe?" versuchte Hart ihrem Gedächtnis nachzuhelfen „Oder hatte Ihr Chef Wettschulden oder sonst etwas in der Art?"

„Nein, nicht dass ich wüsste." kam die stereotype Antwort

„Es könnte ja auch schon länger zurückliegen. Sie sind doch schon länger hier beschäftigt?" setzte Hart nach.

„Ja, über fünfzehn Jahre. – Warten Sie, es gab mal einen Prozess vor etwa zehn Jahren. Da machte ein Ingenieurbüro vor Gericht Honorarforderungen geltend. Ich glaube, das könnte in der Größenordnung gewesen sein."

„Gibt es darüber noch Unterlagen?"

Statt einer Antwort ging die Sekretärin nach draußen, ließ die Tür offenstehen und kam erst nach gut fünf Minuten mit einem prall gefüllten Aktenordner zurück. Auf dem Ordnerrücken stand *Hochhaus Köln – Gerichtsakte*. „Aus dem Archivraum" entschuldigte sie sich für das lange Fernbleiben „Hier steht alles drin." Und nach kurzem Zögern: „Wenn Sie mich nicht mehr brauchen, würde ich gerne nach Hause gehen." Abwartend blieb sie am Schreibtisch stehen. Hart hatte die Akte schon aufgeschlagen. Zu oberst lag die Klageschrift an die Firma Heumacher.

Der Anflug eines Lächelns huschte über Frau Richters Gesicht als sie mit dem Finger auf die Anschrift des Klägers tippte und erklärte, dass es die Firma Simbach schon lange nicht mehr gebe. Genaueres über die Geschäftsbeziehung zwischen Herrn Simbach und der Firma Heumacher sei der Akte zu entnehmen. Soweit sie sich erinnern könne, habe es nie eine Baugenehmigung für das Bürogebäude gegeben, das deshalb auch nicht gebaut worden ist.

Hart hatte keine weiteren Fragen mehr an sie und bat für eventuelle Rückfragen um ihre private

Telefonnummer, die sie bereitwillig auf einen Zettel schrieb.

Dann überflog er hastig die Klageschrift und konnte schon auf der nächsten Seite die Überraschung kaum fassen. Schwarz auf weiß stand hier die Honorarforderung der Firma Simbach von DM 442.017,58. Das konnte kein Zufall sein.

Genau die DM-Summe, mit der Otto Heumacher und jetzt seine Frau in Euro erpresst wurden. Das musste reichen, damit die Kripo Recherchen über das Ingenieurbüro und den Inhaber Simbach anstellen konnte.

Er wählte mit seinem Handy die gespeicherte Rufnummer von Hauptkommissar Behrends und wurde mit der Zentrale verbunden. Hauptkommissar Behrends war außer Haus, und man stellte ihn zu Kommissar Schubert durch.

„Hart hier. Herr Behrends ist nicht zu sprechen, wurde mir in der Zentrale gesagt. Ich habe eine wichtige Mitteilung für ihn."

„Das können Sie ebenso gut auch mir mitteilen", fistelte Schubert bissig.

„Hören Sie, Herr Schubert, es ist wichtig, dass Sie den Hauptkommissar benachrichtigen, wo immer er sich auch aufhält. Ich bin in zwanzig Minuten im Wohnhaus von Otto Heumacher und möchte, dass Sie sich eine Akte ansehen, aus der hervorgeht, wer der Erpresser sein könnte."

„Was fällt Ihnen denn ein, sich in die Polizeiarbeit einzumischen?", stieß er in höchster Tonlage hervor.

Hart konnte sich vorstellen, wie gerade die Stirnader des Kommissars anschwoll und musste grinsen. „Ich mische mich nicht in Ihre Arbeit ein. Sie haben einen

Mord aufzuklären, und ich wurde von Frau Heumacher beauftragt, für Ihren Schutz zu sorgen. Zufällig bin ich dabei auf etwas Interessantes gestoßen, dass auch Ihnen bei Ihren Ermittlungen helfen könnte. Aber wenn Sie an Informationen nicht interessiert sind, verehrter Herr Schubert, dann warte ich bis Montag. Wahrscheinlich ist dann Herr Behrends wieder zu sprechen."

Die Drohung mit seinem Chef wirkte. „Seit wann sind Sie so empfindlich?", lenkte Schubert ein. „Ich werde versuchen, Herrn Behrends aufzutreiben. Er ist in einem wichtigen Bridgeturnier. Ich glaube aber nicht, dass er sich da gern stören lässt."

„Ob er sich gern stören lässt, ist mir egal. Benachrichtigen Sie ihn, dass ich einen wichtigen Hinweis auf den Erpresser habe. Und wenn Erpresser und Mörder die gleiche Person sind, wonach es ja aussieht, dann ist die Polizei auch ein großes Stück weiter mit der Aufklärung des Falls." Ohne eine Antwort von Kommissar Schubert abzuwarten, unterbrach Hart die Verbindung, klemmte sich den Ordner unter den Arm und verließ die Firma Heumacher.

5. Kapitel

Aus den zwanzig Minuten bis zur Villa Heumacher wurde eine geschlagene Stunde, da in einer Einbahnstraße, unmittelbar vor ihm, ein die Fahrbahn querender Fußgänger angefahren worden war. Es gab für Hart wegen der seitlich parkenden Autos keine Chance, an der Unfallstelle vorbeizukommen. Hinter ihm stauten sich die Fahrzeuge, sodass auch rückwärts nichts ging. Wütend über das Missgeschick versuchte er, Schubert zu erreichen. Der sei unterwegs, sagte man ihm in der Telefonzentrale. Die Handynummer dürfe in keinem Fall Außenstehenden mitgeteilt werden.

Als die Unfallstelle geräumt war, hatte er vierzig wichtige Minuten mit unnützem Warten verbracht. Der Porsche schoss mit quietschenden Reifen los.

Vor der Villa stand ein Streifenwagen, was nichts Gutes bedeutete, denn die Kripo fuhr in der Regel zivile Autos. Hart stürmte durch die offenstehende Haustür, während tausende von Ameisen seine Magenwände traktierten und zusätzliches Adrenalin erzeugten. Beinahe wäre er mit Schubert zusammengeprallt, der auf dem Weg nach draußen war.

„Interessant, dass Sie auch schon auftauchen", fauchte der Kommissar ihn an.

Hart beachtete ihn gar nicht, sondern drängte sich an ihm vorbei ins Wohnzimmer. Hier stand Anna Heumacher neben dem lindgrünen Sessel, auf dem ein gelber Müllsack lag. Sie hatte die Arme vor der Brust verschränkt und sah zornig aus. Hart erfasste die Situation sofort. Ein kurzer Blick auf den durchsichtigen gelben Plastikbeutel verriet ihm, dass der Inhalt aus gebündelten Banknoten bestand. Am Fenster stand ein teilnahmslos blickender Polizeibeamter in Uniform.

Schubert kam zurück ins Wohnzimmer mit einem Gesichtsausdruck, als hätte man ihm eine gerade gewonnene Goldmedaille aberkannt. Er schluckte einmal trocken, bevor er sich an Hart wandte.

„Ein aufgeweckter Angestellter eines Kreditinstituts hat uns kurz nach Ihrem Anruf vorhin benachrichtigt, dass Frau Heumacher eine große Summe Geld heute abgehoben hat. Er fragte, ob diese Transaktion möglicherweise mit der im Rundfunk veröffentlichten Erpressung ihres ermordeten Mannes zu tun hat. Die Summe hat er nicht genannt."

Schubert legte eine kurze Pause ein, die Hart wohl Zeit geben sollte, die Nachricht zu verdauen. „Frau Heumacher streitet dieses ab und behauptet, das Geld sei für einen ausländischen Kunden bestimmt." Mit einem wütenden Blick auf die in Schwarz gekleidete Witwe fuhr er fort. „Sie verrät weder die Summe, noch warum sie das Geld in einen Müllbeutel getan hat. Wenn Sie mich fragen, Herr Hart, sieht es verdammt danach aus, als handelt es sich hier um das Blutgeld, dass sie für die Ermordung ihres Mannes bezahlt."

Diese Schlussfolgerung erregte ihn so, dass er vor heiserem Fisteln in höchster Frequenz kaum zu verstehen war.

Hart blieb cool. „Ich frage Sie nicht, Herr Schubert. Aber in meinem Kofferraum liegt eine Akte, aus der zu entnehmen ist, wer der mutmaßliche Erpresser und Mörder ist." Er hielt dem Kommissar seinen Autoschlüssel hin, der ihn gleich an den Polizisten weiterreichte. „Ich würde Frau Heumacher gern für einen Augenblick allein sprechen, wenn Sie gestatten."

Er ergriff unsanft Anna Heumachers Arm und führte sie in die Küche. Sorgfältig schloss er die Tür hinter sich. „Was ist denn in Sie gefahren?", zischte er sie an. „Sind Sie verrückt geworden? Wo ist der Erpresserbrief von heute Morgen?"

Wortlos zog sie eine Schublade auf und gab ihm das Schreiben.

„Sie bleiben hier, bis ich Sie hole!", flüsterte er mit drohendem Unterton und ließ sie stehen.

Kommissar Schubert machte sich gerade an dem Müllbeutel zu schaffen, als er das Wohnzimmer wieder betrat. „Lassen Sie das", stoppte Hart ihn. „Dazu haben Sie kein Recht. Frau Heumacher kann so viel Geld, wie und worin sie will, in ihrem Haus aufbewahren. – Hier, das hat mir Frau Heumacher eben gegeben. – Ich glaube, damit ist Ihre Theorie, dass sie den Mörder ihres Mannes bezahlen will, wohl vom Tisch."

Der Kommissar setzte sich auf die Lehne des Sessels. Mit gerunzelter Stirn las er das Erpresserschreiben durch. „Mein Gott, dann haben wir ja wieder das gleiche Problem. Wir müssen drei Wohnblöcke räumen."

„Oder den Erpresser vorher festnehmen", ergänzte Hart trocken.

„Es kann aber auch sein, dass Frau Heumacher diesen Brief hier selbst verfasst hat und doch mit dem Geld den Mörder bezahlen will", blieb Schubert hartnäckig.

„Sein kann so gut wie alles, Herr Schubert. Haben Sie Hauptkommissar Behrends erreicht?"

„Wann denn? Ich bin doch gleich nach dem Anruf

der Bank hierhergefahren", schnauzte der Kriminalbeamte verärgert.

„Der Name des mutmaßlichen Erpressers ist Alfred Simbach", informierte ihn Hart sachlich. „Er betrieb vor Jahren in der Stadt ein Ingenieurbüro. In der Akte klebt ein gelber Merkzettel. Für die Polizei müsste es eine Kleinigkeit sein, den Mann ausfindig zu machen."

„Danke", sagte Kommissar Schubert kaum hörbar und eilte nach draußen.

Es war genau 15.27 Uhr.

Hart schloss die Haustür hinter ihm ab und ging in die Küche. Er zog sich einen Stuhl heran und begann ohne lange Vorrede mit seinem Verhör. „Warum haben Sie hinter meinem Rücken das Geld abgeholt?"

„Das Geld ist für einen ausländischen Kunden, der hier am Sonntag eintrifft. Das habe ich gerade dem Kommissar erzählt. Es geht Sie daher auch nichts an." Anna Heumacher sah ihn nicht an, sondern starrte stur aus dem Fenster.

„Das können Sie mir nicht erzählen", erwiderte er barsch „Außerdem geht mich alles an, was Sie tun oder nicht tun, solange Sie mir nicht den Auftrag entziehen, für Ihren Schutz zu sorgen. Wollen Sie wirklich, dass ich nach draußen gehe und das Geld im Müllsack zähle? Ich weiß, dass es 226.000 Euro sind."

Er schlug verärgert mit der Hand auf den Küchentisch, dass sie erschrocken herumfuhr. „Verdammt noch mal, Frau Heumacher, jetzt sagen Sie endlich, was los ist. Sie können doch nicht so naiv sein und glauben die Geldübergabe allein mit dem Erpresser durchzustehen? Was glauben Sie denn, was Kommissar Schubert jetzt als Erstes macht? Er wird natürlich Ihr Haus überwachen lassen, weil er denkt, dass Sie hinter dem Mord an Ihrem Mann stecken. Und wenn der Erpresser dahinterkommt, wird er mit Ihnen nie einen Deal wagen." Er hatte sich regelrecht in Rage geredet.

Anna Heumacher war aufgesprungen und stand jetzt zornbebend vor ihm. „Ich soll meinen Mann umgebracht haben?", schrie sie ihn wütend an „Glauben Sie das etwa auch?"

Er überragte sie stehend mindestens um einen Kopf. Vorsichtig packte er sie bei den Schultern und schüttelte sie leicht. „Ich glaube lediglich, dass Sie nicht ehrlich zu mir sind. Und ich glaube weiter, dass Sie in großer Gefahr sind. Kommen Sie zu sich, Frau Heumacher. Die Geschichte mit dem ausländischen Kunden nimmt Ihnen Hauptkommissar Behrends sowieso nicht ab. Haben Sie mal darüber nachgedacht, dass die Anweisung zur Geldübergabe, die später erfolgen soll, auch nur eine Finte hätte sein können? Man wartet, bis Sie mit dem Geld aus der Bank spaziert kommen, und überfällt Sie dann auf dem Weg nach Hause. – Sie haben bisher eine Menge Glück gehabt."

Sie sah ihn jetzt entsetzt an. Dann fiel Ihr Kopf gegen seine Brust, und sie fing an zu weinen. Ihr Körper schmiegte sich an ihn, während er ihr beruhigend über Schulter und Rücken streichelte. Sanft löste er sich und bat sie leise, sich zu setzen. Nachdenklich blickte er die Frau an, die nach dem gerade erfolgten Wutausbruch jetzt am Küchentisch kauerte wie ein Schulmädchen, das ein Zeugnis voller schlechter Noten heimgebracht hat.

Sein Freund Viktor Trautmann hatte ihm erzählt, dass sie mal Schauspielunterricht genommen hatte.

War wirklich alles gespielt?

Schuberts Verdacht konnte man nicht ohne Weiteres von der Hand weisen. Aber wo steckte das Motiv? Sie hatte alles, was eine anspruchsvolle Frau zum Leben braucht: Geld, Freunde, hohes Ansehen und auch die Freiheit, diese Privilegien zu genießen. Das alles hatte sie schließlich ihrem Mann zu verdanken. Hatte sie einen Liebhaber, der mehr wollte?

Sie wusste von dem ersten Erpresserbrief an ihren Mann. Nutzte sie jetzt die Gelegenheit, um sich ein stattliches Geldpolster beiseite zu schaffen? Aber warum? Heumachers hatten keine Kinder. Sie würde gar nicht erben müssen, weil er ihr schon alles überschrieben hatte. Nein, wahrscheinlich war es wohl einfach nur die Angst, die sie dazu getrieben hatte, das Geld von der Bank zu holen und zu hoffen, es ohne Beteiligung der Polizei an den Erpresser auszuhändigen.

„Sagt Ihnen der Name *Simbach* etwas?" Hart schaute erwartungsvoll auf die vor ihm sitzende Frau.

„Nein" sie drehte sich erstaunt zu ihm hin.

„Das Bauvorhaben oder der Prozess um ein Bürohochhaus in Köln? Ist Ihnen davon nichts bekannt?" fragte er weiter.

„Nein, auch nicht. Mein Mann hat nie über geschäftliche Angelegenheiten mit mir gesprochen."

Hart wollte mehr Klarheit. Unter dem Vorwand, nach Informationen über diesen Alfred Simbach zu suchen, fragte er, ob ihr Mann einen Haustresor benutze, zu dem sie auch Zugang habe. Vielleicht fand er doch irgendwo einen Hinweis auf ihr merkwürdiges Verhalten.

Anna Heumacher stand auf, nahm im Wohnzimmer eine Rembrandt-Kopie von der Wand, wählte auf dem elektronischen Sicherheitsschloss eine siebenstellige Zahl und öffnete den eingebauten Wandtresor. „Bitte, suchen Sie." Es klang ein wenig schnippisch.

Er entnahm unter ihren Argusaugen einige Geschäftspapiere ihres Mannes, die er flüchtig durchblätterte. Er wollte sie gerade zurücklegen, als ihm eine handgeschriebene Notiz auffiel. Der Vermerk bezog sich auf ein Telefonat mit einem anonymen Anrufer, der ihm – Otto Heumacher – eine „*angemessene*" Strafe androhte, weil er sich bei der Angebotsabgabe für den Bau einer Großdeponie in Schweden nicht an die Preisabsprache gehalten hatte. Angemessen war in Anführungszeichen gesetzt.

Hart drehte sich um und fragte: „Hatte Ihr Mann einen Auftrag für eine schwedische Großdeponie erhalten?"

„Ja", kam die knappe Antwort.

Er legte die Papiere zurück und suchte weiter. Neben einem Stapel mit Fünfhundert-Euro-Scheinen, er schätzte den Betrag auf wenigstens 10.000 Euro, gab es ein Extrafach im Tresor, ein Fach, das nur mit einem Spezialschlüssel zu öffnen war.

„Wissen Sie, was es mit diesem Seitenfach auf sich hat?"

„Da sind meine Privatsachen drin. Ich allein habe dafür einen Schlüssel."

„Würden Sie mir erlauben einen Blick hineinzuwerfen?"

„Nein. Es enthält ohnehin nur Schmuck." Nach kurzem Zögern fügte sie an: „Besonders wertvollen Schmuck."

„Schade", antwortete er lakonisch.

Wenn es eine Komplizenschaft mit dem Erpresser gab, hatte er hier jedenfalls keinen Hinweis darauf gefunden. Es könnte natürlich sein, dass sie etwas in diesem Geheimfach aufbewahrte. Aber hätte sie ihm dann überhaupt den Tresor gezeigt? Sie hätte es nicht tun müssen.

Irgendwie wurde er aus der Frau nicht schlau. Er schaute auf seine Armbanduhr.

Es war genau 15.40 Uhr.

Der Erpresser wollte, dass sie das Geld ab 18.00 Uhr im Haus bereithielt. Wenn Schubert es fertiggebracht hatte, den Hauptkommissar aus seinem Bridgeturnier loszueisen, würde der jetzt wahrscheinlich schon entsprechende Vorkehrungen treffen, falls der Mann Kontakt mit Anna Heumacher aufnahm.

Er hielt es für richtig, sich spätestens ab 18.00 Uhr hier im Haus aufzuhalten, um seinem Auftrag nachzukommen. Dazu musste er aber mit Behrends genaue Absprachen treffen. „Hören Sie, Frau Heumacher. Ich werde jetzt das Geld in mein Auto bringen. Dann fahre ich ins Polizeipräsidium, um meine Anwesenheit hier im Haus mit dem Hauptkommissar abzustimmen. Vor 18.00 Uhr ist nichts seitens des Erpressers zu erwarten."

Sie erhob sich und sah ihn flehentlichen an. „Heißt das, Sie wollen mich hier allein lassen?"

„Es wird wirklich nichts passieren. Sie brauchen keine Angst zu haben. Ich bin rechtzeitig zurück. Außerdem bin ich sicher, dass Ihr Haus bereits von der Polizei observiert wird." Dann kam ihm ein Gedanke, mit dem er zwei Fliegen mit einer Klappe schlagen konnte: Er hätte die Kontrolle über das, was

Anna Heumacher in der Zeit tat, und sie hätte das Gefühl, nicht allein zu sein. „Ich könnte jemanden herbitten, der Ihnen solange Gesellschaft leistet, bis ich wieder hier bin. Eine Arzthelferin, die zurzeit nicht berufstätig ist. Wenn Sie wollen, rufe ich sie jetzt an. Sie kann in fünf Minuten hier sein."

„Ja." Sie nickte dazu und er merkte, dass Sie nicht weitersprechen konnte. Ihre Angst, allein im Haus zu sein, war spürbar und echt.

Hart nahm den Müllsack mit dem Geld und ging zu seinem Porsche. Der Polizist hatte die Akte aus dem Wagen genommen. Der Autoschlüssel lag auf den Fahrersitz. Er wählte die im Handy gespeicherte Nummer von Claudia Dohrmann.

Claudia Dohrmann, mit der Hart seit vielen Monaten in einer festen Beziehung lebte, war genau die richtige Person, um auf Frau Heumacher aufzupassen. Sie liebte ihren Regidus Hart genau so abgöttischn wie er sie. Claudia war intelligent, einfühlsam und praktisch veranlagt. Hoffentlich hatte sie für einige Stunden Zeit.

„Dohrmann?"

„Claudia, ich bin es. Kannst du für gut zwei Stunden jemandem Gesellschaft leisten? Du hättest nichts weiter zu tun, als ein wenig darauf zu achten, wie es Frau Heumacher geht und was sie in dieser Zeit tut. – Ja, genau die, deren Mann gestern ermordet wurde."

Nach einigen Nachfragen willigte Claudia ein und versprach, in fünf Minuten da zu sein.

Claudia kam pünktlich. Er fing sie draußen ab, weil er nicht wollte, dass Anna Heumacher merkte, wie die beiden zueinanderstanden. Es würde Misstrauen wecken; genau das Gegenteil von dem, was nötig war, um Claudia die Möglichkeit zu verschaffen, das

Vertrauen der Witwe zu gewinnen. Claudia besaß eine hervorragende Menschenkenntnis, die er oft bewundert hatte. Hart instruierte sie entsprechend und bat sie, dass sie beide sich siezen im Beisein beziehungsweise im Haus von Anna Heumacher. Drinnen stellte er Claudia Anna Heumacher als Frau Dohrmann vor und hastete dann zu seinem Auto, um ins Polizeipräsidium zu fahren.

Es war genau 15.55 Uhr.

***

Hauptkommissar Behrends holte die ersten drei Boards und gab sie seinem Bridgepartner Professor Dr. Fischer. Beide nahmen, wie in jedem Jahr, an den offiziellen Clubmeisterschaften ihres Bridgeclubs teil. Sein Partner und er landeten fast immer auf einem der ersten drei Plätze. Gespielt wurde heute an achtzehn Tischen, jeweils drei Boards. Sie saßen auf Nord/Süd und hatten schon in der Meldeliste gesehen, dass alle guten Spieler heute antraten.

Jeden Augenblick musste die Turnierleitung das Startzeichen zum Spielbeginn geben.

Es war genau 15.45 Uhr.

Schweigend saßen alle vier Spieler am Tisch. Als die Glocke läutete, nickten Behrends und Fischer sich und ihren Partnern auf Ost/ West zu, bevor alle die Karten dem Board entnahmen, das Professor Fischer in die Mitte des Tisches gelegt hatte.

Hauptkommissar Behrends war Teiler. Er zählte routiniert seine Punkte und eröffnete mit einem Pik. West passte und Fischer sprang auf drei Pik. Nachdem auch Ost gepasst hatte, erhöhte Behrends mutig auf vier Pik, obwohl er rechnerisch mit allen Verteilungspunkten nur auf vierundzwanzig Punkte kam. Er erfüllte den Score dank einer für ihn günstigen Verteilung der Trümpfe mühelos und freute sich über den gelungenen Start.

Beim zweiten Board hatten er und Fischer zusammen nur sieben Punkte. Für Ost/West wäre ein Schlemm in Coeur drin gewesen. Aber aus Respekt vor der Spielstärke des Hauptkommissars und dessen Partner reizten die noch unerfahrenen Spieler das Blatt nicht aus. Damit hatte Nord/Süd allergrößte Chancen, den „Pott" zu gewinnen.

Der Hauptkommissar grinste noch vor Freude in sich hinein, als ihm jemand von hinten auf die Schulter tippte. Er hielt die gerade aufgenommenen Karten an die Brust gedrückt, als er sich umwandte. Es war die Turnierleitung.

„Entschuldigung, Herr Behrends, ein Beamter aus Ihrem Haus will sie unbedingt sofort sprechen."

„Nach dem Spiel, wenn wir wechseln." Das Grinsen war einer steilen Zornesader gewichen. Trotz der Störung und trotz eines nicht ganz astreinen Sans-Atout-Blattes gewann Behrends drei Sans-Atout mit einem Überstich. Er warf seinem Partner einen vielsagenden Blick zu, bevor er sich erhob und wütend Richtung Ausgang lief. Prof. Fischer ahnte, was kommen würde, und schaute mürrisch hinterher.

Als Behrends in den Flur kam, drückte Kommissar Schubert gerade eine nur halb gerauchte Zigarette in einem Aschenbecher aus, der voller Kippen auf dem kleinen Garderobentisch stand.

„Schubert, ich warne Sie!" Die sonst so sonore Stimme des Hauptkommissars klang gefährlich leise.

„Wenn Sie nicht innerhalb der nächsten Minute erklären, dass der Polizeipräsident ermordet oder der Bürgermeister entführt wurde, können Sie noch heute ihren Schreibtisch räumen und sich Montag bei der Verkehrspolizei melden."

Als Schubert vor Aufregung einen Hustenanfall bekam, verengten sich die Augen seines Chefs hinter der dunklen Hornbrille zu Schlitzen. „Noch dreißig Sekunden, Schubert. Ich warte."

Schubert stammelte: „Es ist ein zweiter Erpresserbrief bei der Witwe von Heumacher gefunden worden. Wir müssen noch heute bis Mitternacht die drei Wohnblöcke des Bauunternehmers evakuieren." Ungläubig starrte der Hauptkommissar seinen Mitarbeiter an. Als erfahrener Polizeibeamter begriff er sofort die ganze Tragweite der zwei gestammelten Sätze von Schubert.

„Verdammt." – Behrends strich mit beiden Händen über seine grauen Stoppelhaare.

„Warten Sie hier."

Er drehte sich um und ging eilig in den Turnierraum zurück. Mit einem entschuldigenden Handzeichen verständigte er seinen Bridgepartner und meldete sich zerknirscht bei der Turnierleitung ab. Möglicherweise musste das Turnier nun neu begonnen werden. Zum Glück war erst eine Runde gespielt.

Es war genau 16.20 Uhr.

6. Kapitel

Im Polizeipräsidium herrschte Alarmstufe eins. Hektisches Treiben auf allen Gängen. Hart traf fast zeitgleich mit den beiden Kripobeamten ein.

Schubert hatte seinem Chef einen umfangreichen Bericht auf der Herfahrt erstattet, so dass dieser über die Ereignisse des Nachmittags im Bilde war.

Der Hauptkommissar grollte seinem Mitarbeiter nicht mehr. Er lobte Schubert sogar für dessen bisherige Anordnungen. Das kam nicht so häufig vor. Der Kommissar hatte von unterwegs die Observierung der Villa Heumacher und die Fahndung nach Alfred Simbach veranlasst. Außerdem hatte er den Chef der Bereitschaftspolizei informiert, dass alle verfügbaren Kräfte sich bereithalten und auf Order von Hauptkommissar Behrends warten sollten.

Bezüglich Schuberts Theorie über das von der Witwe heimlich abgehobene Geld würde er zu gegebener Zeit allerdings gern die Meinung von Hardt hören.

Beim Eintreffen der beiden Kripobeamten wussten die Kollegen bereits, unter welcher Adresse Simbach in der Stadt gemeldet war, welches Auto er fuhr und natürlich das Kennzeichen des Fahrzeugs. Alle Dienststellen hatten in kürzester Zeit ein Fahndungsbild des Gesuchten übermittelt bekommen.

Schubert hielt sich diesmal mit bissigen Zwischenbemerkungen zurück, als Hart dem Leiter der Mordkommission in wenigen Sätzen seine Einschätzung der Lage schilderte. Behrends teilte die Ansicht, dass die Polizei sich vor allem auf die Ergreifung von Alfred Simbach konzentrieren sollte.

Trotzdem wurden alle abkömmliche Polizeikräfte einschließlich Technisches Hilfswerk, Rotes Kreuz und anderer Hilfsorganisationen mit der sofortigen Evakuierung aller drei Wohnblöcke beauftragt. Sprengstoff-Spürhunde waren aus einer benachbarten Großstadt angefordert und unterwegs.

Ein aussichtsloser Wettlauf gegen die Zeit hatte begonnen. Es gab kaum eine Chance, diesen zu gewinnen.

Während Hauptkommissar Behrends die meisten seiner Mitarbeiter zur Unterstützung des einzigen Sprengmeisters, der zurzeit erreichbar war, abkommandierte hatte und die Negativmeldungen entgegennahm, musste Schubert die ständig eingehenden Ergebnisse der Suche nach dem verdächtigen Simbach auswerten und koordinieren.

In der gemeldeten Wohnung wurde der Gesuchte nicht angetroffen. Auch sein Auto wurde bisher nicht aufgefunden.

Nachbarn unterrichteten die Polizeibeamten, die die Wohnungstür aufgebrochen hatten, dass sie den Mieter noch nie zu Gesicht bekommen hätten. Das passte zu dem Bild, das sich den Polizisten bot, als sie in die Wohnung eingedrungen waren. Alle Räume waren zwar möbliert, aber es fanden sich weder Kleidungsstücke in den Schränken noch irgendetwas Essbares in der Küche.

Hart wurde sehr nachdenklich, als er davon erfuhr. Er kam sich bei der ganzen hektischen Polizeiarbeit, die jetzt zentral aus dem Büro vom Chef der Mordkommission geleitet wurde, sowieso überflüssig vor. Gerade wollte er sich verabschieden, als der Anruf aus einem Streifenwagen kam, man habe den Wagen des Verdächtigen ganz in der Nähe des Wohnblocks, der gerade geräumt wurde, auf dem Parkplatz eines Supermarktes entdeckt. Es saß niemand im Auto.

Schubert ordnete an, dass die Beamten sich zurückhalten sollten, und schickte zwei nicht-uniformierte Kollegen los.

„Eigenartig, dass Simbach gerade dort seinen Wagen abstellt, wo es nur so wimmelt von Polizeibeamten", kommentierte Hart die Nachricht.

„Jeder Verbrecher macht Fehler", triumphierte Schubert. „Wahrscheinlich ergötzt er sich an unserem Großeinsatz. – Steht an irgendeiner Hausecke und wartet, ob wir die Scheißbombe finden oder nicht. Er kann ja nicht ahnen, dass wir ihn bereits zur Fahndung ausgeschrieben haben."

Hart machte sich seine eigenen Gedanken. Sein Bauchgefühl sagte ihm etwas anderes. Irgendetwas stimmte nicht. Er wollte deshalb so schnell wie möglich wieder zurück zu den beiden Frauen.

Durch freundliches Zuwinken verabschiedete er sich aus dem Dienstzimmer des Chefs der Mordkommission. Behrends, der genauso wie sein Assistent Schubert telefonierte, erwiderte seinen Gruß mit einem flüchtigen Kopfnicken.

Behrends hatte es dankbar angenommen, dass Hart sich zum Schutz der Witwe in der Villa zur Verfügung stellen wollte. Das ersparte der Polizei einen Beamten, den sie sonst im Hause postiert hätte, und man hatte gleichzeitig Anna Heumacher unter Kontrolle. Denn auch Hart hatte sich auf Befragen von Behrends unsicher gezeigt in der Einschätzung des Verhaltens von Anna Heumacher.

Auf Schuberts Anordnung hin wurde das Anwesen

der Heumachers von zwei Streifenpolizisten in Zivil observiert. Ausgestattet mit dem Fahndungsbild des gesuchten Alfred Simbach und einem Handy mit der gespeicherten Rufnummer von Anna Heumachers Festnetzanschluss. Wenn sie etwas Verdächtiges beobachteten, sollten sie nicht nur im Büro des Hauptkommissars, sondern auch sofort im Haus Bescheid geben.

Eine Fangschaltung jetzt noch zu installieren, hatte Behrends abgelehnt. Man musste davon ausgehen, dass Simbach nicht allein arbeitete. Der eiskalte Mord an dem Bauunternehmer passte nicht so richtig in das Bild, das man sich von dem Elektroingenieur machte. Auf jeden Fall musste damit gerechnet werden, dass der Erpresser das Haus schon seit längerer Zeit beobachten ließ und Verdacht schöpfen könnte, wenn Fremde dort auftauchten. Die Kontaktaufnahme wegen der Geldübergabe wäre gefährdet und würde Simbach vielleicht sogar dazu verleiten, mit einem weiteren Verbrechen die Ernsthaftigkeit seiner Forderung zu beweisen.

Als Hart das Polizeidienstgebäude verließ, hatten dunkle Wolken das letzte Tageslicht dieses Novembernachmittags verdrängt.

Es war genau 17.35 Uhr.

***

Vorsichtig, damit das Ziel sich nicht aus dem Sucher verlor, tauschte Simbach das 25-Millimeter-Okular gegen ein Zehn-Millimeter aus. Danach regulierte er die Schärfe neu und konnte nun mit vierhundertfacher Vergrößerung das Objekt beobachten. Er hätte sogar die Schrift auf der Einkaufstüte lesen können, die auf der rückwärtigen Ablage des schwarzen BMW lag. Aber dazu war es jetzt schon zu dunkel draußen.

Gut, dass er etwas mehr Geld für den Cassegrain-Reflektor mit seiner soliden Vixen-Montierung und einem stabilen hölzernen Stativ ausgegeben hatte. Mühelos konnte er damit alles, was sich auf der Straßenseite der Villa und der Zufahrt tat, genau kontrollieren.

Das handliche Teleskop, dessen Tubus mit nur 43 Zentimetern Länge gut zu transportieren war, hatte er in einem niederländischen Online-Shop erworben. Eigentlich konnte man nicht sagen, dass er es erworben hatte. Ein Freund in den Niederlanden hatte es bestellt und mit Kreditkarte bezahlt. Er hatte seinem Freund das Gerät dann in bar abgekauft. So gab es auch hier keine Spur, die über das Internetgeschäft zu ihm führte.

Zufrieden trat er zurück, um sich eine Zigarette anzuzünden. Tief zog er den Rauch in seine Lungen und ließ ihn langsam durch die Nase wieder entweichen. Er machte es sich auf einem Sessel bequem, dessen Bezug abgewetzte Kanten und auch sonst ein gebrechliches Aussehen hatte. Andere Sitzgelegenheiten gab es nicht.

Das Zimmer lag im Obergeschoss eines Reihenhauses, etwa dreihundert Meter Luftlinie von der Villa Heumacher entfernt, in einer kleinen Siedlung am Hang gelegen. Er schloss die Augen und überdachte noch einmal seine Vorbereitungen. Es war ein riskantes Spiel, auf das er sich einließ. Aber es würde klappen, davon war er überzeugt. Eine gründliche Planung hatte auch in seinem Berufsleben stets zum Erfolg geführt. Das Gesicht zu einer abstoßenden Fratze verzogen, kicherte er in sich hinein, als er sich vorstellte, mit welch verzweifelten Anstrengungen die Polizei gerade die Wohnblöcke des Bauunternehmers nach der Bombe durchsuchte. Wahrscheinlich würden sie sogar alle Bewohner evakuieren. Schade, dass er sich das Schauspiel nicht von Nahem ansehen konnte.

Er stand auf und warf wieder einen Blick durch das Fernrohr. Alles unverändert. Im Haus würde man mit Spannung auf seinen Anruf warten.

Da konnten sie lange warten. Er sah auf die Uhr. Zu früh durfte die Sache nicht steigen.

Wieder kicherte er, als er an das viele Geld dachte. Bestimmt hatte die Heumacher schon alles in einen gelben Müllsack gestopft. Genau wie er es angeordnet hatte. Sie hatte gleich nachdem der Mann mit dem roten Porsche weggefahren war, das Haus für etwa eine Stunde verlassen und war mit einem schwarzen Handkoffer zurückgekehrt. Darin konnte nur das geforderte Geld sein. Da war er sich ganz sicher.

Am frühen Nachmittag stand dann plötzlich der Streifenwagen vor der Villa. Anna Heumacher hatte also seine Warnung ignoriert und die Polizei benachrichtigt. Nun gut, sie würde so oder so sterben.

Was der Mann mit dem roten Porsche im Haus wollte, der vorhin wenige Minuten nach der Polizei weggefahren war, wusste er noch nicht. Möglich, dass die Heumacher ihrem Mann Hörner aufgesetzt hatte und es sich um ihren Liebhaber handelte. Jedenfalls war er jetzt wiedergekommen und hatte sein Auto in die Garage gefahren. Ein deutliches Zeichen, dass er möglichst unauffällig die Nacht bei der attraktiven

Witwe verbringen würde.

Nervös zündete er sich eine weitere Zigarette an. Die gerade gerauchte glimmte noch im überfüllten Aschenbecher. Er musste sich etwas einfallen lassen, wie er den Mann aus dem Haus bekam. Sehr unwahrscheinlich, dass es sich um jemanden von der Kriminalpolizei handelte. Die fuhren keinen auffälligen, roten Porsche.

Obwohl er mit Ausnahme der wenigen Minuten, die er auf der Toilette gewesen war, das Haus seit heute Morgen beobachtet hatte, war er nicht sicher, ob sich weitere Personen in der Villa aufhielten.

„Wir wollen doch keinen Unschuldigen sterben lassen, Herr Heumacher", kicherte er.

Als Otto Heumacher ihm mit dem unverschämten Zettel Perlen anstelle der Diamanten in die Dose getan hatte, hätte er beinahe die Beherrschung verloren. Seine Wut und sein Hass auf den Bauunternehmer waren kaum auszuhalten. Nur die innere Genugtuung, dass Otto Heumacher nicht mehr lange triumpfieren würde, und dass er mit seinem genialen Plan Gleiches mit Gleichem vergelten konnte und Anna Heumacher genauso leiden würde, wie seine Frau in all den Jahren gelitten hatte, ließ ihn alles ertragen.

Vor zehn Jahren hatte der Bauunternehmer sein ganzes Leben ruiniert, als er seinem Ingenieurbüro die Planungsleistungen für ein Achtzehnmilloinen-Projekt nicht bezahlen wollte. Seine Forderungen wurden vom Gericht abgewiesen, weil kein schriftlicher Vertrag vorlag. Es stand Aussage gegen Aussage, nur hatte man Heumacher, der behauptete, davon ausgegangen zu sein, für das Büro Simbach seien es

Akquisitionsleistungen, mehr geglaubt als ihm.

Jetzt kam seine Rache. Rache dafür, dass er jahrelang nur noch ein Schatten seiner selbst war. Dafür, dass sein Ingenieurbüro Insolvenz anmelden musste, weil er keine Sozialabgaben und keine Gehälter mehr zahlen konnte und seine Frau sich aus Verzweiflung das Leben nahm. Dafür, dass er in den letzten Jahren wie ein Penner sein Dasein fristen musste. Nur die Hoffnung, irgendwann Rache für das ihm zugefügte Unrecht nehmen zu können, hatte ihn am Leben gehalten. Und jetzt würde er es ihnen allen zeigen. Allen Heumachers dieser Welt und auch der Polizei.

Er war nicht so dumm zu glauben, dass Otto Heumacher so ohne weiteres einer Erpressung gnachgegeben hätte. Nein, es gehörte alles zu seinem raffinierten Plan. Und der Plan war riskant, das wusste er. Doch was hatte er schon zu verlieren? Und der erste Teil hatte ja auch gut geklappt bisher.

Der in allen Medien am Donnerstag bekanntgegebene plötzliche Tod seines ärgsten Feindes und die Berichte über ein Erpresserschreiben, das man bei dem Toten gefunden hatte, gehörten zwar zu seinem Plan, aber er hatte trotzdem das Gefühl um etwas betrogen worden zu sein. Heumacher hatte zu wenig gelitten. Immerhin war das Bargeld der verstorbenen Tante erfolgreich angelegt. Den Restbetrag würde er sich nachher von der Witwe holen. Welch ein Hohn: Heubach bezahlt seinen eigenen Killer. Simbach kicherte laut.

Als vor zwei Monaten der Brief vom Amtsgericht Hamburg kam, in dem ihm mitgeteilt wurde er sei alleiniger Erbe einer Summe Bargeldes und des

Hausrates einer verstorbenen Tante, hatte er seine Chance zur Rache sofort erkannt. Die wertvollen alten Stühle und Schränke verramschte er an einen Antiquitätenhändler und konnte von dem Erlös das meiste bezahlen, was er für die Ausführung seines Planes brauchte. Auch hierbei achtete er darauf, keine Spur zu hinterlassen, die es der Polizei ermöglichte nach ihm zu fahnden. Anonym in einem großen Kaufhaus einer anderen Stadt kaufte er gegen Barzahlung, was er benötigte.

Das geerbte Bargeld reichte genau für die anderen Verpflichtungen, die er eingehen musste.

Als er alles beisammenhatte, mietete er unter seinem richtigen Namen eine kleine, möblierte Apartmentwohnung, die er aber nie betrat. Er meldete den Wohnsitz sogar ordnungsgemäß an.

In Hamburg war es verhältnismäßig einfach gewesen, den Festnetzanschluss der verstorbenen Tante um drei Monate zu verlängern. So brauchte er nur die Rufweiterleitung auf sein Handy einzustellen und schon hatte die Firma *Home-Securitas* einen Hamburger Telefonanschluss.

Sein Auto, einen zwölf Jahre alten Golf, ließ er auf dem Parkplatz eines Supermarktes stehen, von wo aus man die Wohnanlagen Otto Heumachers beobachten konnte. Sollte etwas schiefgehen, würde das Auto keinen Hinweis auf seinen jetzigen Aufenthaltsort geben aber der Polizei signalisieren, dass es keine leere Drohung war. Mit dem Reihenhaus hatte er mächtig Glück gehabt. Es stand leer und wurde zum Verkauf angeboten. Nach kurzem Feilschen mit dem Eigentümer, dem er vorgab, in drei Wochen nach Übersee auswandern zu wollen, überließ der ihm gegen eine unverschämt hohe Mietvorauszahlung für einen Monat das Haus, ohne weitere Fragen zu stellen. Damit war seine kleine Erbschaft so gut wie hin. Es reichte nur noch für das Notwendigste zum Essen und die zwei Packungen Zigaretten, die er täglich brauchte.

Wieder schaute er durch das Teleskop. Im Haus brannte jetzt in verschiedenen Räumen Licht. Zeit sich fertig zu machen und die Zufahrtsbeleuchtung auszuschalten.

Es war genau 18.25 Uhr.

Vorsichtig betrat er die Straße. Niemand zu sehen. Sorgfältig schloss er hinter sich die Haustür des Reihenhauses ab. Nur knappe zehn Minuten hatte er vor dem Spiegel gebraucht, um die Maske perfekt anzupassen. Mit der Umhängetasche, auf der in großer Schrift *Anzeiger* stand, der tief ins Gesicht gezogenen Baseballkappe, dem Vollbart und dem verschlissenen Mantel, sah er wie der typische Zeitungsausträger aus.

Nichts mehr von dem Alfred Simbach, der sich in den letzten Jahren, gebeugt unter der Last des ihm zugefügten Unrechts, von der Gesellschaft abgegrenzt hatte. Nichts mehr von dem Mann, der introvertiert nur von dem Gedanken an Rache beherrscht wurde.

Fröhlich pfeifend ging ein Zeitungsausträger, der seinen Job gern macht, die Straße hinunter. Er war sich sicher, dass die Villa von der Polizei observiert wurde. Aufmerksam registrierte er jedes geparkte Fahrzeug. Als er die Straße erreicht hatte, an der die Heumacher-Villa stand, warf er ab und zu in die Briefkästen eine Zeitung und achtete genau auf Passanten und geparkte Autos.

Etwa drei Anwesen vor dem der Heumachers

standen auf der gegenüberliegenden Straßenseite zwei Männer, die sich angeregt unterhielten. Umständlich steckte er in den nächsten Briefkasten eins der Anzeigenblätter, um sich dann an seinem linken Schuh zu schaffen zu machen. Unauffällig beobachtete er die beiden. Während sie sich unterhielten, schaute einer immer wieder in Richtung Villeneinfahrt der Heumachers. Auf der anderen Straßenseite ging eine junge Frau mit zwei Kindern schnellen Schrittes an ihm vorbei.

Die zwei könnten von der Polizei sein. Er vertraute auf seine Maske und ging direkt auf die beiden zu.

„Entschuldigung, hat einer der Herren Feuer?" Er kramte eine Schachtel Zigaretten aus der Manteltasche.

Der Ältere der beiden klopfte auf die Taschen seiner Lederjacke und griff dann in die linke Innentasche. Für den Bruchteil einer Sekunde konnte man den schwarzen Griff einer Pistole sehen.

Der Mann zog ein Feuerzeug heraus und knipste es an. Schützend hielt er die andere Hand davor, als er sich herunterbeugte und die Flamme an die Zigarette hielt.

„Danke." Simbach blies den Rauch seitlich weg. „Hab mein Feuerzeug zu Hause vergessen" fuhr er leutselig fort und schaute den Älteren voll an. „Bin aber auch bald fertig. Paar Häuser auf der anderen Seite noch."

„Ja, ja." Der Jüngere wandte sich demonstrativ ab. „Schönen Feierabend."

„Wenn ich Sie wäre, würde ich mich lieber irgendwo reinsetzen, wo's gemütlicher ist." Simbach rührte sich nicht weg. Frech wandte er den beiden sein Gesicht zu und kicherte: „Oder dürfen Sie drinnen nicht rauchen?"

Der Jüngere, der mindestens einen Kopf größer als Simbach war, machte einen Schritt auf ihn zu und legte seine Rechte auf dessen Schulter. „Nun sehen Sie mal zu, dass Sie weiterkommen. Sie stören hier." Sanft schob er Simbach in Richtung Straße.

„Nichts für ungut, wollte nicht stören. Aber danke fürs Feuer", kicherte dieser und wechselte zur anderen Straßenseite.

„Komischer Vogel", hörte er den Jüngeren noch sagen, dann hatte er die Straße überquert und warf das Anzeigenblatt in den Briefkasten des nächsten Hauses. Er kicherte in sich hinein. Wusste er doch nun, wer und wo die Polizisten waren, die das Haus observierten.

***

Als Hart von Claudia Dohrmann eingelassen wurde, flüsterte sie ihm zu, dass Frau Heumacher sich gerade in ihr Schlafzimmer zurückgezogen habe. Sie litt unter starken Kopfschmerzen und wollte sich nach der Einnahme einer Schlaftablette etwas hinlegen.

Sie gingen beide in die Küche und schlossen die Tür hinter sich.

„Es hat sich nichts Besonderes getan", berichtete Claudia jetzt in normaler Lautstärke. „Ich glaube sie ist sauber, Rigidus. Sie hat einfach nur fürchterliche Angst. Deshalb wollte sie auch auf Nummer sicher gehen mit der Geldübergabe. Sie sagte mir fast wörtlich, dass sie den Sack mit dem Geld am liebsten einfach in die Garage gestellt hätte, wo sich der

Erpresser dann hätte bedienen können. Sie wollte den Mann weder sehen noch mit ihm in irgendeiner Weise zu tun haben. Es ist schließlich der Mörder ihres Mannes, Rigidus, ich kann das verstehen. Nachdem wir zusammen Kaffee getrunken hatten, klagte sie über heftige Kopfschmerzen."

Hart fragte mit gerunzelter Stirn: „Kann sie im Schlafzimmer telefonieren?"

Claudia stand auf und setzte sich auf seinen Schoß. Sie küsste ihn flüchtig und legte die Arme um seinen Hals. „Schatz, für wie dumm hältst du mich eigentlich? – Ich habe sie natürlich in ihr Schlafzimmer begleitet und unter dem Vorwand, dass sie ungestört ruhen sollte, das Telefon einfach ausgestöpselt und in die Diele gestellt. Ihr Handy liegt übrigens im Wohnzimmer auf dem Glastisch." Sie küsste ihn wieder. „Zufrieden?"

„Zufrieden. – Kluges Mädchen. Kannst demnächst meinen Job übernehmen." Sie küssten sich leidenschaftlich und er spürte das Begehren, das ihn immer überkam, wenn Claudia sich so an ihn schmiegte, wie sie es gerade tat.

Er hatte Claudia vor gut einem Jahr kennen gelernt, als sie noch als Arzthelferin bei einem Psychiater tätig war, von dem sein Freund Viktor behandelt wurde. Es war Liebe auf den ersten Blick. Seitdem lebten sie praktisch zusammen, aber in getrennten Wohnungen. Er bei Viktor Trautmann, der damit voll einverstanden war, wenn Claudia die Nächte dort verbrachte, und sie in ihrem kleinen Appartement, hier ganz in der Nähe.

Ungern löste er sich sanft aus der Umarmung und schaute auf die Uhr.

Der Erpresser hatte sich noch nicht gemeldet.

Seinen Porsche, in dessen Kofferraum noch immer der Müllsack mit dem vielen Geld lag, hatte er in die Garage gefahren. Das war mit Behrends so abgesprochen, der es für richtig hielt, das Geld in der Nähe der Villa zu deponieren, fall der Erpresser ein sichtbares Zeichen verlangte.

Vor der Tür in der Einfahrt stand nur der BMW von Anna Heumacher. Claudia war zu Fuß gekommen. Trotzdem war er sicher, dass der Erpresser genau wusste, wer sich zurzeit im Haus aufhielt.

„Könntest du uns Kaffee kochen, Claudia?"

„Klar."

Sie nahm zwei Tassen aus dem Schrank und ging mit ihm in den Wohnbereich. Anna Heumacher war wahrscheinlich vor Erschöpfung eingeschlafen. Jetzt konnten sie eigentlich nichts weiter tun als warten. Warten auf ein Zeichen des Erpressers.

Hart schaute auf seine Uhr.

Es war genau 18.46 Uhr.

Er bat Claudia nachzusehen, wie es Anna Heumacher ging.

Sie kam nach wenigen Minuten auf leisen Sohlen zurück. „Sie schläft noch. Lassen wir sie schlafen. Wenn der Anruf kommt, bringe ich ihr das Telefon."

„Einverstanden" Hart griff sich die Tageszeitung aus dem Ablagekorb und fing an zu lesen.

Auf der ersten Seite wurde immer noch über den brutalen Mord des Bauunternehmers Otto Heumacher spekuliert. Morgen würde das Verbrechen wahrscheinlich von den Meldungen über die Evakuierung dreier Wohnblöcke wegen einer Bombendrohung verdrängt werden. Ob die Journalisten einen Zusammenhang zwischen beiden

Ereignissen herstellen konnten, musste abgewartet werden. Die Jungs waren im Allgemeinen pfiffig genug, schon bald zu wissen, wem die Wohnanlage gehörte.

„Gibt es hier eine Gästetoilette, Claudia?"

„Ich glaube, direkt neben der Haustür. – Du gehst doch hier ein und aus. – Hat deine attraktive Auftraggeberin dir noch nicht das gewisse Örtchen gezeigt?", neckte sie ihn.

„Dazu sind wir noch nicht gekommen. Mir zeigen die Damen immer erst ihr Schlafzimmer", frotzelte er zurück und stand auf.

Claudia revanchierte sich mit einem gekonnten Kissenwurf gegen seinen Rücken. Lächelnd hob er das Kissen auf und legte es auf einen lederbezogenen Hocker in der Diele.

In dem Augenblick, als er die Toilette betrat, ging draußen die Beleuchtung der Zufahrt aus, wodurch es im Raum dunkler wurde. Sofort trat er leise zurück und lauschte an der Haustür. Er hörte, wie sich jemand am Briefkasten zu schaffen machte.

Hart riss mit einem Ruck die Haustür auf. Auf der fast dunklen Zufahrt sah er eine sich schnell entfernende Gestalt. „Halt! Bleiben Sie stehen!", rief er und sprintete los. In zwei bis drei langen Sätzen hatte er den Flüchtigen eingeholt. Er packte ihn mit der linken Hand am Kragen und drehte ihm mit der rechten den Arm auf den Rücken.

„Was machen Sie hier?", fuhr er den Mann an.

„Ich habe die Zeitung in den Briefkasten geworfen. Lassen Sie mich sofort los oder ich zeige Sie an", stöhnte der Mann unter seinem harten Griff.

„Was für eine Zeitung um diese Zeit?", fragte Hart etwas milder aber ohne den Griff zu lockern.

„Verdammt noch mal, Sie sollen mich loslassen. Das Anzeigenblatt natürlich. Jetzt lassen Sie endlich los!"

Hart sah auf dem Boden eine rote Umhängetasche liegen, auf der *Anzeigenblatt* in großen Lettern gedruckt stand. Einige Zeitungen waren herausgerutscht. Er ließ den Mann los, der seinen Mantel ordnete, die Tasche aufnahm und Hart wütend anstarrte.

„Kommen Sie mit ans Licht. Ich will sehen, was Sie da in den Briefkasten getan haben."

Er schob den schmächtig wirkenden Mann, dessen Gesicht durch einen Vollbart und eine Baseballkappe fast vollständig verdeckt wurde vor sich her in Richtung Hauseingang.

Hart blieb dicht neben dem Zeitungsausträger. An der Hausecke sah er, dass das Glas der Außenlampe zerstört war. Die Splitter lagen direkt darunter auf den welken Blättern einer abgestorbenen Pflanze. Da das Licht gerade eben noch funktioniert hatte, weil es sicherlich über Helligkeitssensoren gesteuert wurde, konnte die Lampe nur von dem Fremden zerstört worden sein.

Er packte den Zeitungsausträger wieder fest am Arm und deutete auf die Scherben.

„Haben Sie das Ding da eben zerstört?"

„Sie sind ja verrückt. Lassen Sie mich los, verdammt noch mal, oder ich schreie laut um Hilfe."

Hart ließ sich davon nicht beeindrucken und schob den Mann Richtung Briefkasten. Claudia stand in der offenen Haustür mit fragendem Gesichtsausdruck. Er wies sie an, im Briefkasten, der von der Diele aus zu öffnen war, nachzusehen.

Mit dem *Anzeigenblatt* in der Hand kam sie wieder

nach draußen.

„Na bitte, Sie Idiot", rief der Festgehaltene und versuchte vergeblich sich dem Griff zu entziehen.

„Langsam, Freundchen, wir sind noch nicht fertig. Frau Dohrmann, falten Sie die Zeitung ganz auseinander und sehen Sie nach, ob irgendetwas herausfällt."

„Nichts, Herr Hart. Ich glaube, Sie können ihn laufen lassen."

„Nein. Erst wollen wir ihn mal im Licht sehen, unseren Herrn Zeitungsausträger. Los, gehen Sie schon." Hart schob ihn über die Schwelle ins Haus. Schimpfend und um sich tretend wehrte sich der Mann.

Claudia wollte gerade die Haustür schließen, als zwei Männer mit sanfter Gewalt sie davon abhielten. Beide hatten eine Pistole in der Hand.

„Polizei. Lassen Sie den Mann los. – Was geht hier vor?" Der Ältere richtete mit diesen Worten die Pistole auf Hart.

„Na, wie schön, dass Sie auch schon hier sind. – Mein Name ist Hart, Rigidus Hart, und das ist Frau Dohrmann." Er zeigte auf Claudia und gab ihr dabei ein Zeichen, zur Seite zu treten. Dann ließ er den Zeitungsausträger los.

Die beiden Streifenpolizisten in Zivil sahen sich ratlos an. Sie sollten alle Vorkommnisse sofort dem Büro von Hauptkommissar Behrends melden und dann im Haus Bescheid geben. Nun standen sie im Haus und wussten nicht recht, wie es weitergehen sollte. Sie hatten Hart noch nie gesehen. Von Kommissar Schubert wussten sie aber, dass ein Rigidus Hart sich zum Schutz der Witwe Heumacher im Haus aufhielt.

„Entschuldigung, Herr Hart", der Ältere steckte seine Pistole zurück ins Schulterhalfter. „Der Mann ist wirklich nur ein Zeitungsausträger. Wir haben ihn vorhin schon beim Austragen beobachtet."

„Na, gut. Tut mir leid, wenn ich grob war", wandte sich Hart an den Mann, der jetzt grinsend den Sitz seiner Baseballkappe überprüfte. „Können Sie sich ausweisen?"

„Nehmen Sie Ihre Ausweispapiere mit aufs Klo?", kam die freche Antwort. „Ich schleppe doch nicht meinen ganzen Papierkram mit, wenn ich auf Tour bin."

„Dann zeigen Sie uns wenigstens Ihr volles Gesicht." Mit einer schnellen Bewegung riss er dem Mann die Baseballkappe vom Kopf.

Claudia stieß einen spitzen Schrei aus. Auch Hart schaute verdutzt auf den Mann vor sich, dessen Vollbart samt Haarteil und Baseballkappe er in der Hand hielt.

Bevor die anderen reagieren konnten griff er blitzschnell zu, packte ihn wie vorhin am Kragen und verdrehte ihm den rechten Arm. Er hatte sofort erkannt, wer vor ihnen stand.

„Sieh einer an, der Herr Simbach als Zeitungsausträger. Haben Sie Handschellen dabei?", wandte er sich an den Älteren der Polizisten.

„Ja."

Der Polizist hakte die an seinem Gürtel befestigten Handschellen aus und fesselte Simbachs Hände damit auf dessen Rücken. Während der andere Beamte Meldung bei Kommissar Schubert machte, bugsierte Hart den Gefesselten auf den Hocker, auf dem er gerade das Kissenwurfgeschoss abgelegt hatte.

„So. Herr Simbach, dann erzählen Sie doch mal", forderte er ihn auf.

Alfred Simbach sah ihn mit einem eigenartigen Blick an. Einige wenige Schweißperlen standen auf seiner Stirn. Das konnte natürlich von der Maske kommen, denn Angst konnte man in seinem Gesicht nicht lesen. Hatte er sich eben noch frech und aggressiv aufgeführt, so war jetzt davon nichts mehr zu merken. Er saß auf dem Hocker wie ein unbeteiligter Zuschauer.

Da Alfred Simbach nicht antwortete, fragte Hart den Jüngeren, ob ein Streifenwagen den Gefangenen abholt oder ob ihn die beiden hier ins Präsidium bringen sollten. Nein, es würde ein Streifenwagen kommen, Hauptkommissar Behrends hätte das angeordnet. Außerdem bat er um Rückruf.

Hart nahm sein Handy und wählte Behrends an.

„Hallo Herr Behrends. – Ja, wir haben Simbach hier. – Nein, nein, er ist es wirklich. Ich hatte mir sein Fahndungsfoto vorhin genau eingeprägt. Außerdem haben Ihre beiden Kollegen gerade eben selbst einen Abgleich vorgenommen. – Er hatte sich allerdings gut maskiert. Sie können die Suche nach ihm einstellen. – Okay, kann ich tun. Ich würde aber gerne mit eigenem Wagen fahren. – Nein, Frau Heumacher hat die ganze Show hier verschlafen. Sie hat sich mit einer Schlaftablette hingelegt. – Gefahr besteht meiner Ansicht nach nicht mehr. Ich bitte Frau Dohrmann, dass sie noch etwas hierbleibt. – Okay, bis gleich dann." Er steckte das Handy ein. Sein Blick richtete sich auf die Treppe. „Frau Dohrmann, würden Sie noch mal nachsehen, ob sie aufgewacht ist?"

„Ja, natürlich."

„Behrends hat darum gebeten. Ich hoffe, es dauert nicht den ganzen Abend. – Könnten Sie noch solange hierbleiben?"

Sie war bereits auf dem Weg nach oben. „Wird mir wohl nichts anderes übrigbleiben. Kommen Sie aber bitte nicht so spät, ich wollte heute noch die neue Squash-Halle mit meinem Freund ausprobieren." Mit leisen Schritten ging sie in das Schlafzimmer von Anna Heumacher.

Hart wandte sich dem gefesselten Simbach zu, der jetzt in sich hineinkicherte.

„So spaßig dürfte Ihre Lage gar nicht sein."

Simbach antwortete nicht. Aber sein Blick hatte immer noch diesen merkwürdigen Ausdruck, den er sich nicht erklären konnte. Man sollte meinen, dass jemand, der gerade bei einem Kapitaldelikt erwischt worden war, sich anders verhielt. Wütend oder verzweifelt oder irgendwie zerknirscht. Davon war bei Simbach nichts zu merken. Im Gegenteil, er kicherte in sich hinein und machte jetzt einen ganz vergnügten Eindruck.

Hart konnte sich auf sein Bauchgefühl immer sehr gut verlassen und das sagte ihm jetzt, dass irgendetwas mit dem Mann nicht stimmte. Aber was?

Claudia kam zurück und berichtete ihm, dass Anna Heumacher gerade aufgewacht sei. Sie würde gleich herunterkommen. Dass Simbach gefasst wurde, hatte sie mit großer Erleichterung aufgenommen.

„Stehen Sie auf, Simbach", schnauzte Hart ihn an.

„Für Sie immer noch Herr Simbach, wenn ich bitten darf."

„Etikette dürfen Sie bald Ihren Mitgefangenen im

Knast beibringen. Jetzt stehen Sie erst einmal auf, damit wir Sie durchsuchen können."

Er zog ihn unsanft am Kragen hoch Dem Älteren der beiden Polizisten gab er ein Zeichen, mit der Durchsuchung anzufangen. Außer den üblichen Utensilien, die ein Mann so in den Taschen hat, wurde aber nichts weiter gefunden. Keine Waffen, keine Botschaft für Anna Heumacher oder irgendeinen Hinweis darauf, wie die Geldübergabe erfolgen sollte. In dem kleinen Portemonnaie, das Hart genauer in Augenschein nahm befanden sich nur Kleingeld und in einem Seitenfach ein Zettel auf dem *Greetje 23.11.-23 Peperstraat* stand; wahrscheinlich ein Geburtsdatum.

Es schellte an der Haustür. Kommissar Schubert kam selbst mit dem Streifenwagen und zwei uniformierten Polizisten, um sich von der Identität Simbachs zu überzeugen.

„Der Hauptkommissar lässt fragen, ob das Geld, welches Frau Heumacher bereitgestellt hatte, hier im Hause bis Montag sicher untergebracht werden kann oder ob es solange im Präsidium aufbewahrt werden soll", fragte er Hart, als der Gefangene von den Uniformierten abtransportiert war.

„Ich vermute, dass es nicht in den Haustresor hineinpasst. Es ist nach wie vor noch in dem Müllsack und der liegt im Kofferraum meines Autos."

„Dann nehme ich das Geld im Streifenwagen mit." fistelte Schubert.

Hart ärgerte sich nicht über das offensichtliche Misstrauen. Er war froh, für das Geld nicht mehr verantwortlich zu sein und grinste Schubert freundlich an. Dann wandte er sich an Claudia

Dohrmann, die etwas abseits den Rest ihres Kaffees trank und schob sie in die Küche.

„Claudia, das Außenlicht in der Einfahrt ist defekt. Schließ bitte hinter uns die Haustür ab und lass niemanden herein. Egal wie er sich ausweist oder sagt wer er ist. Ich rufe dich an, wenn ich im Präsidium fertig bin."

„Okay. Aber ich denke, es besteht keine Gefahr mehr. – Glaubst du denn, dass noch was passiert?"

„Nein, aber sicher ist sicher. Man kann nie wissen. Mach es einfach so. Im Zweifelsfall ruf mich über Handy an." Er ging zu ihr und hauchte ihr einen Kuss auf die Stirn.

Seine Sorge, dass es noch eine zweite Person geben könnte, die mit Simbach zusammenarbeitete, behielt er lieber für sich.

„Sieh zu, dass es nicht so spät wird", rief sie ihm nach. Lässig winkte er im Hinausgehen über die Schulter zurück.

Es war genau 19.05 Uhr.

Schubert drängte auf Abfahrt zum Präsidium, um Simbach dort zu verhören. Jede Minute war jetzt kostbar. Man musste unbedingt herausbekommen, wo er die Bombe versteckt hatte.

7. Kapitel

Im Polizeipräsidium war der Teufel los. Es hatte sich herumgesprochen, dass der Erpresser verhaftet worden war. Alle Mitarbeiter der Mordkommission, die an der Suche beteiligt waren, meldeten sich nach und nach zurück. Behrends schickte sie sofort zur Verstärkung der Evakuierungsmannschaften wieder los.

Der Polizeipräsident ließ sich halbstündlich von ihm persönlich über den Stand der Dinge informieren. Der Mannschaftswagen mit den Sprengstoff-Spürhunden, mit deren Ankunft man seit einer Stunde rechnete, hing hinter einem verunglückten Laster auf der Autobahn fest. Sie sollten jetzt mit einem Hubschrauber abgeholt werden. Der Polizeipsychologe wurde bei der Evakuierung dringend gebraucht. Er konnte aber, falls erforderlich, sofort ins Präsidium gebracht werden.

Die Vernehmung von Simbach sollte im Büro von Hauptkommissar Behrends erfolgen. Er selber hatte das angeordnet, weil er sich davon mehr versprach als von einem Verhör im sterilen Vernehmungsraum. Die kühle Atmosphäre dort verursachte meistens Anspannung auf beiden Seiten. Jetzt aber kam es darauf an, so schnell wie irgend möglich, Simbach in einem offenen aber nicht feindselig geführten Gespräch von seiner aussichtslosen Situation zu überzeugen und ihn zu überreden, den Ort der Bombe zu verraten. Sein Büro strahlte zwar keine Behaglichkeit aus, aber es war eher geeignet, den Charakter eines Gesprächs und nicht eines Verhörs zu vermitteln.

Immer wieder kamen Anrufe von Rundfunk- und Fernsehanstalten, mit der Bitte um Interviews. Er hatte die Zentrale zwar gebeten, derartige Anrufe nicht durchzustellen, aber die Journalisten waren gewitzt genug, es doch zu schaffen.

Als zwei uniformierte Polizisten Alfred Simbach, mit Handschellen gefesselt, hereinführten, stand Behrends auf und ordnete als Erstes an, ihm die Handschellen abzunehmen.

Kommissar Schubert ließ sich den Schlüssel geben und sperrte mit einem missmutigen Blick in Richtung seines Chefs die Fesseln auf.

Simbach rieb sich die Handgelenke und setzte sich unaufgefordert auf einen der alten Küchenstühle, die um den Besprechungstisch standen. Dann schaute er sich um und grinste, als sein Blick an dem unaufgeräumten Schreibtisch von Behrends hängen blieb.

Hart sah mit gerunzelter Stirn dem Schauspiel zu. Er hatte sich mit verschränkten Armen neben der Tür an die Wand gelehnt.

Behrends bat die beiden Streifenbeamten, auf dem Flur zu warten, und lud Schubert und Hart ein, am Tisch Platz zu nehmen. Er selber setzte sich an seinen Schreibtisch. So hatte er alle Beteiligten im Blick und konnte sich Notizen machen. Seine klugen Augen hinter der dunklen Hornbrille schauten milde. Sein Gesichtsausdruck zeigte höfliche Freundlichkeit.

Hart hatte früher schon Gelegenheit gehabt, den Hauptkommissar bei Vernehmungen zu beobachten. Er bewunderte dessen Geduld und Anpassungsfähigkeit. Je nachdem wie das Gespräch sich entwickelte, konnte er freundlich, einfühlsam, ja manchmal auch väterlich verständnisvoll sein – und dann konnte er sich plötzlich grob oder kühl, bis zur Arroganz reserviert geben.

Hart ließ sich gleich neben Simbach vorsichtig auf einen der wackligen Stühle vor der Tür nieder. Schubert saß ihm gegenüber.

„Ich bin Hauptkommissar Behrends", begann der Chef der Mordkommission das Gespräch. „Dies ist Kommissar Schubert und das ist Herr Hart, der für Frau Heumacher tätig ist. – Möchten Sie einen Kaffee, Herr Simbach?"

„Wenn er schmeckt. Warum nicht?" Simbach hatte wieder seine Miene des Unbeteiligten aufgesetzt und schlug lässig die Beine übereinander. Den Mantel hatte er nicht ausgezogen, sondern nur aufgeknöpft, so dass die vorderen Spitzen den Boden berührten. Aus der rechten Tasche hing die Baseballmütze mit dem daran befestigten Haarteil und Vollbart heraus. Einer der Polizisten hatte ihm die Utensilien beim Abmarsch aus der Villa in die Manteltasche gesteckt. Simbach hatte dünne, braune Haare, die ungekämmt in Strähnen seinen Kopf zierten.

„Ich glaub schon, dass man ihn trinken kann. Wir Beamte hier im Präsidium haben aber auch gar keine andere Wahl." Er gab Schubert ein Zeichen, den Kaffee, der in einer schwarzen Plastikkanne bereits auf dem Tisch stand, einzuschenken.

„Mir kommen die Tränen, Herr Hauptkommissar", spöttelte Simbach.

„Na ja, so schlimm ist es ja auch wieder nicht." Behrends ließ sich überhaupt nicht provozieren oder aus der vorgespielten Ruhe bringen. Alle warteten zwar ungeduldig, wie auf heißen Kohlen, wann endlich die entscheidenden Fragen gestellt wurden. Aber der Hauptkommissar wusste, was er tat, und ließ keinerlei Hektik aufkommen.

„Ja, Herr Simbach, kommen wir doch mal zur Sache. Ich nehme an, Sie wissen, weshalb wir Sie festgenommen haben?"

„Nein. Dieser Idiot hier", dabei zeigte er auf Hart, der ihn ebenfalls mit stoischer Ruhe anblickte, „hat mich einfach festgehalten, als ich den *Anzeiger* in der Straße verteilt habe."

„Herr Hart ist kein Idiot, Herr Simbach. Sie sollten das eigentlich schon bemerkt haben." Der Hauptkommissar verlieh seiner sonoren Stimme ein ganz klein wenig Schärfe.

„Sie werden wegen Mordes an Otto Heumacher und Erpressung seiner Witwe, Frau Anna Heumacher, angeklagt werden, Herr Simbach. Vielleicht sollten Sie mal einen Augenblick darüber nachdenken, wie Sie Ihre Lage durch etwas mehr Kooperation verbessern könnten."

Simbach beugte sich vor und schrie plötzlich den Hauptkommissar an. „Behaupten Sie gefälligst nicht soetwas, wenn Sie es nicht beweisen können" – Merken Sie sich das!" Dann lehnte er sich wieder zurück und kicherte in sich hinein.

Danach herrschte Schweigen. Kommissar Schubert, der Protokoll führte, rutschte auf seinem Stuhl ganz nach vorn, um schneller aufspringen zu können, Behrends beobachtete scharf jede Reaktion im Gesicht des Befragten, und Hart fühlte die vielen Ameisen im Bauch, die sein Adrenalin ansteigen ließen

„Gut, Herr Simbach, lassen wir für den Augenblick mal den Mord an Heumacher. Daran ist nichts mehr ändern. Aber die vielen Menschen, die Sie durch die Sprengung in einem der Wohnblöcke umbringen wollen, die sind noch zu retten. Sagen Sie uns doch einfach, wie und wo die Bombe zu entschärfen ist. Es wird sich ganz bestimmt erheblich strafmildernd für Sie auswirken."

„Warum sollte ich. Ich weiß doch gar nichts von einer Bombe." Frech blickte er den Hauptkommissar an.

„Herr Simbach, nun passen Sie mal genau auf." Behrends beugte sich mit aufgestützten Armen vor. Scharf fixierte er den Tatverdächtigen. Man merkte, dass seine Geduld nicht mehr lange anhalten würde. Trotzdem klang seine sonore Stimme emotionslos und übertönte ohne laut zu wirken die Nebengeräusche auf dem Flur.

„Wir haben weder Zeit noch Lust, irgendwelche Spielchen miteinander zu veranstalten. Aus Ihren mir vorliegenden biografischen Daten geht hervor, dass Sie Elektrotechnik an der Technischen Hochschule Aachen studiert haben und in den 1990er Jahren ein recht großes Ingenieurbüro in dieser Stadt betrieben haben. Ich setze also voraus, dass ich es mit einem Mann zu tun habe, der bestimmt das Große Einmaleins beherrscht. Das ist mehr als im Augenblick von Ihnen verlangt wird. – Sie müssen hier nämlich nur eins und eins zusammenzählen können." Er machte eine Kunstpause, als wollte er Simbach Zeit geben, die Worte zu verstehen.

„Die erste Eins ist die: Wenn Sie nicht kooperieren, setzen wir das Verhör ab 23.00 Uhr in einem der drei Wohnblöcke fort. Um 23.50 Uhr lassen wir Sie dort, mit Handschellen an einem Heizkörper gefesselt, allein. Alle Beamten werden von mir zu einer Dienstbesprechung in das Schulgebäude, etwa zweihundert Meter von dem Wohnblock entfernt, befohlen. Ihre Überlebenschancen stehen 1:3. Die zweite Eins ist die: Sollte die Bombe einen anderen Block zerstören, werden Sie den Rest Ihres Lebens hinter Gittern verbringen, weil es dann zu einem Indizienprozess kommt. Wir haben bereits jetzt eine ganze Menge Indizien, dass Sie die Erpresserbriefe geschrieben haben. Im Übrigen gibt es kein perfektes Verbrechen, Herr Simbach."

Der Hauptkommissar lehnte sich wieder zurück und faltete die Hände über dem Bauch, bevor er fortfuhr. „Kooperieren Sie mit uns, Herr Simbach. Es ist Ihre einzige Chance, Ihre Situation zu verbessern."

Simbach änderte seine Sitzhaltung, schlug die Beine wieder übereinander, warf lässig eine Mantelseite darüber und grinste den Hauptkommissar an. „Glauben Sie, mir mit diesem Märchen Angst einjagen zu können? Ich bin absolut unschuldig. Nichts, aber auch gar nichts können Sie mir nachweisen Ich will auf der Stelle freigelassen werden. Ich habe weder Otto Heumacher umgebracht noch seine Frau erpresst. Dieser verrückte Porschefahrer hier", er zeigte mit der Hand auf den Observer, „hat mich behindert, meine Zeitungen auszutragen. Dafür wird er noch büßen. Auf Schadensersatz werde ich ihn verklagen. Und außerdem ..."

„Woher wissen Sie, dass ich einen Porsche fahre?", unterbrach ihn Hart. „Der Wagen stand nicht in der Einfahrt, sondern in der Garage."

Für einen kurzen Augenblick zeigte sich so etwas wie erschrecktes Staunen auf Simbachs Gesicht, das aber gleich wieder von dem frechen Grinsen verdrängt wurde.

Aber alle hatten es bemerkt.

„Sie Scherzbold, Ihr Porsche steht doch unten auf dem Hof."

„Was Sie aber nicht wissen können, da Hart erst nach Ihnen gekommen ist", fistelte Schubert aufgeregt.

„Also, Herr Simbach", übernahm der Hauptkommissar wieder die Gesprächsführung „merken Sie nicht, wie Sie anfangen, sich selbst immer tiefer reinzureiten? Warum gestehen Sie nicht einfach? Noch ist Zeit, die Bombe zu entschärfen, ohne dass Menschen zu Schaden gekommen sind. Das Gericht wird ein Geständnis als ersten positiven Schritt heraus aus Ihren kriminellen Aktivitäten, in die Sie aus Verzweiflung hineingeraten sind, bewerten. Ich kenne Ihre Akte genau und weiß, dass Ihnen großes Unrecht widerfahren ist. Unrecht, dass für Sie folgenschwer war. – Aber glauben Sie mir, Unrecht kann man mit Unrecht nicht vergelten."

„Behalten Sie Ihre Psychoscheiße für sich. Sie haben ja keine Ahnung." Auf Simbachs Stirn bildeten sich winzig kleine Schweißperlen, so dass einige Haarsträhnen wie angeklebt aussahen. „Und wenn Sie glauben, mich mit der Androhung eines Verhörs in einem von einer Sprengladung gefährdeten Gebäude zu schocken, dann täuschen Sie sich gewaltig."

Er hatte jetzt wieder das überhebliche Grinsen im Gesicht, als er fortfuhr.

„Als Hauptkommissar ist Ihnen doch wohl klar, dass Sie für die Unversehrtheit eines Schutzbefohlenen – und was anderes ist ja wohl ein unschuldiger Mensch nicht, der Ihre Gastfreundschaft unfreiwillig genießt – verantwortlich sind. Wenn mir auch nur ein Haar gekrümmt werden würde, sind Sie dran! Allein Ihre Drohung, dies zu tun, grenzt an Folter und ist, wie Sie genau wissen, verboten. Jetzt dürfen Sie mal eins und eins zusammenzählen. Ende der Durchsage."

Hauptkommissar Behrends blickte ihn mit einer Mischung aus Mitleid und Ekel an. „Na gut. Wie Sie wollen." Als hätte er das Interesse an einer Fortsetzung der Vernehmung verloren, nippte er an seinem Kaffee und blätterte in dem Aktenstapel auf seinem Schreibtisch. Mit dem Zeigefinger fuhr er suchend auf einem Blatt Papier herum und sah nicht auf als er sprach. „Schubert, ich kann hier aus der Liste der Radio- und Fernsehsender nicht erkennen, wer als Erster um ein Interview gebeten hat. Vielleicht sollten wir einfach den örtlichen Sender nehmen, weil der am meisten in der Stadt gehört und gesehen wird. Lassen Sie folgende Presseerklärung schreiben und übergeben Sie das Papier mit dem Fahndungsfoto persönlich und schnellstmöglich dem Sender." Er wartete, bis Schubert Stift und Schreibblock bereit hatte. Dann diktierte er: *Die Soko unter Leitung von Hauptkommissar Behrends hat den mutmaßlichen Erpresser A. S. vorläufig festgenommen. Der diensthabende Richter weigert sich, einen Haftbefehl auszustellen, da bisher keine belastbaren Beweise vorgelegt werden konnten. Der Festgenommene schweigt hartnäckig über den Ort der Bombe und wie sie entschärft werden kann. Da alle verfügbaren Polizeibeamten in der Nacht vom 19.11. auf den 20.11. durch die Evakuierung der drei Wohnblöcke gebunden sind, erfolgen in den nächsten zwölf Stunden keine weiteren Ermittlungen gegen A. S. Der Verdächtige wird deshalb bereits um 23.00 Uhr als freier Mann das Polizeidienstgebäude durch den Haupteingang wieder verlassen. Er hat die Auflage, sich täglich zweimal im Polizeidienstgebäude zu melden. Hauptkommissar Behrends weist die Bevölkerung ausdrücklich darauf hin, dass jegliches Vergehen an dem Mann strafbar ist. Gezeichnet: W. B. Hauptkommissar.* – Haben Sie alles, Schubert? Dann ab damit!" Zufrieden wippte er auf seinem Stuhl ein wenig hin und her, um sich dann wieder mit seiner Kaffeetasse zu beschäftigen.

Die Schweißperlen tropften jetzt von Simbachs Stirn. Er hob den linken Arm und wischte sie mit dem Ärmel ab.

„Sie können den Mantel gern ausziehen, wenn Ihnen zu warm ist." Der Hauptkommissar blickte bei den Worten kaum hoch. „Allerdings sind unsere Räume im Präsidium höchst selten überheizt."

„Was ist, Schubert? Wollen Sie nicht die Meldung endlich zum Schreiben geben?", wandte er sich an seinen Assistenten.

„Doch, doch." Schubert stand auf und ging zur Tür. Im gleichen Moment wurde diese von außen geöffnet und ein älterer Herr im dunkelblauen Anzug trat ein. Als Schubert zur Seite trat, um ihm Platz zu machen, griff der nach dem Blatt Papier, das der Kommissar auf Brusthöhe festhielt.

Behrends war aufgestanden und stellte mit einer ausholenden Handbewegung Hart und Simbach vor. Zu den Vorgestellten sagte er: „Der Polizeipräsident ..."

„Schon gut, Herr Behrends", unterbrach dieser den Hauptkommissar, ohne den Kopf zu heben, während er das Schriftstück von Schubert aufmerksam durchlas. Dann sah er Behrends fragend an, der verständnislos die Achseln hob. Mit einem Blick voller Abscheu auf den schwitzenden Simbach wandte sich der Polizeipräsident schließlich Hart zu. „Sie sind also der Mann, der auch Observer genannt wird. Schön, dass wir uns einmal persönlich kennen lernen. Hier im Präsidium wurde Ihr Name schon öfter mit Respekt erwähnt. Danke für Ihre Unterstützung, Herr Hart." Und an Schubert gewandt: „Schubert, legen Sie dem Festgenommenen Handschellen an, und lassen Sie ihn von den Uniformierten draußen in den Vernehmungsraum bringen."

In der Annahme, er solle von der in Behrends Büro nun folgenden Besprechung ausgeschlossen werden, kam Schubert der Anordnung seines obersten Dienstherren, mit mürrischem Blick auf Hart, nach.

„Kommen Sie danach hierher zurück." ergänzte der Polizeipräsident aber bereits seine Anweisung.

Als die beiden draußen waren, setzte sich Mahnteufel auf Schuberts Stuhl und sah den Chef der Mordkommission ernst an.

„Sie wissen schon, was im letzten Jahr etwa zur gleichen Zeit in Frankfurt passiert ist, Herr Behrends? – Nämlich der Prozessbeginn gegen Wolfgang Daschner wegen Aussageerpressung. Wollen Sie, dass wir hier alle unseren Job verlieren?" Dabei wedelte er vielsagend mit der Nachricht für die Presse.

Behrends blieb gelassen. „Nein, natürlich nicht. Ich erinnere mich an den Fall sehr gut, Herr Mahnteufel. Der Staatsanwalt forderte Daschners Bestrafung wegen ´Verleitung eines Untergebenen, § 357 StGB. ´ Ich verleite hier niemanden. Schon gar keinen

Untergebenen. Ich setze Simbach sogar auf freien Fuß."

„Mensch Behrends, sein Todesurteil ist das. Die Stadt ist ein Hexenkessel. Was meinen Sie, wie viel Verrückte sofort nach dieser Ankündigung in den Wallanlagen darauf warten, um aus Simbach das Versteck der Bombe herauszuprügeln. Keinen Pfifferling ist sein Leben dann noch wert."

„Ich hatte nicht vor, ihn tatsächlich laufen zu lassen. Schon gar nicht, ohne ihn rund um die Uhr zu observieren."

„Hm, ich weiß nicht, ist eine verdammt heikle Sache" Er drehte sich etwas zurück, um Hart anzusehen. „Was meinen Sie, Herr Hart?"

„Meines Wissens ist der stellvertretende Polizeipräsident von Frankfurt damals verurteilt worden, weil das Gericht die Verleitung eines Untergebenen zur Nötigung als erwiesen ansah. Der ermittelnde Kriminal-Hauptkommissar Ennigkeit sollte dem Kindesentführer Schmerzen androhen, damit er den Aufenthaltsort des entführten Kindes preisgibt. Ich glaube schon, dass der Fall hier völlig anders liegt. Eine Verletzung der Menschenwürde kann ich bis hierhin nicht ausmachen. Gleichwohl stimme ich Ihnen zu, dass die von Herrn Behrends verfasste Meldung in Verbindung mit Simbachs Freilassung einer direkten Aufforderung zum Lynchen gleichkommt." Hart wollte gerade fortfahren, als Schubert das Zimmer betrat.

Behrends nutze die Unterbrechung zu einer Frage.

„Würden Sie den Hinweis auf eine Gefahrenlage, in die sich jemand freiwillig begibt, als Verletzung irgendeines Gesetzes zum Schutz der Menschenwürde sehen? – Simbach muss ja nicht das Gebäude verlassen. Aber ich habe doch die Chance zu einem Deal mit ihm, wenn er auf Grund der Kenntnis dieser Gefahr darum bittet, nicht gehen zu müssen. Solange er unter Arrest steht, bin ich für seine Unversehrtheit in der Tat verantwortlich, aber nicht mehr außerhalb dieses Gebäudes."

„Lieber Herr Behrends", Hart sah den Chef der Mordkommission mit einem Blick an, der um Verständnis bat, dass er hier widersprach „es gibt auch ein Gesetz der unterlassenen Hilfeleistung. Genau das würde ich Ihnen an Simbachs Stelle vorwerfen, wenn ich hier mal den Advocatus Diaboli spielen darf."

„Meine Herren", mischte sich der Polizeipräsident in den Dialog der beiden, „ist das nicht reine Advokaten-Rabulistik? Es kommt doch auf die Situation hier in diesem Zimmer an, Herr Behrends. In dem Moment, wo Sie zum einen Simbach als Häftling hier festhalten und ihm zum anderen in Aussicht stellen, dass er dem Mob zum Fraße vorgeworfen wird, weil er keine Aussage macht, ist das Zwang und verstößt gegen eine ganze Menge Vorschriften und Gesetze."

„Aber er wird doch gar nicht freigelassen! Wenn es niemanden zum Lynchen gibt, kann auch nicht gelyncht werden", warf Schubert ein.

Keiner antwortete ihm. Missbilligend zogen sich lediglich die Augenbrauen von Mahnteufel zusammen, bevor er auf Abschluss der Diskussion drängte. „Meine Herren, wir müssen verdammt noch mal zu einem Entschluss kommen. Es ist jetzt 20.30 Uhr. Wir haben weder irgendeinen Hinweis auf das Versteck der Bombe noch werden wir die vollständige Evakuierung bis 0.00 Uhr hinkriegen. Was also schlagen Sie vor?"

Hart räusperte sich. Er wandte sich an den Hauptkommissar und dessen Chef. „Ich glaube, die eben geführte Diskussion bringt uns nicht im Geringsten weiter, weil der Tatbestand, unabhängig von seiner juristischen Bewertung, ja nicht mehr aus der Welt zu schaffen ist. Simbach kennt das Schreiben. Es wurde laut in seinem Beisein hier diktiert, und er war und ist noch immer Ihr Schutzbefohlener."

Er machte eine Pause, um bei allen die Bedeutsamkeit wirken zu lassen. „Wir haben doch jetzt nur noch die Chance auf einen Deal, wie Sie ihn, Herr Behrends, vorhin erwähnt haben."

Behrends und Mahnteufel nickten flüchtig als Zustimmung ohne etwas zu sagen.

Schließlich erhob sich der Polizeipräsident, bedankte sich bei Hart für dessen Analyse und ging mit hängenden Schultern zur Tür. „Also gut, Herr Behrends, unterrichten Sie mich weiter", sagte er im Hinausgehen. Die handschriftliche Pressemeldung von Schubert behielt er in der Hand. Ein unmissverständliches Zeichen, dass er die Verantwortung übernommen hatte.

In sich versunken saß der Kripochef eine ganze Weile, ohne sich zu äußern. Endlich stand er auf, ging zum Fenster und wies Schubert an, Simbach herzubringen.

***

Sowie Simbach den Raum betreten hatte, machte

sich bei allen eine gewisse Spannung bemerkbar. Der Elektro-Ingenieur zeigte ein spöttisches Grinsen, als er sich setzte. Von Angst war nichts zu spüren.

„Na, sind die Herren weitergekommen? Alle Wohnungen schon evakuiert? – Oder die Bombe entschärft?"

Sein Kichern nach dieser Provokation war unerträglich. Der Blick von Behrends entsprechend finster. Schubert beherrschte sich nur mühsam, wie man an seiner geschwollenen Stirnader sehen konnte.

„Halten Sie den Mund, Herr Simbach." Die Stimme von Behrends klang gefährlich leise. „Wollen Sie kooperieren, oder soll ich Sie dem Mob draußen überlassen?"

„Das dürfen Sie gar nicht. Denken Sie mal an den gefeuerten Polizeipräsidenten von Frankfurt." Simbachs spöttisches Grinsen wich einem irren Kichern. Mit den Handschellen haute er dabei vor Freude auf dem Tisch herum. Hart warf Behrends einen vielsagenden Blick zu. Beide dachten so ziemlich das Gleiche. *War Simbach jetzt übergeschnappt oder wollte er nur, dass man ihn dafür hielt?*

„Hören Sie auf mit dem Unsinn, Simbach. Ich werde Sie so oder so nach draußen schicken. Egal wie Sie sich hier aufführen oder meinen, im Recht zu sein. Auf keinen Fall werde ich tatenlos zulassen, dass unschuldige Menschen sterben. – Wir warten nur noch die Nachrichten um 21.00 Uhr ab."

Die sonore Stimme des Hauptkommissars war wieder ganz die alte. Er schaute auf seine Armbanduhr. „Noch zehn Minuten bis zu den Nachrichten. Schubert gehen Sie rüber zu Herrn Mahnteufel und geben Sie Bescheid, dass die Aktion in fünfundzwanzig Minuten starten kann."

Kommissar Schubert hatte sofort begriffen, dass sein Chef einen Bluff vorbereitete. Er stand gehorsam auf und marschierte nach draußen. Es dauerte etwa vier Minuten, bis er wieder ins Zimmer kam.

Er nickte dem Hauptkommissar zu. „Alles in den Startlöchern", fistelte er. Ein Satz, der alles bedeuten konnte. Hart blickte anerkennend zu ihm hoch.

Während Schubert draußen war, hatten weder Behrends noch Hart ein Wort gesprochen. Hart betrachtete gelangweilt die Büroeinrichtung, und Behrends suchte irgendetwas Bestimmtes zwischen den Aktenbergen auf seinem Schreibtisch.

Simbachs Grinsen wirkte schon bald wie eingefroren. Solange bis es ganz aus seinem Gesicht verschwand. Schweiß stand ihm auf der Stirn, den er ständig mit dem Mantelärmel abwischte. Die dünnen, braunen Haare klebten in Strähnen wirr an seinem Kopf.

Unruhig rutschte er auf dem Holzstuhl hin und her. Die Stille zerrte offensichtlich an seinen Nerven.

Es war ein Pokerspiel, was Behrends hier angefangen hatte. Obwohl alle bisher fast wie verabredet mitgespielt hatten, war durch das zwangsläufige Improvisieren der Ausgang ziemlich ungewiss.

Der Hauptkommissar schaute zum wiederholten Mal auf seine Armbanduhr. „Ich gehe schon mal. Schubert, Sie kommen in drei Minuten mit Herrn Simbach nach. Vielen Dank, Herr Hart, dass Sie solange geblieben sind. Besser Sie gehen zum Hinterhof raus. Auf Wiedersehen."

Vor der Tür blieb er stehen. „Vergessen Sie nicht,

dass Sie sich zweimal am Tag hier im Präsidium melden müssen, Herr Simbach. Kollege Schubert wird unten noch Ihre Personalien aufnehmen und Ihren Ausweis einbehalten."

„Warten Sie." Simbachs Stimme klang hysterisch.

Behrends blieb abrupt stehen. Hart drehte sich ebenso überrascht um.

„Ich weiß, was Sie vorhaben", krächzte Simbach jetzt verängstigt, „Sie wollen mich von Ihren eigenen Leuten unten zusammenschlagen lassen, bis ich verrate, wo die Bombe ist. – Natürlich alle in Zivil, damit Sie nachher sagen können, es wären Rowdys aus der Bevölkerung gewesen. Und den Porschefahrer schicken Sie über den Hinterhof, damit er offiziell bloß nichts mitbekommt. Für wie dämlich halten Sie mich eigentlich? Sie sind doch hier alle wie Otto Heumacher! – Falsch und hinterhältig." Er schnäuzte in den linken Mantelärmel.

Behrends wandte sich wieder der Tür zu und rieb an einem unsichtbaren Fleck auf dem Ärmel seiner Jacke. „Reden Sie keinen Unsinn, Mann. Glauben Sie, wir besorgen Ihnen auch noch ein Taxi zum Hinterausgang?"

Simbach erwiderte nichts, sondern blickte eine ganze Zeit stur mit gesenktem Kopf zu Boden. Plötzlich richtete er sich auf. „Okay, machen wir einen Deal, Herr Hauptkommissar."

„Was meinen Sie damit?"

„Ich entschärfe die Bombe, Sie geben mir danach einen fünfstündigen Vorsprung." Lauernd sah er Behrends an, der sich wieder hinter seinen Schreibtisch gesetzt hatte. Hart blieb an der Tür stehen.

„Wie wollen Sie sicher sein, dass ich mich an so eine Abmachung halte?"

„Sie sind doch ein Ehrenmann, Herr Hauptkommissar", spöttelte Simbach. Von einem Augenblick zum anderen hatte er sich von dem ängstlichen, nervösen Elektroingenieur wieder in den frechen, überheblichen Kotzbrocken Simbach verwandelt, der jetzt Oberwasser hatte. Er genoss förmlich seine Machtposition. Entspannt zurückgelehnt, wartete er auf die Entscheidung des Kripochefs.

Hart beobachtete Simbach scharf. Ein ungutes Gefühl beschlich ihn. Die plötzliche Wandlung seiner Gemütsverfassung, das Angebot, die Bombe zu entschärfen, all das passte nicht in sein Verhalten, Körpersprache und Gesamteindruck seit seiner Festnahme. Warum gab Simbach jetzt seine Unschuldsbehauptung auf, nichts mit der Bombe zu tun zu haben. Warum? Was hatte sich geändert aus seiner Sicht? War es wirklich die physische Gewalt, die der Mann so fürchtete, dass er jetzt einlenkte? Nach dem Verhalten von Behrends und Schubert konnte er zweifellos so eine Falle vermuten. Die Äußerung von Schubert, dass alle startklar sind, war genauso geschickt wie nichts sagend. Oder ging es ihm nur darum, die Polizei am Nasenring vorzuführen? Das hätte er allerdings schon viel früher haben können. Hart wurde das Gefühl nicht los, dass Simbach mit ihnen spielte.

Aber warum und mit welchem Ziel?

„Gut, Herr Simbach." Die Stimme von Hauptkommissar Behrends klang wie immer höflich und neutral, ohne das geringste Anzeichen eines

Triumphes über den gewonnenen Poker. „Um was für eine Bombe handelt es sich?"

„Das werde ich Ihnen auch gerade erzählen. Hören Sie endlich auf, mich für dumm zu verkaufen, Sie Oberpolizist", schimpfte Simbach. Er spuckte auf den Fußboden, wischte sich mit dem Mantelärmel den Mund ab und kicherte dann wieder. Genauso plötzlich wie das Gekicher angefangen hatte, hörte es auf.

„Aber ich verrate Ihnen, dass die Zündung an ein Uhrwerk gekoppelt ist, das ich per Funk regeln kann", ergänzte er flüsternd.

„Ist die Zündung jetzt auf 0.00 Uhr heute Nacht eingestellt?" Behrends ließ sich durch das Gekicher nicht irritieren.

„Natürlich, habe ich doch wohl deutlich genug geschrieben, oder?"

„Ja, das haben Sie. – Wie soll das Ganze ablaufen?" Behrends schaute auf seine Armbanduhr. „Es ist jetzt 21.30 Uhr. Wir haben noch zweieinhalb Stunden Zeit."

„Ganz einfach: Als Erstes nehmen Sie mir die Handschellen ab und legen sie dem Porschefahrer an. Hände auf dem Rücken. Dann verbinde ich ihm die Augen, damit er nicht gleich ausplaudern kann, wohin ich ihn gebracht habe. Ich werde den Porschefahrer mitnehmen. Er ist meine Lebensversicherung – Übrigens brauche ich noch ein zusätzliches Paar Handschellen. – Weiterhin stellen Sie einen dunkelfarbigen, voll getankten Golf GTI auf den Hinterhof. Im Kofferraum sind die 226.000 Euro, die die Heumacher in ihrem BMW hatte." Er kratzte sich am Kopf und registrierte mit Genugtuung die gespannte Miene von Behrends.

„Die funkgesteuerte Zündung der Bombe werde ich

auf eine neue Zeit programmieren, die nach fünf Uhr morgen früh sein wird. Nur der Porschefahrer kennt die genaue Zeit und die Möglichkeit, das Programm zu stoppen. Wenn die Programmierung fertig ist, wird er Sie anrufen und dies bestätigen. – Und nun passen Sie genau auf: Sollten Sie vor Ablauf der vereinbarten fünf Stunden versuchen, ihn zu befreien, falls Sie es fertigbringen, den Standort auszumachen, dann richten Sie ein ziemliches Blutbad an. Die Wohnung, in die wir fahren, ist durch eine Alarmanlage gesichert, die mit einer Schaltuhr und Zündeinrichtung für eine dort installierte Bombe gekoppelt ist. Bei Auslösen der Alarmanlage vor Ablauf der fünf Stunden fliegt Ihnen also alles, einschließlich Porschefahrer, um die Ohren. – Und Sie werden nicht wissen, wann die Bombe in der Wohnanlage explodieren wird. – Kapiert?"

Simbach lehnte seinen Kopf mit geschlossenen Augen zurück auf die Stuhllehne. Es sah aus, als überdenke er noch einmal das Gesagte, ob er auch nichts ausgelassen hatte.

Das Gesicht von Hart blieb ausdruckslos. So etwas konnte sich nur ein Irrer, ein völlig krankes Hirn ausdenken. Er suchte den Blickkontakt mit Behrends, der aber unverwandt Simbach anstarrte. Es schien dem Kripochef die Sprache verschlagen zu haben. Er blieb stumm sitzen.

Schuberts Stirnader sah gefährlich angeschwollen aus. Er öffnete den Mund, um etwas zu sagen, und schloss ihn wieder ohne, dass ein Laut herauskam.

Da die Polizeibeamten noch mit ihrer Fassung rangen, trat Hart vor den entspannt dasitzenden Simbach. „Woher wissen wir, dass Sie uns keine Märchen erzählen und sich von hier aus gleich aus dem Staub machen?"

Er wusste, dass Simbach ihn am liebsten sofort umbringen würde, hatte er doch seine Festnahme veranlasst. Aber als der ihn jetzt ansah, erschrak er über soviel abgrundtiefen Hass in dessen Augen.

„Das ist Ihr Risiko. Ich fürchte, Ihnen bleibt nichts anderes übrig, als es einzugehen", flüsterte er hasserfüllt.

Hart wandte sich angewidert ab, um wieder seine Position an der Tür einzunehmen. Die Entscheidung lag jetzt bei Behrends, aber natürlich auch bei ihm, ob man sich auf den Vorschlag dieses Irren einlassen sollte oder nicht.

„Bringen Sie ihn raus, Schubert." Der Kripochef hatte sich wieder gefasst. Die Augen ließ er nicht von Simbach.

Kommissar Schubert stand wortlos auf, zerrte den verdutzten Simbach unsanft vom Stuhl und marschierte mit ihm aus dem Zimmer.

Für einen langen Augenblick sagte niemand im Büro des Hauptkommissars ein Wort.
Schließlich brach dieser das Schweigen. „Was sagen Sie dazu, Herr Hart?"

„Scheint unsere einzige Chance zu sein", antwortete der zurückhaltend.

„Ja, das sehe ich auch so. Aber ich kann Sie nicht als Geisel dem durchgeknallten Simbach überlassen. Ich werde ihm einen freiwilligen Polizisten als Alternative anbieten."

„Ich fürchte, dass er sich darauf nicht einlassen wird. Haben Sie seine Augen gesehen? Er hasst mich abgrundtief, wahrscheinlich weil ich für seine Verhaftung gesorgt habe. – Außerdem dürfte die Zeit zu knapp geworden sein, als dass wir noch lange mit Simbach verhandeln könnten."

Behrends machte ein sehr nachdenkliches Gesicht. Im Grunde glaubte er auch nicht daran, dass Simbach sich auf einen Geiseltausch einlassen würde. Aber konnte er es verantworten, eine wehrlose Zivilperson einem mutmaßlichen Schwerverbrecher zu überlassen? Auch wenn diese Zivilperson freiwillig und in Kenntnis des vollen Risikos und der Gefahrenlage handelte? Nervös fuhr er sich wiederholt mit beiden Händen über die grauen Stoppelhaare. „Lassen wir Herrn Mahnteufel entscheiden", murmelte er schließlich, griff zum Telefon und erklärte seinem Chef in knappen Worten die Situation.

Der Polizeichef und Schubert betraten fast gleichzeitig das Zimmer.

Ohne Umschweife kam Mahnteufel sofort zum Kern der Sache. „Sie wissen, dass wir Ihre Sicherheit beziehungsweise Unversehrtheit nicht garantieren können, Herr Hart?"

„Ja, natürlich."

„Wären Sie damit einverstanden, dass wir Ihr eigenes Handy gegen ein manipuliertes austauschen? Das Handy hat ein besonders empfindliches Mikrofon mit eigener Stromversorgung und einem separaten Sender, so dass selbst bei ausgeschaltetem Gerät Gespräche aufgenommen und übertragen werden, die unsere Spezialisten mithören können. Die Signale gehen nicht über das Funknetz eines Netzbetreibers, sondern über den BOS-Funk. Allerdings besteht die Gefahr, dass Simbach es entdeckt. Bei seiner Unberechenbarkeit bedeutet das für Sie höchste Gefahr. – Wie soll denn das Fluchtauto präpariert werden, Behrends?"

„Es wird mit einem Peilsender und ebenfalls mit einem verdeckten Mikro ausgestattet. Simbach will einen dunkelfarbigen Golf vor die Tür gestellt bekommen. – Schubert, kümmern Sie sich sofort darum. Und laden Sie gleich den Geldsack in einen stabilen, brandsicheren Behälter in den Kofferraum. Der Wagen soll im Hof ständig bis zur Abfahrt überwacht werden."

Die Entscheidung war also gefallen. Hart spürte tausende von Ameisen im Bauch, die für einen erhöhten Adrenalinspiegel sorgten.

Es war genau 22.06 Uhr.

Kommissar Schubert eilte nach draußen. „Die Stadt ist Ihnen zu großem Dank verpflichtet, Herr Hart." Mahnteufel sah Hart dabei besorgt an. „Meine Herren, stehe uns Gott bei, dass diese Nacht glimpflich für uns alle verläuft. Besonders Ihnen, Herr Hart, wünsche ich Gottes Segen, dass wir Sie gesund wiederbekommen."

Der Polizeichef drückte ihm mit ernster Miene die Hand und verschwand mit einem Kopfnicken Richtung Behrends aus dem Zimmer.

„Ich werde Frau Dohrmann anrufen. Meiner Ansicht nach könnten wir wohl für Frau Heumacher Entwarnung geben, wenn Sie einverstanden sind, Herr Behrends."

„Selbstverständlich. Lassen Sie sich Zeit, wir brauchen etwa 45 Minuten für die Wagenbeschaffung und die technische Ausrüstung. Sie können hier in Ruhe telefonieren, während ich noch ein paar Anweisungen draußen zu erledigen habe." Augenzwinkernd stand der Kripochef auf und ging hinaus.

Hart blieb unentschlossen an der Tür stehen. Claudia würde sich zu Tode ängstigen, wenn er ihr jetzt erzählte, dass er als Geisel mit Simbach eine Fahrt ins Ungewisse antreten wollte.

***

Simbach kicherte irre, als Schubert ihm auf Anweisung seines Chefs die Handschellen abnahm. Minutenlang rieb er sich die Handgelenke. Voller Ungeduld und Spannung schauten ihm alle Anwesenden dabei zu.

Das Zimmer des Hauptkommissars platzte aus allen Nähten. Zwei uniformierte Polizisten, Schubert, Behrends, Simbach und Hart drängten sich zwischen Schreibtisch und Besprechungstisch. Simbach wischte sich immer wieder den Schweiß von der Stirn. Dann schaute er in Richtung Behrends und forderte zwei Paar Handschellen. Schubert händigte sie ihm mit wütendem Gesichtsausdruck aus. Alles war vorbereitet. Das eine Paar steckte der Elektroingenieur kichernd in die Manteltasche. Mit dem anderen wandte er sich an Hart und kommandierte „Umdrehen!"

Lässig legte Hart seine Hände auf dem Rücken zusammen und grinste den um zwei Köpfe kleineren Mann frech an.

„Umdrehen, habe ich gesagt", fauchte Simbach. Dann schloss er die Handschellen um die Gelenke seiner Geisel und steckte den Schlüssel in seine Manteltasche.

Schubert brachte alle zum Fahrstuhl und dann in den Innenhof. Hauptkommissar Behrends war in seinem Büro geblieben. Er hatte sich mit einem aufmunternden „Machen Sie's gut" von Hart verabschiedet. Es war seine Art, Gefühle zu unterdrücken.

Ein schwarz lackierter Golf GTI stand mitten auf dem hell ausgeleuchteten Hofparkplatz. Simbach ging auf das Fahrzeug zu, als wüsste er genau, dass es für ihn bestimmt war. Er öffnete die Fahrertür, drehte den steckenden Zündschlüssel und kontrollierte die Tankfüllung. Anschließend öffnete er den Kofferraum. Als er den offenstehenden Alu-Koffer mit den vielen Geldscheinen sah, griff er hinein, wühlte mit der Hand bis auf den Kofferboden und zog aus der untersten Lage eine Handvoll Geldscheine hervor. Er warf die Scheine zurück in den Koffer und schloss diesen sorgfältig.

„Ist das mein Auto?", fragte er überflüssigerweise Kommissar Schubert.

„Meinen Sie, dass Sie in jedem Kofferraum hier einen Geldkoffer finden?", fragte Schubert wütend zurück.

Simbach ignorierte das und drehte sich suchend um. Als er den roten Porsche entdeckt hatte, griff er plötzlich Hart in die Außentasche seiner Lederjacke. Triumphierend wedelte er mit dem gefundenen Autoschlüssel vor dessen Gesicht hin und her.

„Na, dann wollen wir mal, Porschefahrer. Los gehen Sie schon. Und einer der Polizisten soll den Koffer in den Porsche umladen." Kichernd ging er zu dem Wagen von Hart.

Kommissar Schubert war so verdutzt über die neue Situation, dass er vor Aufregung einen Hustenanfall bekam. Die uniformierten Polizisten rührten sich nicht, weil sie verunsichert auf Anweisungen des

Kommissars warteten.

Hart hatte das Gefühl, als würde ihm der Boden unter den Füßen weggezogen. Obwohl er nach außen hin keinerlei Regung zeigte, war ihm schlagartig klar, dass durch diesen raffinierten Schachzug von Simbach die Chancen der Polizei für eine Standortbestimmung erheblich eingeschränkt waren. Jetzt kam alles darauf an, dass Simbach das Handy nicht als manipuliert erkannte oder es einfach wegwarf, bevor sie den Zielort erreicht hatten.

Es war nicht das erste Mal, dass er sich plötzlich in aussichtslosen Situationen zurechtfinden musste. Schwäche oder Unsicherheit zeigen war das Verkehrteste, was man jetzt tun konnte.

„Der rote Wagen ist viel zu auffällig. Der unauffällige Golf ist doch viel cleverer", grinste er seinen Entführer an.

„Halten Sie die Klappe. Ihnen wird das Grinsen schon noch vergehen. – Was ist mit dem Koffer? Wollen Sie, dass die Bombe um Mitternacht hochgeht?", rief er dann zu Schubert rüber.

Das brachte Bewegung in die kleine Gruppe neben dem Golf. Einer der Polizisten kam im Laufschritt mit dem Geldkoffer und warf ihn auf die Rückbank des Porsche. Simbach zog das zweite Paar Handschellen aus seiner Manteltasche und befestigte die gefesselten Hände des Observers an dem Sicherheitsgurt. Zuletzt verband er dem Observer mit einem Schal, den er aus der Manteltasche zog, die Augen.

Mit durchdrehenden, quietschenden Reifen fegte der Porsche vom Hof. Es war jetzt 22.58 Uhr.

Simbach fuhr mit hoher Geschwindigkeit in Richtung Autobahn. Er wusste, dass es für die Polizei leicht sein würde, den roten Porsche in der beleuchteten Stadt zu verfolgen. Auf der Autobahn war um diese Zeit wenig Verkehr. Er fuhr mit beinahe 280 Stundenkilometern bis zur nächsten Abfahrt. Dort verließ er die Autobahn und fuhr auf Nebenstraßen Richtung Innenstadt zurück.

Hart, der zunächst angenommen hatte, Simbach wollte mit ihm über die Autobahn flüchten, als er merkte mit welch hoher Geschwindigkeit das Auto fuhr, atmete erleichtert auf, als sich die Fahrt verlangsamte und kurvenreicher wurde.

Simbach lenkte das Auto auf ein unbeleuchtetes Parkgelände eines Supermarktes, wo er den Porsche abstellte. „Endstation", sagte er. Er löste die Handschellen vom Sicherheitsgurt, nahm Hart den Schal von den Augen und ließ ihn aussteigen. Den Alu-Koffer nahm er selbst.

„Hier auf dem Aldi-Parkplatz wollen Sie die Bombe entschärfen?", fragte Hart unbefangen. Er hoffte, dass es nicht noch einen Aldi Markt in der Nähe gab und Behrends mit dem Hinweis etwas anfangen konnte.

Simbach antwortete nicht. Er wies in die Richtung, in die sie gehen wollten, und kicherte fröhlich.

„Sie können natürlich weglaufen, Porschefahrer, aber dann erfahren Sie leider nicht wie die Zeituhr gestellt werden kann."

„Wie spät ist es denn?"

Simbach schaute auf seine Armbanduhr. „Noch lange Zeit", kicherte er.

„Und wie lange müssen wir noch gehen?"

„Das werden Sie schon sehen, Mister Neugier." Kaum hatte er das gesagt, blieb er abrupt stehen. „Haben Sie ein Handy dabei?"

„Ja."

„Wo?"

„In der Innentasche meiner Jacke."

Simbach riss an dem Innenfutter der Lederjacke, bis er das Handy in der Hand hielt. Es war eingeschaltet. Ohne Vorwarnung rammte er dem Observer sein Knie in den Magen und knallte ihm die Faust auf das Ohr, als er nach vorn zusammenklappte.

„Wohl ein ganz Schlauer, was?", knurrte er. „Glauben Sie etwa, ich weiß nicht, dass man ein Handy orten kann?"

Hart sah mit zusammengebissenen Zähnen, wie er das Gerät ausschaltete, die SIM Karte herausnahm und beides in seine Manteltasche steckte. Er versuchte einen besonders enttäuschten Gesichtsausdruck aufzusetzen, um Simbach glauben zu lassen, damit sei das Handy wirkungslos geworden. Jetzt kam es auf die Empfindlichkeit des eingebauten Mikrofons an. Behrends hatte gesagt, dass es auch bei ausgeschaltetem Gerät funktionieren würde.

Der Tritt in den Magen hatte ihm nicht viel anhaben können. Durch seine gut austrainierten Bauchmuskeln und das Einknicken nach vorn blieb die Attacke ziemlich wirkungslos. Der Schlag auf sein linkes Ohr tat da schon mehr weh. Als früherer Boxer steckte er so etwas allerdings weg, ohne das Gesicht zu verziehen.

Nach wenigen Minuten Fußweg zwischen den Hintergärten von Reihenhäusern hatten sie ihr Ziel erreicht. Sie waren bisher keiner Menschenseele begegnet. In den Reihenhäusern brannte fast überall Licht in den Wohnstuben. Anscheinend lief im Fernsehen ein spannender Film.

Es versetzte Hart einen Stich, als er an Claudia dachte, die in ihrem gemütlichen Appartement auf ihn wartete. Er setzte seine ganze Hoffnung darauf, dass die Polizei seinen Standort über das Handy und die von ihm gegebenen Hinweise ermitteln würde, um den unberechenbaren Elektroingenieur sofort nach seinem Anruf festzunehmen.

8. Kapitel

Simbach schloss die hintere Eingangstür eines der Reihenhäuser auf und stieß Hart in einen kleinen Flur. Sorgfältig verriegelte er die Tür von innen mit einer vorgelegten Eisenstange. Der Flur hatte kein Fenster. Es gingen zwei verschlossene Türen zu irgendwelchen Räumen ab. Eine Holztreppe führte nach oben, von wo spärliches Licht nach unten drang. Er verband Hart wieder die Augen.

„Damit die Überraschung auch gelingt, Porschefahrer", kicherte er. „Und jetzt ab zur Peepshow."

Vorsichtig, um nicht zu stolpern, bewegte sich Hart mit immer noch auf dem Rücken gefesselten Händen auf der Treppe nach oben. Er ahnte nichts Gutes. Peepshow hörte sich nach irgendeiner Schweinerei an, die Simbach im Schilde führte.

Die Treppe führte 16 Stufen nach oben. Es musste demnach das Obergeschoss sein, denn sie hatten das Haus ebenerdig betreten. Warum er ihm die Augen verbunden hatte, konnte Hart sich nicht erklären.

Als Simbach ihm den Schal abnahm, befand er sich in einem unbeleuchteten Raum, in dem ein Fernrohr und ein schäbiger Sessel die einzige Möblierung darstellten. Die dämmrige Helligkeit kam von dem Licht der Straßenlaternen.

Nervös schaute Hart sich in dem Raum um. Er entdeckte keinerlei Anzeichen irgendwelcher technischen Vorrichtungen. Weder einen PC noch Schalt- oder Fernbedienungsinstrumente. Er konnte die Zeit auf seiner eigenen Armbanduhr nicht ablesen. Seine auf dem Rücken gefesselten Hände boten dazu keine Möglichkeit. Aber nach seiner Einschätzung musste es kurz vor Mitternacht sein.

„Wie spät ist es?", fragte er mit der Betonung auf dem Wort „spät" eindringlich seinen Entführer, der sich an dem Fernrohr zu schaffen machte.

„Zeit genug", kicherte der, ohne sich von dem Gerät abzuwenden oder auf seine Uhr zu sehen.

Hart spürte, wie sich sein Magen vor Wut zusammenkrampfte. Wollte dieser Wahnsinnige die Bombe etwa einfach hochgehen lassen und sich das Schauspiel durch dieses Fernrohr in aller Ruhe sogar ansehen? Nach seinem Zeitempfinden konnten vom heutigen Tag nur noch wenige Minuten übrig sein. Er hatte keine Ahnung, wo sie sich befanden.
Vielleicht waren sie gar nicht weit weg von Otto Heumachers Wohnanlagen.

Es musste eine reine Wohngegend sein, durch die sie zurück in die Stadt gefahren waren, denn Simbach hatte oft angehalten, das hieß, dass sie dann wahrscheinlich an roten Ampeln warten mussten. Nur wenig entgegenkommende Fahrzeuge hatte er durch Geräusch oder Scheinwerferlicht, das durch den Wollschal erkennbar war, ausmachen können. Um diese Zeit nicht verwunderlich in städtischen Wohngebieten. Am Aldi Parkplatz konnte er auch keine baulichen Merkmale wie Kirchen oder industrielle Anlagen in der Dunkelheit erkennen.

„Hören Sie, Simbach", versuchte er es noch einmal, „Sie haben eine Abmachung mit der Kripo. Sind Sie wirklich schon so weit runtergekommen, dass Sie nicht einmal mehr zu dem stehen, was Sie gerade gesagt haben?"
Langsam drehte sich Simbach zu ihm um, zog

seinen Mantel aus, den er lässig über den Sessel warf, und grinste ihn dann höhnisch an.

„Aber Porschefahrer", säuselte er mit süß-saurer Miene, „nun werden Sie doch nicht ungeduldig. Ich bestimme hier doch die Spielregeln und nicht die Kripo."

Dann verzog er sein Gesicht zu einer Fratze des blanken Hasses. Es war erstaunlich, wie schnell seine Gesichtszüge sich veränderten. Urplötzlich spuckte er dem Observer ins Gesicht.

„Sie haben es eilig? Wollen wissen, wie spät es ist? Hat der Herr Porschefahrer vielleicht noch eine Verabredung mit seiner Geliebten Anna?"

Die Worte tropften wie eiskaltes Wasser aus seinem Mund. Bei jeder Frage boxte er seinem Gegenüber gegen die Brust und trieb ihn zum Fernrohr. „Na, dann schauen wir doch mal, was unsere schöne Geliebte macht, Porschefahrer." Unsanft stieß er den Kopf des Observer gegen den Sucher des Fernrohrs.

„Passen Sie doch auf, verdammt noch mal!", schrie er ihn im gleichen Moment an und riss ihn an den Haaren wieder zur Seite. Dann stellte er sich selber hinter das Gerät, um es neu zu fokussieren.

Das Okular hatte Hart empfindlich am linken Auge getroffen. Es begann heftig zu tränen, so dass er mit dem Auge nichts sehen konnte. Das irre Kichern von Simbach, der jetzt das zweite Paar Handschellen aus seinem Mantel genommen hatte, und vor seinem Gesicht damit herumwedelte, ließ ihn den Schmerz am Auge vergessen.

Simbach kettete die beiden Handschellenpaare geschickt aneinander, befestigte das eine Ende an dem Heizungsrohr direkt unter dem Fenster, während das andere das linke Handgelenk Hart's umschloss. Der hatte jetzt den rechten Arm frei und begann sofort die Tränen aus seinem Auge zu wischen.

Hastig blickte er auf seine Armbanduhr. Aber sein Zeitempfinden hatte ihn getäuscht.

Es war erst 23.44 Uhr.

„Bitte, der Herr." Mit einer spöttischen Verbeugung trat sein Peiniger einen Schritt zurück und lud ihn mit ausholender Handbewegung ein, durch das Fernrohr zu sehen. „Amüsieren Sie sich. Ich bin gleich wieder hier."

Simbach schnappte sich seinen Mantel und verließ den Raum.

Hart erreichte gerade eben mit seinem Kopf den Sucher des Spiegelreflektors, wenn er den gefesselten Arm so weit es ging reckte. Das linke Auge war bereits angeschwollen. Er brauchte es kaum noch zu schließen.

Die höhnische Aufforderung sich zu amüsieren, registrierte er wie das gefährliche Grummeln in der Ferne, dass ein schweres Gewitter ankündigt. Schlimmes ahnend beugte er sich mit wild klopfendem Herz über den Sucher. Er war darauf gefasst, panisch durcheinanderlaufende Menschen auf der Straße oder in den Fluren der gefährdeten Wohnblöcke zu sehen. Polizeibeamte, die immer noch verzweifelt nach der Bombe suchten. Vielleicht war es auch irgendein Einzelschicksal, das Simbach sich durch das starke Teleobjektiv hier in diesen Raum holte, um sein krankes Gehirn daran zu ergötzen.

Hart versuchte, mit dem gesunden Auge im Sucher etwas zu erkennen. Aber er nahm nur verschwommenes Licht wahr. Vorsichtig drehte er an dem Schärferegler.

Das Bild nahm langsam klare Konturen an.

Es musste ein Traum sein. – Er konnte nicht fassen, was er dort sah. Es versetzte ihm einen Tiefschlag, der schlimmer nicht sein konnte. Seine Hand zitterte so sehr, dass er kaum im Stande war, die Schärfeeinstellung noch einmal nachzuregulieren.

Er blickte direkt in das Wohnzimmer von Anna Heumacher, die an dem kleinen Glastisch saß und die Kaffeekanne in der Hand hielt, um sich und Claudia nachzuschenken.

Hart stöhnte gequält, als er sich aufrichtete. Sein Magen verkrampfte sich, dass ihm übel wurde.

Was hatte das zu bedeuten? Sie befanden sich also gar nicht in der Nähe der Wohnblöcke, sondern nicht weit weg von der Villa Heumacher. – Aber warum? – Und Claudia war noch im Haus.

Das allein, und die Tatsache, dass der Psychopath Simbach das Haus mit einem Fernrohr beobachtete, ließen ihn erschauern.

„Na, wie gefällt unserem Porschefahrer die Aussicht?" Er hatte die Rückkehr Simbachs nicht bemerkt, der plötzlich wieder hinter ihm stand.

Hart fuhr herum und starrte den Elektroingenieur fassungslos an. Ihm kam ein furchtbarer Verdacht. „Was soll das, Sie Dreckskerl?" Seine Stimme hätte kochendes Wasser zum Gefrieren gebracht.

„Gefällt es Ihnen nicht, Ihre Geliebte aus der Ferne zu beobachten?", spöttelte Simbach. „Oder sind Sie sauer, weil die liebe Anna Heumacher nicht mit Ihnen, sondern mit der jungen Frau Kaffee trinkt? – Ich sage Ihnen etwas, Porschefahrer. Mir gefällt das auch nicht. Ich hatte gehofft, die Dame hätte das Haus verlassen.

Aber nun ist sie noch da und wird das gleiche Schicksal wie Ihre Geliebte erleiden müssen. – Sorry."

Er setzte sich in den Sessel, schlug lässig die Beine übereinander und steckte sich genüsslich eine Zigarette an. Den Rauch des ersten tiefen Zuges blies er aggressiv in Hart's Richtung, der ihm durch die Fesselung am Heizungsrohr nichts anhaben konnte.

„Was soll das?", wiederholte Hart gefährlich leise seine Frage.

„Aber Porschefahrer, nicht so humorlos. Finden Sie das nicht lustig?" Er verschluckte sich fast an seinem eigenen Gekicher. „Mindestens dreihundert Polizisten suchen nach einer Bombe, die es gar nicht gibt, und scheuchen deswegen auch noch über tausend Menschen in Panik auf die Straße." Simbach nahm einen tiefen Zug Nikotin. Wieder veränderten sich seine Gesichtszüge blitzschnell. Er lächelte Hart jetzt aufmunternd an. „Na, klingelt's nun langsam, Porschefahrer?"

Das Grummeln wurde zum ohrenbetäubenden Donnerschlag. Die Blitze erhellten grell wie OP-Scheinwerfer jeden Zentimeter seiner dunklen Ahnungen.

Sie waren von diesem Psychopathen Simbach alle gelinkt worden. Sein Bauchgefühl im Präsidium, dass irgendetwas nicht stimmte am Verhalten des Mannes, hatte ihn nicht getäuscht.

Es gab gar keine Bombe in den Wohnanlagen. Simbach hatte die ganze Zeit einen Royal Flash in der Hand, den er jetzt erst offen auf den Tisch legte. Hauptkommissar Behrends hatte das Pokerspiel im Präsidium nur scheinbar gewonnen, weil Simbach es so wollte.

Die plötzliche Erkenntnis, benutzt worden zu sein, ausgetrickst von diesem irren Elektroingenieur, dessen Hass auf seinen früheren Auftraggeber Heumacher so tief saß, dass er sich mit der Ermordung des Mannes nicht zufriedengab, sondern seine krankhaften Rachegefühle auch noch auf dessen Witwe übertrug, riss Hart schockartig aus seiner emotionalen Befangenheit.

Sein Kopf fing an, wieder klar und analytisch zu denken. Er wandte sich von dem grinsenden Simbach ab und beugte sich erneut herunter, um durch das Fernrohr zu sehen. Anna Heumacher stand gerade auf. Sie sagte etwas zu Claudia und verließ das Zimmer. Claudia blickte auf ihre Armbanduhr. Ein Geschenk von ihm zu ihrem ersten Jahrestag des Kennenlernens.

Als sie das Geschenk damals ausgepackt hatte, bedankte sie sich mit einer leidenschaftlichen Umarmung. Dann druckste sie ein wenig herum, bis sie den Wunsch aussprach, das goldene Armband gegen ein schlichtes Lederarmband tauschen zu dürfen. Er war überrascht, immerhin hatte er eine Menge Geld dafür bezahlt. Aber das war eben Claudia. Sie hatte ihren eigenen Geschmack, der sich in Richtung schlicht, unauffällig und bodenständig entwickelt hatte. Jetzt trug sie die Uhr mit einem einfachen Glattlederarmband an ihrem linken Handgelenk.

Er konzentrierte sich wieder. Warum beobachtete Simbach das Haus der Witwe? Wenn es keine Bombe in einer der Wohnanlagen gab, warum war er nicht einfach geflüchtet? Warum waren sie in diesem Reihenhaus, das irgendwo in der Nähe der Villa stehen musste?

Warum, warum, warum?

Hart wusste keine Antwort. Aber ein Gefühl sagte ihm, dass dieser Verrückte etwas Wahnsinniges vorhatte. Er musste auf jeden Fall Behrends Hinweise geben, wo sie sich befanden.

„Warum beobachten Sie von hier aus die Villa Heumacher?" Er drehte sich wieder Simbach zu, der ihn verächtlich mit Zigarettenrauch anblies.

„Doch nicht so schlau wie die Polizei glaubt, Porschefahrer, was? Ich habe Ihnen doch versprochen, dass Sie Ihre Geliebte noch sehen werden. Und das haben Sie nun. Ich hoffe, Sie haben sich das Bild gut eingeprägt." Er machte eine Kunstpause und schaute auf seine Armbanduhr. Seine Stimme wurde ganz leise, als er weitersprach. Aus seinen Augen schossen Blitze des Hasses.

„Dann will ich Ihnen mal verraten, weshalb wir hier sind. Es ist jetzt genau 23.55 Uhr. Der Freitag hat noch fünf Minuten. Um Mitternacht wird die Villa in die Luft fliegen."

Hart spürte, wie ihm das Adrenalin in die Adern schoss, als hätte es in seinem Kopf eine Explosion gegeben. Kann ein Mensch wirklich so von allen moralischen und soziologischen Bindungen in der Gesellschaft verlassen sein und ein Haus mit zwei unschuldigen Menschen einfach so in die Luft sprengen?

Ja, er hatte Menschen kennen gelernt, die das konnten. Menschen, die so tief verletzt wurden, ohnmächtig dem gegenüberstanden, keine Möglichkeit sahen oder hatten, sich aus eigener Kraft zu wehren. Solche Menschen konnten abgrundtief hassen. Alles was dem Ziel im Wege stand, diesen Schmerzverursacher zu vernichten, blendeten sie aus. Es gab für sie keine moralischen oder ethischen Hemmschwellen mehr. Menschen, die von derart reaktivem Hass besessen waren, konnten zu Bestien werden. Sie quälten und mordeten, egal ob Unschuldige dabei draufgingen. Sie waren gemeingefährlich und unkalkulierbar. Sie waren die gefährlichsten und skrupellosesten Gegner, mit denen man es zu tun kriegen konnte.

Ja, solche Menschen gab es. – Und nun auch Simbach.

Jetzt kam es darauf an, Zeit zu gewinnen. Zeit für Hauptkommissar Behrends und seine Beamten, um etwas zu unternehmen, um das Leben von Anna Heumacher und Claudia zu retten.

„Hören Sie, Simbach, soweit ich aus Ihrer Biografie weiß, hat Heumacher Ihnen übel mitgespielt. Sie haben dadurch anscheinend Ihr ganzes Vermögen verloren. – Ich glaube, es war genau die Summe, mit der Sie Otto Heumacher und dann seine Frau erpresst haben. – Jeder Richter wird das bei der Urteilsfindung zu Ihren Gunsten berücksichtigen. – Ich werde aussagen, dass ich freiwillig mit Ihnen mitgegangen bin. – Aber lassen Sie, verdammt noch mal, Frau Dohrmann und Frau Heumacher aus dem Spiel. Rufen Sie Frau Heumacher an und sagen Sie ihr, dass beide Frauen das Haus verlassen sollen. Sprengen Sie meinetwegen anschließend die Villa in die Luft, aber vergießen Sie kein Blut mehr. – Der Tod Otto Heumachers muss Ihnen doch Genugtuung verschafft haben." Er hatte laut und deutlich gesprochen. Behrends musste mitbekommen haben, dass sich auch Claudia Dohrmann noch in der Villa aufhielt.

Simbach lachte sardonisch.

„Reden Sie nur, Porschefahrer. Aber ich empfehle Ihnen die Zeit besser mit Beten zu nutzen." Abrupt veränderte sich sein Gesichtsausdruck wieder zu einer hässlichen Fratze voller Hassgefühle. „Wenn Sie Idiot mich nicht vor der Villa festgehalten hätten, müssten Sie das hier nicht nicht mit ansehen. Sie sind doch nicht besser als alle Heumachers auf der Welt. - Wie bumst sich denn die Anna Heumacher, Porschefahrer?"

Er griff in seine Jackentasche, während er wieder in das irre Gekicher verfiel. Vorsichtig zog er ein kleines, schwarzes Blechkästchen hervor. Etwa halb so groß wie eine Zigarrenschachtel, aber flacher. Seitlich war eine Antenne befestigt, die er herausklappte und nach oben drehte. Bevor er den Deckel öffnete, strichen seine Finger liebevoll darüber, gerade so wie Frauen es manchmal mit einer Schmuckkassette tun, um die Vorfreude auszukosten, bevor sie ihren Lieblingsschmuck herausnehmen.

Gebannt starrte Hart auf das schwarze Kästchen, dessen Deckel jetzt wie durch Zauberhand aufsprang. Was er sah, hatte Ähnlichkeit mit einem kleinen, genau passend eingebauten Röhren-Audion aus der Anfangszeit der Radiotechnik.

Was er aber plötzlich noch wahrnahm, ließ ihn wie vom Blitz getroffen erstarren. Er hatte es nicht gleich bemerkt, als Simbach in das Zimmer zurückgekehrt war. Aber jetzt brauchte er seine ganze Willenskraft, um ein Zittern in Händen und Beinen zu unterdrücken.

Der Mantel, in dem das manipulierte Handy steckte,

lag nicht mehr auf dem Sessel. Simbach musste ihn irgendwo im Haus gelassen haben, als er vorhin nach draußen gegangen war. Damit war klar, dass Hauptkommissar Behrends seine Nachricht gar nicht erhalten haben konnte. Und er würde ihn auch nicht benachrichtigen können.

Verzweiflung überfiel ihn. Er senkte den Kopf, um Simbach nicht merken zu lassen, wie elend er sich plötzlich fühlte. Tausend Gedanken schossen in seinem Kopf hin und her und suchten nach einem Ausweg. Es gab keinen. Es gab nur das Gefühl der Machtlosigkeit, der Gewissheit, dass Claudias und Anna Heumachers Tod in wenigen Minuten endgültig sein würde.

Aber die Hilflosigkeit bewirkte etwas Sonderbares. Eisige Kälte überfiel ihn plötzlich. Eine Kälte, die alles, was gerade noch orkanartig an Gefühlen in ihm getobt hatte, schlagartig verdrängte. In seinem Kopf entstand wieder Ordnung, und sein Verstand arbeitete klar und logisch.

In Bruchteilen einer Sekunde wusste er, was zu tun war.

„Gut, Simbach, Sie haben gewonnen. Aber bevor Sie die Sprengung auslösen, verraten Sie mir doch noch zwei Dinge. Zum einen sind Sie nicht kaltblütig genug, einen so präzisen Schuss auf Otto Heumacher abzufeuern, der ihn sofort tötete. – Wen haben Sie dafür angeheuert? – Und zum zweiten halte ich Sie auch nicht für so clever, dass Sie eine ferngesteuerte Sprengladung in einem Haus anbringen, dass durch Alarmanlage gesichert und zudem die ganze Zeit bewohnt ist. Wer hat das für Sie erledigt?"

Mit Genugtuung sah er, wie das Grinsen auf dem

Gesicht von Simbach gefror. Kalte Wut las er in den halb zugekniffenen Augen. Er stellte sich darauf ein, einen Angriff von Simbach mit seinem freien rechten Arm abzuwehren. Aber Simbach wusste, dass er gegen den fast Zweimetermann nichts ausrichten konnte, solange dieser sich wehren konnte.

„Legen Sie Ihren Arm auf den Rücken und gehen Sie zurück an den Heizkörper", befahl er ihm mit mühsam beherrschter Stimme. „Und auf den Boden setzen."

Hart tat, was Simbach verlangte. Der legte das Blechkästchen auf dem Sessel ab und trat hinter ihn, um seine beiden Hände auf dem Rücken mit den Handschellen an dem Heizungsrohr anzuschließen.

Kaum war die letzte Schließsperre arretiert, trat Simbach ihm mit voller Wucht ins Gesicht. Aus der aufgeplatzten Haut schoss das Blut.

„Sie Versager", quetschte Hart mit schmerzverzerrtem Gesicht heraus. „Das ist es, was Sie können. Feige auf wehrlose Menschen einprügeln. Unschuldige ermorden, nur weil man Ihnen ein paar Kröten nicht bezahlt hat."

Der Faustschlag traf ihn hart am Ohr. Er hörte nur noch ein Rauschen.

Simbach setzte sich in seinen Sessel und steckte sich mit zittrigen Fingern eine Zigarette an. Schweigend inhalierte er den Rauch tief in seine Lungen. Er beruhigte sich soweit, dass er den Blechkasten wieder öffnete und an einem der Stellräder drehte.

Das Rauschen im Ohr von Hart verebbte langsam. Dafür hörte er jetzt einen Pfeifton, der von Simbach durch die Frequenzsuche mit dem Stellrad verursacht wurde.

„Für 226.000 Euro gehen Sie nun Ihr Leben lang hinter Gitter. Mein Gott, Simbach, etwas mehr Grips hätte ich Ihnen schon zugetraut", legte Hart nach, obwohl jede Bewegung seines Mundes fürchterliche Schmerzen verursachte. „Außerdem scheint Ihr Kumpel Sie ja nicht besonders gut in die Fernsteuerung eingewiesen zu haben. Es ist doch bestimmt schon nach Mitternacht und Sie haben die Sprengung immer noch nicht hingekriegt."

Simbach starrte ihn an, als käme er gerade von einem fremden Stern. Hart erkannte wie der Hass auf ihn, auf die Heumachers, auf die ganze Welt hinter Simbachs verschwitzter Stirn mit den verklebten, braunen Haarspitzen gegen die Eitelkeit und seinen Ehrgeiz sich zu rechtfertigen kämpfte.

Die Eitelkeit gewann und von einem Augenblick zum anderen setzte wieder das irre Gekicher ein. Bei Hart löste dieser Wandel Erleichterung aus.

„Porschefahrer", die alte Überheblichkeit in der Stimme war wieder da „wann Mitternacht ist, bestimme immer noch ich. Sehen Sie?" Er hielt ihm großspurig seine Armbanduhr entgegen. „Es ist jetzt 0.03 Uhr. Ich stelle meine Uhr einfach zurück auf 23.55 Uhr. Nun hat der Freitag wieder fünf Minuten. Und das, Porschefahrer, mache ich, sooft ich es will."

Er brauchte diese Selbstaufwertung. Es machte ihn stark. Der hasserfüllte Ausdruck in seinen Augen verstärkte sich. „ Nur sollten Sie nicht glauben, dass Ihnen das Feuerwerk am Ende erspart bleibt. Sie werden es von hier mit bloßem Auge genießen können."

Hart atmete einmal kräftig durch. Er hatte noch nicht erreicht, was er wollte. Er musste den Druck noch erhöhen. „Ach, ja? Schleicht Ihr Fachmann für ferngesteuerte Bomben jetzt vielleicht immer noch ums Haus von Frau Heumacher? Haben Sie vorhin mit ihm telefoniert, als Sie draußen waren? Haben Sie ihm gesagt, dass er sich beeilen soll? Weil Ihr Zeitplan sonst nicht funktioniert?"

„Sie eingebildeter Lackaffe. Glauben Sie wirklich ich hätte eines der größten Ingenieurbüros für Elektrotechnik in dieser Stadt betreiben können, wenn ich nicht einmal so eine simple Fernsteuerung allein bauen könnte?", geiferte Simbach.

„Wie soll das gehen, Simbach? Sie selbst haben sich doch so verflucht blöde angestellt, dass ich Sie erwischt habe. Schon vergessen? Und wenn Sie den Sprengsatz tatsächlich allein anbringen wollten, ist es Ihnen ja wohl nicht gelungen. Sie haben das Zeug wahrscheinlich einfach irgendwo in der Dunkelheit weggeworfen, denn die Polizei hat in Ihren Taschen ja nichts gefunden. Also entweder Sie bluffen, wie vorhin im Präsidium, oder Sie haben einen Kumpel."

„Tja, Porschefahrer, so naiv können auch nur Sie denken."

„Naiv sind Sie, wenn Sie denken, ich glaube diesen Scheiß, den Sie erzählen."

Simbach wurde wieder wütend. „Halten Sie Ihre verdammte Schnauze, oder ich klebe Sie Ihnen zu."

„Sie armseliges Würstchen, Simbach. Sie können doch nur wehrlose Menschen verprügeln. Sie sind ein Versager. Vielleicht haben Sie früher, als Sie Ihr Büro noch betrieben haben, tatsächlich etwas auf dem Kasten gehabt. Aber heute? Sehen Sie in den Spiegel"

Er sah wie sich das Gesicht von Simbach zu einer hässlichen Fratze aus Wut und Hass verzog und schoss den letzten Giftpfeil aufs Geradewohl ab. „Wahrscheinlich haben Sie nicht einmal eine Familie, Simbach, weil keine Frau es mit einem Mann aushält, der solch ein Versager ist, dass er für gute Ingenieurleistungen sein Honorar nicht eintreiben kann und lieber den ganzen Laden den Bach runtergehen lässt."

Mit einem Aufschrei stürzte sich Simbach auf Hart. Völlig außer sich trat und schlug er ihm immer wieder ins Gesicht und gegen die Nieren. Er ließ erst ab, als er merkte, dass er auf einen Bewusstlosen einprügelte.

Atemlos sah er sich suchend um. Als er das, was er suchte, nicht fand, rannte er raus und kam nach wenigen Minuten mit seinem Mantel, den er nachlässig hinter sich herzog, zurück. Schnaufend beugte er sich über den Bewusstlosen, um sich davon zu überzeugen, dass er noch lebte. Aus einer der Manteltaschen kramte er eine Rolle Klebeband und verklebte mit einem abgerissenen Streifen brutal den Mund von Hart. Das Blut aus den vielen Platzwunden und Abschürfungen hatte den Teppichboden bereits rund um den Observer rot verfärbt.

Mit hängenden Armen, noch immer nach Luft ringend starrte Simbach auf sein Opfer. Dann ging er zum Fernrohr und schaute eine Zeitlang durch das Okular. Was er sah, beruhigte ihn. Nur seine Hände zitterten immer noch leicht, als er sich eine Zigarette ansteckte.

Düstere Gedanken in ihm drängten nach Rache. Aber erst musste der verdammte Porschefahrer wieder zu sich kommen. Nicht dass er Mitleid mit dem zusammengeschlagenen Mann verspürte. Nein, dieser verfluchte Besserwisser sollte wenigstens den Grund erfahren, weshalb er Anna Heumacher töten würde. Er war der Geliebte dieser Frau, davon war er fest überzeugt und er sollte spüren, wie einem zumute ist, wenn man einen geliebten Menschen verliert, ohne dies verhindern zu können. Genau dieses Gefühl sollte er spüren.

Er hatte den Selbstmord seiner Frau damals auch nicht verhindern können. Schuld daran war allein derjenige, der ihn in den Ruin getrieben hatte. Er spuckte angewidert auf den Boden. Der unbändige Hass wollte ihn schier verzehren.

***

Langsam wich die Dunkelheit, die Hart während seiner Bewusstlosigkeit umgeben hatte. Der Übergang war wohltuend und zugleich erschreckend ernüchternd. Schmerzen hatten in der Dunkelheit keine Macht über seinen geschundenen Körper gehabt. Dafür kamen sie jetzt umso heftiger.

Vorsichtig versuchte er die Augen zu öffnen. Es funktionierte nur mit dem Rechten. Das linke Auge blieb durch die Schwellung geschlossen. Blut tropfte aus der Nase. Es rann unaufhörlich auf seine Lederjacke und von dort auf den Boden. Der Versuch etwas zu sagen misslang. Er sammelte sich und versuchte es noch einmal. Es ging nicht. Erst da registrierte er das Klebeband auf seinen aufgeplatzten und geschwollenen Lippen. Langsam bewegte er nacheinander beide Beine, was ihm einigermaßen gelang. Als er etwas tiefer einatmete, ließ ihn ein stechender Schmerz aufstöhnen. Wahrscheinlich waren Rippen gebrochen.

„Na, Porschefahrer, sind Sie wieder in der Welt der Lebendigen angekommen?"

Für Hart klang die Stimme merkwürdig weit weg. Sie hörte sich dumpf und undeutlich an. Es konnte sein, dass durch die Schläge und Tritte gegen seinen Kopf das Trommelfell kaputtgegangen war. Unter stechenden Schmerzen änderte er ein klein wenig seine Sitzposition.

„Ich habe Ihnen Ihr vorlautes Mundwerk verschlossen, Porschefahrer", vernahm er jetzt etwas deutlicher die Stimme Simbachs. „Zu Ihrer eigenen Sicherheit, verstehen Sie? Wenn Sie mir nämlich wieder dazwischenquatschen, müsste ich Ihnen die gleiche Lektion noch einmal erteilen." Simbachs irres Gelächter über seine eigenen Worte klang scheppernd in dem unmöblierten Raum. „Und jetzt, Porschefahrer, erzähle ich Ihnen mal etwas, das hoffentlich in Ihren Klugscheißerschädel reingeht. – Der Tod ist die gerechte Strafe für dieses Schwein Otto Heumacher. Leider hatte er vorher noch nicht genug gelitten." Simbachs unsteter Blick richtete sich auf das gesunde Auge des Observers.

„Wissen Sie eigentlich, was es heißt, wenn man plötzlich seine Existenzgrundlage verliert? Wenn man unverschuldet Insolvenz anmelden muss, weil ein skrupelloser Auftraggeber aus Habgier seine Schulden nicht bezahlt? Wenn die eigene Frau aus Verzweiflung sich das Leben nimmt, weil sie mit der Schande und der Existenznot nicht mehr zurechtkommt? Wissen Sie, was es heißt, auf diese Weise das Liebste, was man auf der Welt hat, zu verlieren? Jahrelang nachts aufzuwachen, von Alpträumen um den Schlaf gebracht? Und mit jedem Herzschlag meldet sich eine

Stimme, die einem zuflüstert: Rache. Und je öfter man diese Stimme hört, umso lauter wird sie. Irgendwann schreit diese Stimme so laut, dass Sie sich die Ohren zuhalten, weil es unerträglich wird. – Und dann merken Sie wie langsam ein Plan in Ihnen reift. Und je deutlicher und konkreter der Plan in Ihrem Kopf reift, umso leiser wird die Stimme wieder. Jetzt weiß man, was zu tun ist."

Die letzten Sätze hatte Simbach mehr zu sich selbst gesprochen. Er schien Hart nicht mehr wahrzunehmen, obwohl er mit ihm sprach. Es kam einfach aus ihm heraus, wie aus einem plötzlich geöffneten Ventil, aus dem der Überdruck unerwartet entweichen kann.

Simbach steckte sich erneut eine Zigarette an. Anscheinend die letzte, denn er knüllte die Packung zusammen und warf sie dem Observer vor die Füße. Mit wichtigtuerischer Geste schob er den Ärmel zurück, so dass er auf seine Armbanduhr sehen konnte.

„Zum letzten Mal stelle ich jetzt die Uhrzeit zurück", verkündete er „Ich sage Ihnen nicht, welche Zeit ich einstelle. Das erhöht die Spannung, verstehen Sie? Aber etwas Zeit brauche ich schon, um Ihnen zu erklären, wie die Sprengung funktionieren wird." Er nahm einen langen, tiefen Zug von der Zigarette. Seine Stirn war schweißnass.

„Das wollen Sie doch wissen, Porschefahrer, oder nicht? Sicher wollen Sie das wissen. Jeder möchte wissen, wie seine große Liebe in tausend kleine Fetzen gerissen wird."

Hart stöhnte auf. Er konnte nicht sprechen. Wie sollte er diesem Verrückten klar machen, dass er mit

Anna Heumacher nichts zu tun hatte? Dass, wie immer Simbach auch zu dieser Annahme gekommen war, dass sie falsch war. Dass er ihn nicht mit dem Tod dieser Frau bestrafen konnte. Sein gesundes Auge versuchte ihm, dies durch Blickkontakt mitzuteilen. Aber Simbach war jetzt ganz auf sich und darauf konzentriert, seine Macht, seinen Triumph wirkungsvoll in Szene zu setzen. Das waren seine Minuten. Er musste sie auskosten, genießen wie den Rest eines teuren Weines. In diesem Moment war er nicht mehr der Versager, der Verlierer, der sich sein Recht durch Erpressung holen musste. Nein, er bestimmte hier über Leben und Tod, was er deutlich mit dem Zurückstellen der Uhrzeit demonstriert hatte.

„Sehen Sie, Porschefahrer, bei aller Arroganz, die Heumacher nach außen zeigte, hatte er doch Angst bekommen und mein Angebot, die Alarmanlage seiner Villa – auch noch für ein besonders günstiges Honorar – überprüfen zu lassen, sofort angenommen. Das war sein Fehler. Es war alles sehr einfach. Als Monteur der Firma „Home-Securitas" gab es für mich keine Schwierigkeiten die Bewegungsmelder zu manipulieren und die zwei Feuerlöscher, in die ich diesmal Flüssigsprengstoff gefüllt habe, im Haus auszutauschen.

Da Sie Großmaul der Ansicht sind, ich würde von meinem Beruf nichts verstehen, gebe ich Ihnen jetzt mal etwas Nachhilfe in Physik." Simbach lehnte sich bequem zurück, nahm das schwarze Blechkästchen auf den Schoß und drehte an dem Frequenzregler, bis der Pfeifton plötzlich aussetzte. Grinsend wischte er sich mit dem Ärmel den Schweiß von der Stirn.

„Nun brauche ich nur noch diesen kleinen

Kippschalter zu betätigen, um das Spektakel losgehen zu lassen. Tja, Porschefahrer, Sie werden sich in wenigen Minuten selbst davon überzeugen können, ob Alfred Simbach ein Versager oder genial ist. – Wissen Sie, wie ein Bewegungsmelder funktioniert? Er wird über einen Dämmerungsschalter gesteuert. Das Ganze funktioniert also nur bei Dunkelheit, weshalb ich ja die Außenlampe an der Zufahrt kurz vorher ausschalten musste", dozierte er in gönnerhaftem Ton. „Wenn also nach dem Scharfschalten ein Fenster oder eine Haustür geöffnet wird, fliegt die ganze Bude in die Luft. Ich kann ihn aber auch zusätzlich durch einen Impulsgeber steuern, den ich beispielsweise als Funksignal sende." Er hielt triumphierend den Blechkasten hoch. „Damit das aber kontrolliert abläuft, habe ich zwei Sicherheitsstufen eingebaut. Die Zünder an den Feuerlöschern werden überhaupt erst durch ein Hauptsignal von diesem Gerät scharf geschaltet. Wenn der Bewegungsmelder nun das Signal an den Schaltkasten gegeben hat, dann leuchtet hier das rote Lämpchen dreißig Sekunden lang auf. Während dieser Zeit geht das Funksignal nicht an die Feuerlöscher und ich kann von hier aus den Vorgang abbrechen. Passiert das Ausschalten des Lämpchens von hier aus nicht, dann gibt es nach dreißig Sekunden ein tolles Feuerwerk."

Simbach kicherte sekundenlang irre in sich hinein bevor er sich aus seinem Sessel erhob.

„Ich empfehle Ihnen aufzustehen. Sie können die Show durch das Fenster direkt verfolgen." Er legte den schwarzen Blechkasten vorsichtig auf dem Sessel ab.

„Bin gleich wieder hier, Porschefahrer. Wir haben

noch Zeit." Er schnappte sich seinen Mantel und verließ eilig den Raum.

Hart richtete sich unter quälenden Schmerzen langsam auf. Die Reihenhäuser standen in Hanglage, das konnte er an der tiefer liegenden Straßenbeleuchtung erkennen. Wo genau er sich aber befand, war nicht auszumachen. Was nützte das jetzt auch noch? Er konnte es keinem mehr mitteilen, weil sein Mund schmerzhaft mit dem verfluchten Klebeband verschlossen war. Außerdem hatte Simbach den Mantel, in dessen Tasche sein Handy steckte, wieder mitgenommen. Es gab keine Chance mehr, die Katastrophe noch zu verhindern.

Das Heizungsrohr sah sehr stabil aus. Mit Gewalt würde er es nicht aus der Verankerung lösen können.

Aber was er plötzlich sah, war ein Nagel in der Wand, unmittelbar neben dem Fenster. Er drehte sich so, dass sein Gesicht an den Nagel kam. Vorsichtig versuchte er, den Nagelkopf unter das Klebeband zu schieben. Dabei kam er immer wieder an die abgeschürfte Haut, was die Wunde schmerzhaft zum Bluten brachte.

Es tat höllisch weh und trieb ihm Tränen in das gesunde rechte Auge, aber er merkte, wie der Klebestreifen Widerstand am Nagelkopf fand und sich ein Stück weit abziehen ließ. Mit schmerzhaft verzerrtem Gesicht verstärkte er unter Stöhnen seine Anstrengungen. Schließlich gelang es, die eine Seite vollständig zu lösen. Er konnte wieder durch den Mund atmen. Das Blut von den aufgerissenen Lippen lief ihm am Kinn herunter. Er achtete nicht darauf. Seine Sorge galt allein den beiden Frauen.

Jegliches Zeitgefühl war ihm abhandengekommen.

Welche Möglichkeiten gab es, Simbachs mörderischen Pläne zu verhindern? Er marterte sein Hirn. Die Lage war einfach zum Verzweifeln.

Nichts konnte er tun. Nichts.

Wenn er wenigstens wüsste, ob Claudia inzwischen das Haus verlassen hatte. Das Fernrohr war durch die Fesselung beider Hände am Heizungsrohr für ihn nicht mehr erreichbar.

Verfluchter Simbach! – Wenn er das hier überleben sollte würde er diesen Psychopaten lebenslang hinter Gitter bringen. Das schwor er sich.

Er schreckte aus seinen Gedanken auf, als es plötzlich an der Tür klopfte. Wegen seines geschwollenen linken Auges und der Tränen im rechten erkannte er den Mann nur schemenhaft. Dieser trug einen dunkelblauen Übergangsmantel, einen ebenfalls dunkelblauen Borsalino, schwarze, elegante Halbschuhe und eine prallgefüllte schwarze Aktentasche in der Hand. Auf der geröteten Knollennase saß eine Lesebrille. Sein pausbäckiges Gesicht mit buschigen Augenbrauen und einem riesigen Schnauzbart, der seine Mundpartie völlig überdeckte, strahlte etwas Heiteres aus.

„Guten Abend" grüßte er jovial mit ungewöhnlich hoher Stimme.

Hart konnte es nicht fassen, dass unverhofft ein Fremder hier erschien. Hatte Simbach etwa das Weite gesucht, ohne die Villa zu sprengen? Hoffnung keimte in ihm auf. Hoffnung auf Rettung der beiden Frauen in der Villa.

„Na, da haben Sie ja schon fleißig an Ihrem Mundschutz gearbeitet", fuhr der Fremde im Erzählton fort. „Das macht jetzt aber auch nichts mehr. Lassen Sie es nur, wie es ist, guter Mann." Er stellte die Aktentasche neben den Sessel, nahm den schwarzen Blechkasten vorsichtig in beide Hände und setzte sich. Kaum, dass er saß, sprang er wieder auf und trat hinter das Fernrohr. Was er sah schien ihn zu beruhigen, denn mit zufriedener Mine nahm er wieder Platz.

„Beide Damen verabschieden sich wohl gerade auf dem Flur. Jedenfalls steht das Geschirr noch im Wohnzimmer auf dem Tisch und im Schlafzimmer brennt kein Licht. Den Flur kann ich leider nicht einsehen. Da aber dieses Lämpchen nicht aufleuchtet, müssen beide ja noch im Haus sein. Na, da kommen wir ja gerade für ein kleines Feuerwerk zur rechten Zeit."

Der Mann legte mit einer schnellen Bewegung des Zeigefingers den Kippschalter um. Das kleine Lämpchen leuchtete rot auf. „Noch dreißig Sekunden. – Nun schauen Sie schon aus dem Fenster, Porschefahrer. So etwas bekommen Sie so schnell nicht wieder geboten. – Noch vierundzwanzig Sekunden."

Der Fremde, der jetzt wieder zum Fernrohr ging, sprach plötzlich in der arroganten Tonlage von Simbach. Bevor er durch das Okular schaute, gab er noch einmal die Zeit an.

„Noch neunzehn Sekunden."

Hart rang nach Luft. Die Verkleidung und die verstellte Stimme von Simbach waren so perfekt, dass er ihn nicht gleich erkannt hatte. Schlagartig fiel jetzt alle Hoffnung in sich zusammen.

„Sie verdammtes Schwein!", schrie er tierisch laut auf.

„Noch zwölf Sekunden"

„Hören Sie auf, Simbach. Ich kenne Anna Heumacher erst wenige Stunden. Wie kann sie meine Geliebte sein?!"

„Noch neun Sekunden."

„Sie verfluchter Ignorant. Schalten Sie die Lampe aus!" Seine Stimme überschlug sich.

Simbach schaute wie gebannt durch das Fernrohr, als wäre er ganz allein. Monoton begann er mit dem Countdown.

„Fünf, vier, drei, zwei, eins ..."

Mit weit aufgerissenem Auge sah Hart, wie dreihundert Meter entfernt eine riesige Stichflamme emporschoss. Als die Druckwelle wenige Sekunden später an der Fensterfront des Reihenhauses rüttelte, erkannte er den brennenden Dachstuhl schon nicht mehr. Tränen, die ihm über das Gesicht rannen, erblindeten auch sein rechtes Auge.

9. Kapitel

„Da stimmt doch was nicht!"

Die sonore Stimme von Hauptkommissar Behrends drang nur ganz langsam und verzerrt in Hart's Bewusstsein der vor Erschöpfung und Niedergeschlagenheit auf dem Fußboden in sich zusammengesunken war.

„Schubert, sofort den Notarzt hier nach oben. – Mein Gott, Herr Hart, wie sehen Sie denn aus?"

Behrends beugte sich über ihn, während Schubert im Treppenhaus nach dem Notarzt rief. Dann kam er zurückgerannt, um die Handschellen aufzuschließen.

Beide Beamte halfen Hart in den Sessel. Der Notarzt verbat sich jegliche Befragung des Patienten, während er ihn einer ersten Untersuchung unterzog. Er diagnostizierte zwei angebrochene Rippen, unzählige Hämatome und Hautabschürfungen. Mögliche innere Verletzungen konnte er nicht ausschließen.

Während Hart verarztet wurde, durchsuchte bereits der Sprengstoffexperte der Polizei das Gebäude. Sie fanden keinerlei Hinweise darauf, dass Simbach vorhatte, dieses Haus in die Luft fliegen zu lassen. Aber eine kleine Werkstatt, in der ein Laptop, Drucker verschiedene Module für elektronische Geräte sowie eine Menge flüssigen Sprengstoff herumstanden, entdeckten die Beamten in einem Raum neben dem Hintereingang.

Von Simbach selbst fanden die Beamten keine Spur.

Der Arzt hatte Hart gerade ein schmerzstillendes Medikament verabreicht, als eilige Schritte auf der Treppe zu hören waren. Dumpf vernahm Hart, wie der Polizist vor der Tür, der die Aufgabe hatte, während der Untersuchung niemanden hineinzulassen, eine Person abzuweisen versuchte. Der lautstarke Protest dieser Person kam eindeutig von einer Frau.

Hart glaubte zu träumen. Diese Stimme kannte er besser als jede andere.

„Lassen Sie die Dame durch", beendete Hauptkommissar Behrends mit lauter Stimme den Disput zwischen der Frau und dem Polizeibeamten.

Im gleichen Moment kam Claudia hereingestürzt. „Rigidus!" Mit einem erleichterten Aufschrei sank sie vor dem Sessel, in dem Hart verarztet wurde, auf die Knie. Behutsam streichelte sie immer wieder über seinen Kopf. Ihre Augen suchten sorgenvoll all die geschundenen Stellen in seinem Gesicht ab.

„Claudia," flüsterte er von seinen Gefühlen überwältigt „Du lebst. – Mein Gott, ich dachte ..." Er konnte nicht weitersprechen.

„Frau Dohrmann", mischte sich Hauptkommissar Behrends jetzt ein, „wir müssen Herrn Hart unbedingt befragen. Bitte lassen Sie uns für ein paar Minuten allein."

Claudia schlug beide Hände vors Gesicht und trat zum Fenster.

„Wo ist Simbach, Herr Hart?", fragte Behrends leise, aber eindringlich.

„Der muss kurz vor Ihnen nach draußen sein. Sie müssten ihn im Treppenhaus noch gesehen haben."

„Nein. Den uniformierten Beamten, die als Erste vor Ort waren, kam ein Arzt entgegen, der von Simbach hier ins Haus gerufen wurde, sich um einen Verletzten zu kümmern. Der Mann muss Sie doch gesprochen haben. Er sagte, dass er Sie nicht behandeln konnte, weil Sie an dem Heizungsrohr mit Handschellen gekettet seien. Er wollte gerade Hilfe holen, als wir kamen. Musste aber dringend noch zu einem anderen Patienten. Das war für uns in Ordnung, da wir ja mit Notarzt und Krankenwagen angerückt waren."

„Oh Gott. Das war Simbach. Ich hatte ihn auch nicht sofort erkannt, weil er mit verstellter Stimme gesprochen hat und ich durch die Schläge auf mein Ohr sowieso nicht richtig hören kann. Außerdem ist mein Sehvermögen ziemlich eingeschränkt."

„Können Sie seine Verkleidung beschreiben? In der Dunkelheit draußen werden meine Polizeibeamten auch nicht viel von ihm wahrgenommen haben."

„Nein, ich habe ihn nur sehr verschwommen gesehen. Aber ich bin sicher, ihn trotz all seiner Verkleidungskünste zu erkennen, wenn er in meiner Nähe wäre. Seine Bewegungen, seine Statur ... Ich würde ihn bestimmt erkennen."

Hart verzog sein schmerzendes Gesicht zu einer Grimasse, die nichts Gutes verhieß.

„Schubert!" Der Chef der Mordkommission brüllte mit einer Lautstärke nach seinem Assistenten, als müsste er eine startende Boeing 747 übertönen. „Schubert, der Arzt auf der Treppe war Simbach. Veranlassen Sie im Umkreis von fünfzehn Kilometern Straßensperren auf allen Ausfallstraßen. Alle Autobahnzubringer sollen kontrolliert werden. Weit kann er noch nicht sein. Jeder, der die Kontrollposten passieren will, hat seine Identität nachzuweisen. Die Beamten sollen besonders auf männliche Personen von der Größe Simbachs achten und sich genau davon überzeugen, ob die Betreffenden Haarteile oder Perücken tragen. – Und lassen Sie Fotos von Simbach an die Beamten verteilen, die heute Nachmittag noch nicht im Dienst waren."

Hauptkommissar Behrends strich sich mit der für ihn typischen Handbewegung über seine Stoppelhaare. Sein Gesicht war von Sorgenfalten gezeichnet, als er sich zu Hart herunterbeugte. „So, Herr Hart, Sie sind natürlich gespannt darauf zu erfahren, was draußen abgelaufen ist." Er richtete sich auf und zeigte mit einem Achselzucken in Richtung der brennenden Villa Heumacher. „Ich muss gestehen, dass Simbach uns mit der Fahrzeugwahl ausgetrickst hat. Allerdings konnten wir über das Handy Ihren Standort immer recht gut verfolgen. Ihr Hinweis auf den Aldimarkt hat uns über die Zeitspanne bis zum Betreten dieses Reihenhauses geholfen, die Entfernung ziemlich gut abzuschätzen, wo in etwa Sie sich mit Simbach befanden. Leider fehlte uns eine Richtungsangabe. Kurz bevor plötzlich nichts mehr zu hören war, hatte Simbach eine Bemerkung über Ihre Geliebte mit Namen Anna gemacht."

„Er hat immer, wenn er den Raum verließ, seinen Mantel mitgeschleppt", unterbrach Hart „Für kurze Zeit hatte er ihn einmal draußen gelassen."

„Ja, so muss es gewesen sein", fuhr Behrends fort. „Wir hatten zwar Empfang, konnten aber keine Stimmen hören. Da ich weiß, dass Ihre Große Liebe dort am Fenster steht und Claudia Dohrmann heißt, konnte es sich nur um Anna Heumacher handeln, die Simbach irrtümlich für Ihre Geliebte hält. Eins und eins waren schnell zusammengezählt. Es gibt und gab keine Bombe in den Wohnanlagen von Otto Heumacher, wie Simbach selber triumphierend erzählt hat. Von Anfang an hatte er uns Theater vorgespielt. Er wollte nur das Ehepaar Heumacher auslöschen. Und natürlich vorher das Geld kassieren. Ich bewundere Ihr Geschick, aber besonders auch Ihren Mut, Simbach in diesen unkontrollierten Aggressionszustand zu versetzen. Als dann mit einem Male wieder Stimmen aus dem Lautsprecher kamen, konnten wir die Erklärungen über den technischen Ablauf der geplanten Sprengung mithören. Der Rest war einfach. Auf der Rückseite der Villa wurden starke Scheinwerfer auf die Bewegungsmelder gerichtet. Dadurch wird das Signal an den Hauptschalter für die Beleuchtung nicht gesendet, wenn eine Bewegung erzeugt wird. Sozusagen Tageslicht für die Sensoren. Die beiden Damen sind dann in letzter Minuten durch ein Fenster entkommen und sofort hinter dem Haus in Deckung gebracht worden. Die Beobachtung der Villa ist nur von dieser Reihenhauszeile aus möglich. Das war nicht schwer herauszufinden. Wir mussten aber mitten in der Nacht alle angrenzenden Häuser in dieser Reihe durchsuchen und kamen somit leider zu spät, um Simbach zu erwischen."

„Gott sei Dank", murmelte Hart, bevor ihn eine erneute Ohnmacht übermannte.

Hauptkommissar Behrends gab Schubert einen Wink. „Bringen Sie Herrn Hart ins Krankenhaus und bitten Sie den behandelnden Arzt, alles daran zu setzen, dass er bald wieder vollständig sehen kann und schmerzfrei wird. Wir brauchen mehr Details und vor allem seine Einschätzung über Simbachs Zustand sowie Aussagen über den Verbleib des Geldes. Der Alukoffer steht leer im Erdgeschoss."

***

Die beiden Männer, die angetrunken aus dem Kellerlokal die Treppe nach oben stolperten, hielten sich auf dem Gehweg gegenseitig fest, um nicht rückwärts wieder herunterzufallen.

„Und ich sag dir, Werder hat nicht die geringste Chance. – Keine! Nicht die geringste. Vielleicht, aber nur ganz vielleicht, hol'n se mal 'nen Freistoß in Tornähe raus. Mehr nicht! Weil se nämlich nicht mal aus solch'n Standards was machen können." Damit haute FS seinem Kumpel TG so kräftig auf die Schulter, dass der sich am Treppengeländer festhalten musste, um nicht umzufallen. Beide redeten sich stets mit ihrem Namenskürzel an.

„Mann!", stöhnte TG auf „Bist du verrückt? Deine Scheiß-Bayern haben doch schon die Hose voll, wenn se aus der Kabine kommen. Oder warum tragen die so lange Hosen?"

„Du bist auch so'ne lange Hose." FS starrte einen Augenblick vor sich hin. Dann fuchtelte er mit dem rechten Zeigefinger vor dem Gesicht seines Freundes herum. „Das sieht nur so lang aus, TG weil denen die Hose vor Lachen über Werders Hintermannschaft so tief gerutscht ist. Glaubst du etwa, dass Schweini oder Robben überhaupt einen wie Mertesacker an sich herankommen lassen?"

TG rappelte sich wieder auf. „Klar, wie soll'n se dem denn sonst in die Knochen treten?"

FS krempelte sich umständlich den linken Ärmel hoch und torkelte in die Nähe der Straßenlaterne. „Fährt keine Straßenbahn mehr", stellte er mit Blick auf seine Armbanduhr fest. „Woll'n wir laufen oder zu Fuß gehen?"

„Taxi", murmelte TG, nachdem auch er seine Uhr zu

Rate gezogen hatte.

„Scheiße", kommentierte FS und setzte sich auf den Vorsprung einer Mauereinfassung während er in der Hosentasche nach seinem Handy suchte.

Beide arbeiteten in der gleichen Behörde und waren ein gut aufeinander abgestimmtes Team. Sie machten ab und an einen Zug durch einige Kneipen in der Stadt. An solch einem Abend konnte man bestens über Vorgesetzte und Kollegen herziehen und sich so richtig frotzeln.

FS, Abteilungsleiter und damit direkter Vorgesetzter von TG, zeichnete sich nicht nur bei den Frotzeleien mit seinem engsten Mitarbeiter, sondern auch sonst in Gesprächen auf den Fluren des Rathauses als hervorragender Kenner des FC Bayern aus.

TG war von Natur aus zurückhaltender, aber nicht minder bewandert, was den deutschen Fußball anging. Er galt unter den Kollegen als fanatischer Werder-Bremen-Fan.

Beide hatten sich in ihrer Lieblingskneipe über das nächste Bundesligaspiel am kommenden Samstag unterhalten und wollten nun zum Bahnhof und von dort mit dem Bus nach Hause fahren. Daran, wie die beiden miteinander umgingen, konnte man erkennen, dass sie freundschaftlich sehr verbunden waren. Die unterschiedliche Verantwortungsebene in der Verwaltungshierarchie spielte für sie privat keine Rolle.

Während FS an seinem Handy herumfummelte, blickte sich TG suchend nach einem Taxi um. Aber die Straße war bis auf den einen Fußgänger auf der anderen Straßenseite menschenleer.

„He", rief TG dem Fußgänger zu, „sind Sie ein Taxi?"

Der Mann blieb stehen und wechselte dann, nachdem er sich umgesehen hatte, zu ihnen herüber. Mit schnellen, kurzen Schritten kam er auf die beiden zu. Die schwarze Aktentasche in der rechten Hand und der elegante, dunkelblaue Hut auf dem Kopf gaben dem gut gekleideten Mann das Aussehen, als käme er gerade von einer wichtigen, geschäftlichen Besprechung oder wollte zu einer solchen hin. Die buschigen Augenbrauen und die Halbbrille auf der knolligen Nasenspitze sowie ein Schnauzbart, der die gesamte Mundpartie überdeckte, ließen bei näherem Hinsehen allerdings mehr auf einen Künstler oder Wissenschaftler schließen.

Es war weit über Mitternacht hinaus und irgendwie passte der Mann, ob nun Geschäftsmann, Künstler oder Wissenschaftler, um diese Zeit nicht so richtig in das Straßenbild. Aber dafür hatten die beiden Angetrunkenen keinen Blick. Sie wollten nur ein Taxi zum Bahnhof.

„Ist doch kein Taxi", wandte sich TG mit übertrieben enttäuschter Gestik an seinen Freund.

„Vielleicht kann er uns ja eins besorgen", entgegnete FS „ich glaub' mein Scheiß-Akku ist leer."

Der gut gekleidete Mann blieb stehen und fragte mit ungewöhnlich hoher Stimme, ob er irgendwie helfen könne. Dabei senkte er den Kopf, um über die Halbbrille hinweg die beiden Freunde zu fixieren.

„Haben Sie 'n Taxi in der Tasche?" TG zeigte grinsend auf die prall gefüllte Aktentasche des Mannes.

„Nein", lächelte der Fremde freundlich zurück. „Aber ich könnte Ihnen eins rufen, wenn Sie mir Ihr Handy ausleihen. Ich besitze so etwas leider nicht."

TG griff in seine Hosentasche und fuchtelte dann mit seinem Handy vor dem Gesicht des Mannes herum. „Wenn Sie damit abhauen wollen", lallte er, „dann finde ich das scheiße. – Außerdem sind wir von der Behörde. Wir kriegen Sie, wenn Sie Scheiß machen. – Wo wollen Sie denn überhaupt hin?"

„Mal sehen", erwiderte der Fremde unbestimmt.

„Wie? Mal sehen! Sie müssen doch wissen wohin Sie wollen!"

„*Wo* wollen Sie denn hin?", kam die Gegenfrage anstelle einer Antwort.

„Wir?", fragend drehte sich TG zu seinem Freund um. „Wo wollen wir denn hin, FS?"

FS ließ mit einem Seufzer von seinem Handy ab. „Mann, zum Bahnhof, Du Blödmann."

„Wir wollen zum Bahnhof", trug TG mit tragender Stimme vor und fuchtelte weiter mit seinem Handy gefährlich nahe vor der Knollennase des Fremden herum.

Dieser wich sicherheitshalber einen Schritt zurück. „Gut, dann können wir ja zusammen fahren, denn da will ich auch hin."

„Er weiß wieder, wo er hinwill, FS!" TG führte einen Freudentanz auf dem Gehweg auf.

FS legte seinem Freund die rechte Hand auf die Schulter, und der Freudentanz hörte auf. Mit der Linken nahm er dessen Handy und hielt es dem Fremden hin. „Drei Bedingungen, Kumpel." FS bemühte sich nicht zu lallen, indem er ganz langsam sprach. „Erstens, wir im Norden duzen uns alle. Ich bin Frank und das ist Thomas. – Zweitens, damit wir das besiegeln, gehst du jetzt die Treppe da runter und holst drei Bier. Und drittens rufst du mit diesem

Handy ein Taxi und wir fahren alle zusammen zum Bahnhof. Viertens fahren wir mit dem Bus nach Hause und sagen vorher tschüss. Aber nur, wenn du uns jetzt deinen Namen sagst."

„Fünftens", setzte der Fremde mit der ungewöhnlich hohen Stimme die Bedingungen fort, „geht einer von euch das Bier holen und ich rufe in der Zeit das Taxi. Sonst bekommt ihr doch euren Bus gar nicht mehr." Er holte einen Zehneuroschein aus der Manteltasche und hielt ihn TG vor die Nase.

„Wo er recht hat, hat er recht, FS. – Ich gehe runter, muss sowieso pinkeln."

TG schaffte die wenigen Stufen hinunter, ohne zu fallen, und verschwand durch die Eingangstür. Der Fremde hatte gerade sein Gespräch mit der Taxizentrale beendet als er auch schon wieder auftauchte. Freudig hielt er zwei Flaschen Bier den Wartenden entgegen.

„Wieso nur zwei?", fragte FS enttäuscht.

„Mehr wollte Lothar mir nicht geben. Er sagt, wenn du nächsten Samstag im Stadion für die Bayern schreist, kriegst du überhaupt kein Bier mehr bei ihm."

„Blödmann!", kommentierte FS.

„Selber Blödmann. Hier ..." Er stellte die beiden Bierflaschen auf dem Gehweg ab und zog eine dritte Flasche aus seiner Hosentasche.

Trotz seines angetrunkenen Zustandes hebelte TG geschickt mit dem Feuerzeug die Kronkorken von den Bierflaschen. Die beiden Freunde tranken in einem Zug ihre Flasche halb leer, während der Fremde nur nippte.

„Kerl, nun nimm mal einen richtigen Schluck." FS

haute dem Fremden so kräftig auf die Schulter, dass dem die Bierflasche fast entglitten wäre. Durch die Erschütterung spritze eine Fontäne Bier auf seinen dunkelblauen Mantel und hinterließ dunkle Flecken.

Der Fremde nahm es mit einem Lächeln hin. Beide Freunde bemühten sich eifrig, den Schaden mit Papiertaschentüchern zu beheben.

Als sie mit ungeschickten Händen am Kragen des Mannes rumfuchtelten und der sich durch Bücken der Prozedur entzog, hielt FS plötzlich ein Haarteil in der Hand, als er den von TG versehentlich weggestoßenen Hut festhalten wollte. Entsetzt starrte er abwechselnd auf die Perücke und auf die strähnigen, dünnen Haare, die den Kopf des Fremden jetzt zierten.

Das laute Lachen von TG verstummte so abrupt wie das Abschalten eines Motors, als sich der Fremde plötzlich mit einem Ruck den Schnauzbart vom Gesicht riss und die Halbbrille dabei auf die Straße flog.

Er hob sie auf, stopfte Haarteil und Schnauzbart in ein Seitenfach seiner Aktentasche und verbeugte sich vor den beiden. „Gestatten, Fritz von Wachstum, Verwandlungskünstler."

Seine Stimme klang gar nicht mehr ungewöhnlich hoch. Dann setzte er die Bierflasche an und trank sie in einem Zuge leer.

„Ich fass es nicht", lallte FS und setzte sich auf den Mauervorsprung. TG murmelte zu sich selbst „Ach, Du Scheiße!" und schüttete demonstrativ den Restinhalt der Bierflasche auf den Gehweg, was wohl so viel heißen sollte wie: Das kommt nur vom Saufen.

„Lassen Sie. Da kommt übrigens unser Taxi." Der Fremde stellte sich winkend an den Straßenrand.

Alle drei zwängten sich auf den Rücksitz des Wagens. Der Fremde, der zwischen den beiden Freunden saß, gab dem Fahrer als Ziel den Hauptbahnhof an. Aktentasche und Hut hatte er zwischen seine Füße gestellt.

„Jungs", wandte er sich, plötzlich mit schwerer Zunge sprechend, an die beiden, „ihr könnt Fritz zu mir sagen."

Und nach einem kräftigen Rülpser: „Wir können doch auch gleich durchfahren."

„Wie durchfahren!" FS sah den Fremden verwundert an und fügte nach einem Augenblick des Überlegens fort „Du meinst nach Lilienthal?"

„Klar."

„Viel kannst du wohl nicht ab, was?", mischte sich TG ein.

Der Fremde grunzte etwas Unverständliches und ließ den Kopf auf die Brust sinken.

„Ach du Scheiße. He, Kumpel wach auf." FS rüttelte am Arm des Fremden.

„Sie müssen sich entscheiden." Der Taxifahrer schaute fragend in den Rückspiegel.

„Lilienthal oder Hauptbahnhof."

„Lilienthal!", lallte der Fremde und hob dabei kaum den Kopf.

„Lilienthal!", wiederholte TGeib. „Aber nur wenn du bezahlst, Fritz."

„Klar", kam es nach einem erneuten Rülpser von dem Fremden.

„Dass mir da keiner von Ihnen den Wagen vollkotzt!", mahnte der Taxifahrer und bog in Richtung Universität ab.

Die drei Fahrgäste antworteten nicht, weil die beiden

Freunde Mühe hatten, den Fremden daran zu hindern, nach vorn zu kippen. Das Blaulicht eines Streifenwagens erkannten sie deshalb auch erst, als der Taxifahrer unsanft auf die Bremse trat und vor dem Polizisten mit der rot leuchtenden Haltekelle stoppte.

Der Fahrer fuhr die Scheibe herunter und erkundigte sich, was los sei.

„Verkehrskontrolle! Lassen Sie mal hinten die Scheibe runter."

Der Beamte, ein baumlanger Kerl mit einer frischen Narbe über dem rechten Auge, beugte sich in das Wageninnere und zuckte angewidert zurück.

„Mein Gott, das stinkt da hinten ja wie in der Abfüllanlage einer Brauerei. Wo haben Sie denn die Schnapsleichen aufgegabelt?"

Bevor der Fahrer antworten konnte, ließ TG den Fremden nach vorn kippen und lallte seinem Freund überlaut ins Ohr: „Seit wann fährt die Polizei denn per Anhalter?"

Der Beamte verzog keine Miene und wandte sich wieder dem Fahrer zu. „Wo wollen Sie die drei hinfahren?"

„Nach Lilienthal. Wäre mir lieb, wenn Sie die Tür hinten gar nicht erst aufmachen, sonst krieg ich die Kerle nicht wieder rein. – Hab sowieso schon Angst, dass die mir alles vollkotzen."

„He, Sie!" Der Polizist zeigte kopfnickend auf TG. „Drehen Sie mal den Kopf zu mir. Ich werde jetzt Ihre Haare kurz anfassen, ist das okay?"

Der Angesprochene neigte grinsend seinen Kopf nach draußen. Mit einer schnellen Bewegung des Daumens überprüfte der Beamte die Kopfhaut auf angesetzte Haarteile und zog zur Sicherheit noch an den kurzen Seitenhaaren.

„Jetzt Sie. Ja Sie in der Mitte. Kommen Sie, halten Sie den Kopf näher zur Tür."

TG richtete den Fremden auf und drehte seinen Kopf zur Seite. Auch hier überzeugte sich der Beamte mit zwei schnellen Griffen in die langen, braunen Strähnen, dass es sich um angewachsene Haare handelte. TG ließ den Fremden wieder nach vorne fallen und zog ohne Aufforderung FS zu sich herüber: „Einmal polieren, FS. – Herr Wachmeister, hier ist nichts zum anfassen. Mein Freund geht morgens immer zum Friseur." Er klatschte seinem Kumpel auf dessen haarlose Kopfhaut.

Der Polizist blickte zu seinem älteren Kollegen, der mit einem verhaltenen Grinsen die Szene beobachtet hatte. Als der nickte, klopfte der Baumlange mit der flachen Hand auf das Autodach und befahl knapp: „Also los, fahren Sie."

Der Fahrer tippte mit zwei Fingern an die Schläfe: „Jawohl Chef!" und fuhr an.

TG und FS schauten sich kurz an und lachten dann beide wie auf Kommando lauthals los. Immer noch lachend haute TG dem Fremden so kräftig auf den Rücken, dass der einen Hustenanfall bekam.

„Mann, Fritz, ich hätte das Gesicht von dem Komiker sehen wollen, wenn der deine Perücke in der Hand gehabt hätte."

***

Simbach hatte im dunklen Schatten eines stallähnlichen Nebengebäudes wieder die Perücke, den Schnauzbart und die Brille angelegt und dann frierend fast eine ganze Stunde vor dem Landgasthof warten müssen. Die beiden Saufkumpane Stelljes und Geib hatten ihm diesen ländlichen Gasthof mit Zimmervermietung, etwas außerhalb des Ortes, empfohlen, weil ihrer Meinung nach hier die Chance am größten sei, jemanden anzutreffen, der ihn zu dieser Nachtzeit einlassen würde. Die beiden mussten bis zu ihrem Wohnort noch weiterfahren. Er hatte den Taxifahrer mit zwei Fünfzigeuroscheinen bezahlt. Es würde reichen, um die zwei Fahrgäste nach Hause zu fahren.

Eine korpulente Frau im fortgeschrittenen Alter ließ ihn gegen drei Uhr morgens herein, nachdem sie ihr Fahrrad an das Regenfallrohr angekettet hatte. Sie kannte sich gut aus, wusste, dass zurzeit kein Zimmer vermietet war, und gab ihm, ohne dass er sich ausweisen oder irgendwelche Angaben zur Person machen musste, einen Zimmerschlüssel. Er solle sich später in der Gaststube melden und dem Wirt, den sie beim Vornamen nannte, erzählen, wie er hereingekommen sei. Den Papierkram könne er dann erledigen.

„Ich heiße Meta Meyerdierks und arbeite hier schon über 21 Jahren für Willi als Magd", sprach's und verschwand, um den Mantel gegen eine Kittelschürze zu tauschen.

Simbach war froh darüber. Sein Zimmer lag nach hinten raus. Er schloss die Tür ab und legte zusätzlich den kleinen Riegel vor. Die Aktentasche stellte er in den Kleiderschrank. Nach dem Auskleiden fiel er todmüde ins Bett. Einen Augenblick lang kreisten seine Gedanken noch um die prallgefüllte

Aktentasche, die er kaum länger als bis zum Mittag, vor dem Reinigen des Zimmers, würde aufbewahren können. Dann übermannte ihn der Schlaf.

Geweckt wurde er durch ein Scheppern, direkt unterhalb des Fensters. Vorsichtig schaute er hinaus. Die Morgendämmerung hatte das Dunkel der Nacht noch nicht vollständig vertrieben, aber es reichte, um die Frau, die ihn nachts ins Haus gelassen hatte, zu erkennen. Sie füllte Milch aus einem Eimer in eine Milchkanne, auf der ein großer Trichter steckte, überspannt mit einem weißen Tuch.

Simbach legte sich beruhigt wieder schlafen. Er verstand jetzt, weshalb die Frau, die sich ihm als Meta Meyerdierks vorgestellt hatte, so früh auf den Beinen war. Der Besitzer des Hotels betrieb noch zusätzlich Landwirtschaft. Die Magd melkte auch die Kühe.

Gegen zehn Uhr betrat er die Gaststube. Der Wirt hinter dem Tresen, mit Gläserspülen beschäftigt, begrüßte ihn freundlich. Frühstückszeit sei eigentlich vorbei, aber er könne ihm gern ein Schinkenbrot machen. Simbach bat um eine Tasse Kaffee und anstelle des Schinkenbrotes würde er lieber zwei Scheiben Weißbrot mit Marmelade oder Honig haben wollen.

Der Wirt, ein Zweizentnermann, verschwand durch eine Schiebetür, hinter der sich die Küche befand.

Aus dem Radio erklang „Ring the bell", gesungen von DJ Ötzi, obwohl noch nicht einmal die Adventszeit begonnen hatte. Der anschließende Wetterbericht kündigte für heute, den 20. November eine Kaltfront an. Am Nachmittag erwartete man bereits die ersten Schneeschauer, von schweren Sturmböen begleitet.

Simbach, der an seinem Tisch darüber grübelte, wie

er diesen Ort am sichersten und schnellsten verlassen und möglichst diskret ein Taxi auftreiben konnte, bekam von den Wetteraussichten so gut wie nichts mit.

Erschrocken fuhr er aber plötzlich zusammen, als die Fahndung nach einem Alfred S. aus dem Lautsprecher plärrte.

„... S. wird dringend wegen Mordes und versuchten Mordes gesucht. Das heute Nacht verübte Attentat galt der Witwe eines bekannten Bauunternehmers, der selbst erst vor zwei Tagen Opfer eines Mordanschlages geworden war. Wir berichteten darüber ausführlich. Zum Glück konnten die Witwe und eine junge Frau, die sich ebenfalls zur Tatzeit in der jetzt völlig zerstörten Villa aufgehalten hatten, rechtzeitig gerettet werden. Der Mann steht auch im Verdacht, den Großalarm wegen einer Bombendrohung ausgelöst zu haben, der gestern in den späten Abendstunden von der Polizei wieder aufgehoben wurde. ...“

Es folgte eine Zusammenfassung der Ereignisse in der Nacht vom Freitag auf den heutigen Tag. Danach wurde seine Personenbeschreibung durchgegeben, die exakt seinem Aussehen während der polizeilichen Erkennung im Präsidium entsprach.

Aber Simbach hörte schon nicht mehr richtig hin. Es wusste eh nur der verdammte Porschefahrer, wie er mit der Perücke, dem Schnauzbart und der Brille aussah.

Die beiden jungen Männer, mit denen er hierher gefahren war, hatten ihn zwar auch mit und ohne Perücke gesehen, aber in dem alkoholisierten Zustand, in dem die sich befunden hatten, würden sie kaum eine genaue Beschreibung geben können.

Trotzdem! Es war nur eine Frage der Zeit, wann die Polizei darauf hinwies, er könnte sich verkleidet haben.

Die Nachricht wirkte wie ein Bombeneinschlag.

Gehetzt sah er sich um. Auf dem Nebentisch lag eine Tageszeitung. Gerade noch rechtzeitig schnappte er sich das Blatt, denn in diesem Augenblick schob der Wirt mit dem rechten Fuß die Schiebetür auf und betrat, ein Tablett mit einer Tasse Kaffee und einem kleinem Teller, auf dem zwei Scheiben Weißbrot mit Marmelade bestrichen lagen, beidhändig balancierend den Gastraum.

Simbach riss die Zeitung vor sein Gesicht und bat den Wirt, das Tablett einfach abzustellen. Der Zweizentnermann, der auf seinem Weg zu Simbachs Tisch nur Augen dafür hatte, den Kaffee nicht zu verschütten, tat, worum der Gast ihn gebeten hatte.

Als er das Tablett abgeräumt hatte, hob er entschuldigend die Schultern.

„Wir müssen die Rinder in den Stall bringen. Man hat Schnee angesagt. Wenn Sie länger bleiben wollen, können wir uns heute Abend über einen Preisnachlass unterhalten. Das Zimmer kostet sonst vierzig Euro. Frau Meyerdierks wird erst am Nachmittag dazu kommen, Ihr Zimmer aufzuklaren. Ich hoffe, dass Ihnen das recht ist."

Simbach sagte ohne die Zeitung zu senken, dass es in Ordnung sei, und vertiefte sich wieder in die Titelseite, ohne zu lesen, was dort geschrieben stand.

Kaum hatte der Wirt den Raum verlassen, ließ er mit zitternden Händen die Zeitung fallen und griff nach der Tasse.

Die Heumacher lebte! Wie konnte das sein? Er hatte

doch die Explosion gehört! Und die mächtige Stichflamme gesehen!

Seine Hand zitterte so stark, dass er den Kaffee beim Trinken verschüttete. Sein Kopf drohte zu zerplatzen, sein Magen rebellierte, und er hatte Mühe, den Schluck Kaffee nicht wieder auszuspucken.

Mit beiden Händen umklammerte er die Tasse, um das Zittern zu unterbinden. Sollte seine ganze Planung wirklich gescheitert sein? Ein Plan, den er jahrelang ausgebrütet und der seine kleine Erbschaft vollständig aufgezehrt hatte. Ihm wurde plötzlich kalt. Doch kaum hatte er die Jacke zugeknöpft, trat Schweiß auf seine Stirn. Er knöpfte sie wieder auf.

Ein verzehrendes Hassgefühl tobte in ihm. Jedes andere Gefühl verdrängend, wütete es wie ein Orkan oder Wirbelsturm, der alles wegfegt, was ihm in den Weg kommt.

Er schlug mit den Knöcheln seiner linken Hand gegen die Tischkante. Wieder und wieder, bis der Schmerz ihn etwas beruhigte.

Verdammt, was sollte er tun?

Er verfügte jetzt zwar über eine Menge Geld, aber es würde ihn nicht glücklich machen. Das spürte er genau. Nicht solange die Rache seine Gefühlswelt beherrschte wie ein Tyrann seine Untertanen.

Ganz langsam ließ das Zittern nach, und er gewann die Beherrschung über sich zurück. Nachdenken musste er. Gründlich nachdenken, um jetzt nichts Verkehrtes zu machen. Und das konnte er am besten, wenn er es über die Grenze nach Holland schaffen würde. Dort hatte er sowieso in drei Tagen eine Verabredung. Er könnte den Rest des Geldes dann in den Niederlanden deponieren, neue Pläne schmieden und zurückkommen. Er hatte gute Kontakte im Nachbarland.

Simbach stand auf, froh darüber, dass der Wirt sich anscheinend nicht mehr im Haus aufhielt. Unter den Teller mit den unberührten zwei Scheiben Weißbrot schob er einen Fünfzig-Euroschein und ging auf sein Zimmer, um Aktentasche, Hut und Mantel zu holen.

10. Kapitel

Es gehörte mit zu seiner Tarnung, dass er nicht gleich am Donnerstag abgereist war. Man konnte nie genau wissen, wie clever die Polizei vor Ort handeln würde. Zum Beispiel könnte sie alle Hotels und Pensionen um Nachricht bitten, ob ein Gast kurz nach dem Attentat auf den Bauunternehmer Hals über Kopf abgereist war. Er hätte so eine Recherche sicher veranlasst. Deshalb hatte er sich den Donnerstagnachmittag und den Freitag in verschiedenen Museen die Zeit vertrieben.

Heute, am Samstag, würde er seine Rechnung in dem Fünf-Sterne-Hotel bezahlen, die Quittung sofort vernichten und erklären, dass er zurück nach Polen fliegen wolle.

Am besten war man in den ganz großen und ganz teuren Hotels untergebracht– das war schon immer sein Leitsatz gewesen. Ein sicheres, selbstbewusstes Auftreten, vielleicht sogar ein bisschen arrogantes Getue an der Rezeption, schützte meistens vor unangenehmen Fragen und nicht erbetenen Ratschlägen für den Aufenthalt.

Als Beruf hatte er Musiker angegeben. Schwerpunkt Violine, aber auch Klavier hätte er studiert, und er sei in der Stadt mit einem bekannten Musikprofessor, der zwar in Deutschland lebte aber polnischer Herkunft war, verabredet. Seine wohlhabenden Eltern hätten ihm diese Reise geschenkt.

Er hatte das der sehr höflichen und gutaussehenden Dame am Empfang und im Beisein des Hotelmanagers vor vier Tagen im Plauderton erzählt, als er das Anmeldeformular ausfüllte.

Der Geigenkasten auf seinem Rücken deutete darauf hin, dass die Geige von besonderem Wert sein musste und er sie deshalb ständig wie einen Rucksack mit sich führte, um das Risiko zu vermeiden, das wertvolle Stück versehentlich irgendwo stehen zu lassen.

Alles war genau so abgelaufen, wie er es vorausberechnet hatte. Die Polizei würde keine verwertbare Spur finden, weder am Tatort noch im Hotel. Pass und Hauptwohnsitz in Polen waren erstklassig gefälscht, wofür er viel Geld bezahlt hatte. Sogar eine Homepage war auf den im Pass angegebenen Namen eingerichtet. Eine Recherche des Hotels im Internet würde ein Bild von ihm zeigen, auf dem er, noch als junger Student an einem russischen Privatkonservatorium, eine Auszeichnung überreicht bekommt. Außer dem Hinweis, dass die Homepage zurzeit überarbeitet wurde und eine neue Starseite bekam, würde aber nichts weiter zu sehen oder über ihn zu erfahren sein.

Saubere Arbeit, die an Gründlichkeit nichts zu wünschen übrigließ und für ihn, im wahrsten Sinne des Wortes lebensnotwendig und deshalb selbstverständlich war.

Nachdem er Lage und Sitz des Gewehres und der Violine im Geigenkasten noch einmal überprüft hatte, legte er sich mit Schuhen auf das Bett und schloss die Augen. Traumlos schlief er ein und wachte nach genau dreißig Minuten auf. Bei der Rezeption bat er telefonisch um die Rechnung, die er in wenigen Minuten unten bezahlen würde. Er wolle noch heute nach Warschau zurückfliegen, ließ er die Dame an der Rezeption wissen.

Dann zog er das Bettzeug ab, schlug alles in das

Bettlaken und ging damit auf den menschenleeren Flur. Der Wäscheabwurfschacht befand sich ganz in der Nähe seines Zimmers. Er stopfte alles hinein und vergewisserte sich, dass nichts hängen geblieben war, bevor er die Klappe schloss. Handtücher benutzte er in den Hotels nur eigene, die er gebraucht in der großen Reisetasche wieder mitnahm.

Auch dafür hatte er vorgesorgt, wenn die Bullen – durch welchen Zufall auch immer – einen Hinweis auf ihn beziehungsweise auf seinen Aufenthaltsort erhalten sollten, würden sie in dem von ihm bewohnten Zimmer nichts finden, um seine Existenz in diesem Hotel tatsächlich nachweisen zu können. Kein Bettlaken, auf dem vielleicht Hautschuppen oder Haare zu finden gewesen wären. Durch den Wäscheabwurfschacht fielen die Wäschestücke auf einen großen Haufen direkt in die Wäscherei des Hotels. Kein Mensch hätte morgen noch sagen können, aus welchem Zimmer welche Wäsche stammte.

Zufrieden schaute er sich noch einmal gründlich im Zimmer um, zog die Vorhänge auf, vergewisserte sich, dass er alles, was von ihm angefasst wurde, sauber abgewischt hatte, und bezahlte an der Rezeption seine Rechnung in bar. Er legte ein großzügiges Trinkgeld dazu und erläuterte, dass er versehentlich mit seinen Schuhen das Bettzeug arg verschmutzt hätte, und weil es ihm peinlich sei, habe er es selber gleich in den Wäscheabwurfschacht getan. Die Dame hinter dem Tresen bedankte sich lächelnd und revidierte im Stillen ihr Vorurteil, dass alle Polen katholisch und unehrlich wären.

Den Geigenkasten auf dem Rücken und in der

Linken die Reisetasche verließ er das Hotel. Er ging ein Stück in den Park hinein und setzte sich dort auf eine leere Bank. Niemand war weit und breit zu sehen, es war noch früh am Vormittag. Die Mütter mit ihren Kleinkindern kamen erst nachmittags, wenn auch die Rentner und Touristen den Park bevölkerten.

Natürlich würde er nicht nach Polen fliegen. Er besaß bereits ein Hinflugticket nach Amsterdamm wo ihm die andere Hälfte der Prämie in bar ausgezahlt werden würde.

Aus der Reisetasche zog er eine Baskenmütze und setzte sie auf. Schwarzfarben wie seine Stoppelhaare. Ein weiterer Griff hinein förderte eine Brille, leicht dunkel getönt und mit dicken konvex geschliffenen Linsen aus Fensterglas zutage. Das Brillengestell aus feiner Titan-Stahl-Legierung sah teuer aus.

In das Innenfutter seiner Daunenjacke hatte er eine Geheimtasche nähen lassen, aus der er jetzt einen Reisepass auf den Namen Leszek Letzchewsky fingerte. Er verglich das Passbild mit seinem Aussehen, das sich auf der Wasseroberfläche des Grabens vor ihm spiegelte, und war mit dem Ergebnis zufrieden. Glaubhaft und unverdächtig ein intellektueller Musiker auf Reisen.

Zufrieden marschierte er zum nächsten Taxistand.

11. Kapitel

Ewig lange schon hetzte er durch das Haus. Hinter jeder Tür, die er aufriss, kam er in ein neues Zimmer, das genau gegenüberliegend eine zweite Tür hatte. Und jedes Mal wiederholte sich das.

Hinter ihm loderte das Feuer immer näher. Verzweifelt suchte er einen Ausweg. Die Fensterflügel, an denen er rüttelte und zerrte, ließen sich nicht öffnen. Panik erfasste ihn. Gehetzt ging sein Blick hin und her. Verschwommen erkannte er plötzlich eine Treppe, die in den Keller führte. Er wischte sich über die Augen, um besser sehen zu können. Es nutzte nichts. Die Konturen blieben verschwommen, nur dass jetzt alles in ein blutiges Rot getaucht war. Wohin er blickte, alles blutrot.

Wütend rieb er sein linkes Auge und hatte es plötzlich in der Hand. Es tat nicht weh, aber es ließ sich auch nicht wieder einsetzen. Er betrachtete es mit seinem anderen Auge und war erstaunt, dass das Auge in seiner Hand sein Gesicht sehen konnte. Ein Gesicht, in dem der Platz des fehlenden Auges von einer weißen Haut überzogen war.

Wütend warf er das Auge von sich und stürzte zur Kellertreppe, die sich jetzt deutlicher zeigte. Aber er erreichte die rettende Treppe nicht, weil sein Bein festgehalten wurde und er hinfiel; auf irgendeinen spitzen Gegenstand, der sich tief in seinen Brustkorb bohrte. Trotz der stechenden Schmerzen strampelte er und schlug wild um sich, aber er kam nicht frei, um sich über die Treppe in den Keller in Sicherheit zu bringen.

Hinter ihm explodierten nacheinander all die

Zimmer, durch die er sich gerade gekämpft hatte. Lange konnte es nicht mehr dauern, bis die Explosionen auch diesen Raum in Schutt und Asche legen würden.

Seine rechte Hand ertastete einen kleinen Schaltkasten, in dem ein Schlüssel steckte. Es sah aus wie eine kleine Geldkassette. Schlagartig wusste er, dass er den Schlüssel nur umdrehen musste, um all die Explosionen und das Feuer hinter ihm zu ersticken.

Aber der Schlüssel ließ sich nicht umdrehen. Er zog ihn heraus, wollte ihn umgedreht wieder einsetzen, als ein Riesenstiefel mit einem gewaltigen Tritt die Kassette an die gegenüberliegende Wand schleuderte. Den Stiefel festhalten, damit er die Kassette nicht zertritt, hämmerte es in seinem Kopf. Aber seine Arme gehorchten nicht. Schlaff lagen sie neben seinem Körper am Boden. Als er sich aufrichten wollte, drückten ihn zwei starke Hände nach unten.

„Liegen bleiben", hörte er eine Stimme freundlich sagen.

Hart öffnete sein gesundes Auge und schloss es gleich wieder vor dem blendenden Weiß des Krankenzimmers. Was für ein Alptraum! Er versuchte erneut seine Umgebung zu erfassen.

Jetzt erkannte er auch die Krankenschwester, die ihm mit einem Papiertuch vorsichtig den Schweiß abtupfte.

„Sie haben wohl schlimm geträumt, Herr Hart."

In der Wirklichkeit angekommen, brauchte er einen Augenblick, um sich zurechtzufinden. Blinzelnd nahm er das Krankenzimmer wahr. Die weißen Wände, das weiße Bettzeug, die weiß gekleidete Krankenschwester mit ihren braunen Haaren, die sie zu einem Pferdeschwanz zusammengebunden hatte.

Warum musste in Krankenhäusern alles weiß sein? Was hatte Farbe mit Hygiene oder sterilen Räumen zu tun? Aber die Frage war jetzt nicht wichtig, und er drängte sie zurück.

Also Krankenhaus, registrierte er, und gleich einer Nebelschicht, die an einem Herbstmorgen die Landschaft wie ein riesiges Bettlaken zudeckt und mit aufgehender Sonne sich langsam auflöst, kamen die Erinnerungen zurück.

„Geht's wieder?", fragte die freundliche Stimme. „Ich bin Schwester Ursula."

„Ich glaub schon. Was hat man alles mit mir angestellt?"

„Fragen Sie besser, was man mit Ihnen angestellt hat, bevor Sie eingeliefert wurden. Aber das beantwortet Ihnen der Arzt. Dr. Heuer wird gleich zur Visite kommen."

Es klopfte leise an der Tür, die gleich darauf einen Spaltbreit geöffnet wurde. Hart konnte nicht sehen, wer seinen Kopf ins Zimmer steckte, weil das Bett mit dem Fußende zum Fenster zeigte und die Tür sich in seinem Rücken befand.

Schwester Ursula drehte sich um und sagte ungehalten: „Jetzt nicht. Warten Sie bitte draußen."

„Wann?", kam die kurze Frage.

Diese sonore Stimme erkannte Hart sofort. „Warten Sie, Herr Behrends!"

„Nein! Nach der Visite!" Die Schwester ließ keinen Zweifel aufkommen, dass sie niemanden sonst ins Zimmer lassen würde.

„Ich warte draußen", hörte Hart den

Hauptkommissar sagen, bevor die Tür wieder leise geschlossen wurde.

„Die warten schon seit einiger Zeit, um mit Ihnen zu reden. Aber Dr. Heuer hat ausdrücklich angeordnet, Besuch erst vorzulassen, wenn Sie aufgewacht sind. Sie haben fast zehn Stunden durchgeschlafen." Schwester Ursula stand auf, kontrollierte den Flüssigkeitsstand im Tropf, strich noch einmal glättend über das am Fußende umgeschlagene Bettzeug und drückte ihm sacht die Klingel in die linke Hand.

„Wer sind ‚die', Schwester?"

„Zwei Beamte von der Kriminalpolizei. Und jetzt wird weiter geschlafen bis zur Visite." Damit verließ sie den Raum.

Hart schaute zum Fenster. Draußen herrschte diesiges Wetter. Er hatte vergessen, nach der Tageszeit zu fragen. Müde schloss er das gesunde Auge und tastete vorsichtig den Verband über dem linken Auge ab. Seine Gedanken schweiften zur vergangenen Nacht und beschäftigten sich mit der Frage, ob die Polizei Simbach schon gefasst hatte. Aber er kam nicht mehr dazu, weiter darüber nachzudenken. Die Müdigkeit überwältigte ihn erneut.

„Na, wie fühlen Sie sich, Herr Hart?" Die forsche Stimme des Arztes weckte Hart unsanft. Er hatte nicht bemerkt, wie die zwei Ärzte in Begleitung von Schwester Ursula das Krankenzimmer betreten hatten.

„Mein Name ist Heuer. Ich bin der Stationsarzt, und das ist Kollege Dr. Medi. Schwester Ursula kennen Sie ja bereits." Der Stationsarzt fasste nach der Rechten des Observers und drückte sie sanft. Während er weitersprach, fühlte er den Puls des Patienten.

„Man hat Ihnen ganz schön zugesetzt. Sie wollen sicher wissen, was unsere Untersuchungen ergeben haben." Er ließ die Hand los.

„Also, die gute Nachricht zuerst: Wir haben keine Verletzung von inneren Organen festgestellt. Selbst Ihre linke Niere und die sie überlagernde Milz haben dank Ihrer hervorragend ausgebildeten Bauchmuskulatur keinen Schaden genommen, obwohl dies nach den vielen Hämatomen zu vermuten war. Eine Röntgenaufnahme des Thorax in mehreren Ebenen zeigt allerdings eine Rippenserienfraktur linksseitig. Zwei Rippen sind betroffen, zum Glück leichterer Art, also kein kompletter Bruch." Der Arzt machte eine Pause und sah Hart bedeutungsvoll an. „Glück gehabt, mein Lieber. Hätte weitaus schlimmer sein können, so wie Sie bei der Einlieferung aussahen." Er beugte sich über den Patienten und löste vorsichtig einen Streifen Heftpflaster des Augenverbandes. „Das ist nur eine Platzwunde. Wahrscheinlich wird Sie eine kleine Narbe Ihr Leben lang an dieses Abenteuer erinnern. Das Auge ist nicht verletzt. Seien Sie froh darüber." Er drückte das Pflaster wieder an und wandte sich an die Schwester: „Jeden Tag Kompresse erneuern, Wundsalbe nicht zu dick auftragen." Und den Patienten wieder anschauend fuhr er fort: „Wir haben den Riss unter Ihrem Auge geklammert."

Während der Stationsarzt etwas auf das Krankenblatt schrieb, ergänzte Dr. Medi die Erläuterungen seines Chefs.

„Wir geben Ihnen morgens und abends Analgetika, Herr Hart. Ihre Prellungen und die Rippenfraktur sind äußerst schmerzhaft. Und versuchen Sie möglichst flach zu atmen. Alles in allem werden wir Sie schon einige Tage hierbehalten müssen. Wenn Sie irgendein außergewöhnliches Unwohlsein spüren, geben Sie bitte gleich einer Schwester oder mir Bescheid. Aufstehen dürfen Sie natürlich, wenn Ihnen danach ist. Vermeiden Sie möglichst hastige Bewegungen. Ich schaue noch einmal am Abend nach Ihnen."

Er reichte Hart die Hand. Der Stationsarzt stand schon an der Tür und verabschiedete sich mit einem: „Bis bald, Herr Hart."

Es war also schon Nachmittag.

Vorsichtig streckte er ein Bein aus dem Bett. Wider Erwarten ging das problemlos, so dass er sich traute, beide Füße auf den Boden zu stellen. Ein leichter Schwindel überfiel ihn. Er blieb auf dem Bettrand sitzen und schob das Gestell, an dem der Tropf befestigt war, zur Seite. In der Schublade des Nachtschrankes fand er seine demolierte Armbanduhr, die stehen geblieben war, und ein Packen Papiertaschentücher, aber kein Handy.

Es dauerte einen Augenblick, bis ihm klar wurde, dass es wahrscheinlich noch im Polizeipräsidium sein musste. Er hatte ja nur das manipulierte Handy der Polizei bei sich gehabt, als er mit Simbach von dort weggefahren war.

Langsam ließ er sich auf das hochgestellte Kopfteil zurücksinken. Ein stechender Schmerz durchzuckte seinen Brustkorb. Er griff zur Klingel.

Eine kleine, zierliche Person mit einem gelben Button an dem weißen Kittel, auf dem in schwarzer Schrift *Marlis* stand, fragte ihn, womit sie helfen könne.

Hart erklärte ihr, dass draußen zwei Herren von der Kripo warteten, die ihn dringend sprechen möchten.

Schwester Marlis versprach, die Stationsschwester zu fragen und dann die Herren hereinzuschicken.

Es dauerte nicht lange, bis die sonore Stimme von Hauptkommissar Behrends Hart begrüßte und sich erkundigte, ob er sich stabil genug fühle, um ihnen einige Fragen zu beantworten. Kommissar Schubert begnügte sich mit einem leisen „Hallo".

Beide nahmen auf den zwei Stühlen an dem kleinen Tisch vor dem Fenster Platz, so dass sie Hart ansehen konnten. Behrends verzog mitfühlend das Gesicht. Mit dem großflächigen Verband über dem linken Auge und den bläulich angelaufenen Hämatomen in dem geschwollenen Gesicht sah Hart aus wie ein unterlegener Boxer nach der zwölften Runde.

„Also, Herr Hart", kam der Kripochef gleich zur Sache „bisher verlief die Suche nach Simbach ergebnislos. Da wir nur ein Bild seines tatsächlichen Aussehens an unsere Beamten verteilt haben und das, wegen einer technischen Panne, auch erst heute Morgen, bleibt die Fahndung wahrscheinlich eher erfolglos. Als Simbach das Reihenhaus, in dem er Sie festhielt, verließ, war es zu dunkel. Keiner der Polizisten, die ihm begegnet sind, kann eine halbwegs sichere Beschreibung des Mannes abgeben."

Der Hauptkommissar räusperte sich und nickte Hart aufmunternd zu. „Wir sind restlos auf Ihre Beschreibung des als Arzt verkleideten Kerls angewiesen. Deshalb bitte ich auch um Entschuldigung, dass ich Sie hier so bedränge. – Ich weiß natürlich, Ihr Sehvermögen war gestern Nacht stark eingeschränkt. Aber würden Sie versuchen, sich an irgendetwas Auffälliges oder Besonderes zu erinnern, um zu einer detaillierten Beschreibung der Person, vielleicht sogar zu einem Phantombild von Simbach zu kommen?"

Hart strich sich über die Stirn und zuckte unter Schmerzen zusammen, als er über eine wunde Stelle kam.

„Viel werde ich Ihnen nicht helfen können, lieber Herr Behrends. Ich war ziemlich schachmatt gesetzt." Er legte sich vorsichtig wieder hin und schlug die Bettdecke über die Beine. „Ich erinnere mich nur an einen dunklen Mantel und einen dunklen Hut. Möglich, dass er auch eine Brille trug. Irgendetwas spiegelte sich in seinem Gesicht."

„Na ja, trotzdem sollten wir versuchen mit Ihrer Hilfe ein Phantombild hinzukriegen. Erst in der letzten Woche wurde uns ein Update dieser fantastischen Software Facette angeboten. Sie werden staunen, wie schnell der Beamte nach Ihren Angaben ein Portrait entwirft, dass einer Fotografie nichts nachsteht."

Schubert stand auf und eilte zur Tür. Die Begeisterung des Hauptkommissars übertrug sich nicht auf ihn.

„Warten Sie, Schubert. Die Beschreibung der Kleidung könnten Sie schon mal direkt an unsere Zentrale und die vom Taxiruf weitergeben. Das Phantombild wird nachgeliefert."

„Sollen auch die Bahnhofspolizei und Kaufhäuser das Bild gefaxt bekommen, Herr Behrends?", fistelte der übergewichtige Kommissar diensteifrig.

„Ja, natürlich. Gut, dass Sie daran denken, Schubert."

Schubert nickte Hart zur Verabschiedung

triumphierend zu. Es kam nicht häufig vor, dass er von seinem Chef gelobt wurde. Und es tat besonders gut, wenn dies vor Fremden passierte und noch besser, wenn es vor Fremden passierte, die er nicht mochte.

Als Schubert gegangen war, schwiegen die beiden Männer. Jeder hing seinen Gedanken nach.

„Was glauben Sie, Herr Hart, wo sich Simbach aufhält? Wir kontrollieren seit gestern Nacht alle Straßen, die aus dem Stadtteil herausführen, alle Bahnhöfe, alle Autobahnauffahrten und sogar den Flughafen. – Nichts! – Die Polizisten wurden angewiesen, die kontrollierten Personen sogar auf Haarteile oder Bartperücken zu überprüfen, was uns ziemlich viel Ärger eingebracht hat. – Nichts! – Simbach kann sich eigentlich nur irgendwo in der Innenstadt aufhalten. Aber wo und wie?" Der Hauptkommissar blickte Hart hilfesuchend an.

„Schwer zu sagen", sinnierte der, „wurden auch die Taxiunternehmen einbezogen?"

„Selbstverständlich. Von Anfang an."

„Vielleicht hat er es doch irgendwie geschafft, aus der Stadt herauszukommen. Aber wohin? Er wird wohl kaum die Adressen aufsuchen, die auch der Polizei bekannt sind."

Wieder verfielen beide in längeres Schweigen.

Hart kam eine Idee. „Ich habe am heutigen Tag nichts von der Außenwelt mitbekommen, Herr Behrnds. Wie ist denn eigentlich die Nachrichtenlage? Haben die Zeitungen schon über die Explosion in der Villa Heumacher berichtet?"

„Nein. Dazu war es zu spät. Die Zeitungen waren bereits im Druck. Aber alle Rundfunknachrichten befassen sich den ganzen Tag über mit dem Fall. Auch die Personenbeschreibung von Simbach, also sein unverkleidetes Aussehen, geht seit heute Morgen über die Sender. Wir haben darum gebeten, auch darauf hinzuweisen, dass er sein Aussehen wahrscheinlich mit einer Perücke verändert hat."

„Wurde etwas darüber berichtet, welche Personen sich zur Zeit des Attentates im Haus aufhielten? Und ob sie umgekommen sind oder gerettet wurden? Wurde der Name Anna Heumacher genannt?"

„Ja, natürlich. Die Presse war fast gleichzeitig mit den Löschfahrzeugen vor Ort. Auch Ihr Name fiel in den Nachrichten. Sie waren sogar die Hauptperson. Über Sie wurde berichtet, dass Sie den entscheidenden Hinweis zur Rettung von Frau Heumacher und Ihrer Claudia gegeben haben. Warum fragen Sie?"

„Gut. Sehr gut", murmelte Hart. „Wenn Sie sich mal in die Lage von Simbach versetzen, wie würden Sie auf all das reagieren?"

„Hm, ich weiß nicht recht, ich würde wissen, dass ich wegen Mordes und versuchten Mordes gesucht werde und alles daransetzen, meine Flucht erfolgreich fortzusetzen. Meinen Sie das?"

„Nein. Entschuldigung, sicher haben Sie damit recht, dass jemand, der noch halbwegs seine fünf Sinne beisammen hat so handeln oder denken würde." Hart setzte sich wieder aufrecht auf sein Bett. Sofort durchzuckte ihn dieser stechende Schmerz im Brustbereich. Er ignorierte das und schaute den Kripochef eindringlich an. „Bei Simbach ist das anders, Herr Behrends. Ich habe ihn erlebt. Er verzehrt sich vor Hass. Abgrundtiefer Hass auf die

Heumachers. Der Mann ist besessen von Rachegefühlen. Rache für das Unrecht, das er durch Otto Heumacher erfahren hat. Jedenfalls ist das seine Überzeugung. Simbach ist krank! Ein Psychopath, gefährlich und unberechenbar. Mich hat er nur am Leben gelassen, weil er mich leiden sehen wollte. Simbach dachte, ich hätte ein Verhältnis mit Anna Heumacher. Ich sollte mit ansehen, wie sie stirbt." Eine Gänsehaut überkam ihn, als er wieder die Szene vor Augen hatte. Trotzdem führte er seine Überlegungen weiter aus. „Wenn Simbach also auch Nachrichten gehört hat, dann weiß er, dass sein Anschlag auf Anna Heumacher missglückt ist. Anna Heumacher lebt. Sie sollte aber genauso wie Simbachs Frau tot sein. – Auge um Auge, Zahn um Zahn."

„Ich weiß, worauf Sie hinauswollen. Aber seien Sie unbesorgt, wir haben den Personenschutz für Frau Heumacher schon organisiert", unterbrach ihn Hauptkommissar Behrends.

„Das allein meine ich nicht. Sehen Sie, wenn Simbach weiterhin von seinen Hassgefühlen besessen ist, dann wird er die Stadt nicht verlassen wollen. Er wird sich irgendwohin verkriechen und sich den Kopf zermartern, wie er die Frau töten kann. Aber das ist nicht alles. – Hinzu kommt, dass ich es war, der ihn vor der Villa festgehalten hatte und dass meine Bestrafung, die darin bestand, mit eigenen Augen die Ermordung meiner angeblichen Geliebten ansehen zu müssen, auch nicht gelungen ist. – Und das, lieber Herr Behrends, ist unsere Chance. – Simbach wird eine gewisse Zeit brauchen, um neue Vorbereitungen zu treffen. Diese Zeit muss die Polizei nutzen."

„Auf jeden Fall brauchen Sie ab jetzt auch

Personenschutz. Ich werde das sofort anordnen." Behrends kramte sein Handy aus der Tasche.

„Nein, lassen Sie! Ich komme schon allein zurecht." Hart verzog das Gesicht. „Ganz im Gegenteil. Simbach sollte wissen, dass Frau Heumacher unter Polizeischutz gestellt ist und ich für mehrere Tage das Krankenhaus nicht verlassen darf. Verstehen Sie, was ich meine?"

„Nein, ehrlich gesagt, noch nicht so ganz."

„Wenn wir davon ausgehen, dass Simbach alles daransetzt, um Anna Heumacher umzubringen, dann wird er für die gründliche Vorbereitung eines neuen Attentates noch mehr Zeit brauchen, wenn er weiß, dass sie von der Polizei ständig beobachtet beziehungsweise überwacht wird. – Eine Trumpfkarte für uns, die wir nur richtig spielen müssen. – Simbach braucht also Zeit, die uns zugutekommt, um ihn ausfindig zu machen. Schließlich kann er sich nicht in Luft aufgelöst haben."

Hart hielt inne, um Behrends zu Wort kommen zu lassen. Aber der nickte nur bedächtig mit dem Kopf und behielt seinen fragenden Blick.

„Ein weiterer Trumpf, was den Zeitgewinn angeht, könnte ich sein. Sein Hass auf mich wird nach dem misslungenen Mordversuch noch größer geworden sein. Aber jemanden im Krankenhaus umzubringen, ist nicht so leicht. Simbach muss damit rechnen, dass ich ihn in jeder Verkleidung erkennen würde. Und da Anna Heumacher sich an einem anderen Ort aufhält als ich, der ich im Krankenhaus liege, wird es besonders schwer für ihn, einen Plan auszuhecken, um uns beide zu erwischen. Es müsste aber schon mit einem Schlag klappen, denn eine zweite Chance wird er sich kaum ausrechnen können. Meiner Meinung nach, wird er warten, bis er weiß, dass ich das Krankenhaus verlassen habe, denn sicher geht er davon aus, dass ich versuchen werde, Anna Heumacher – meine angebliche Geliebte – zu treffen. Also, lieber Herr Behrends, ich schätze, dass Sie mindestens zwei bis drei Tage Zeit haben, um den Kerl aufzuspüren."

Hauptkommissar Behrends strich sich über die ergrauten Stoppelhaare.

„Hm, Sie kennen ihn am besten. Wenn Ihre Einschätzung von Simbachs Verhalten richtig ist, dann hätten wir in der Tat eine reale Chance, den Mann zu finden, weil er sich dann noch in der Stadt aufhält. Anderseits bleibt er natürlich unberechenbar, wie Sie selber sagen. Es könnte also auch zu Spontanreaktionen kommen. Er ist geisteskrank; vergessen wir das nicht. Mir ist nicht ganz wohl dabei, Sie hier ohne einen zusätzlichen Aufpasser im Krankenhaus zu lassen. Ich werde einen Uniformierten zur Abschreckung auf dem Flur postieren."

Hart ließ sich wieder langsam zurück in die Kissen sinken und starrte die weiße Zimmerdecke an.

„Sie sollten der Presse auch den jetzigen Aufenthaltsort von Frau Heumacher stecken. – Wenn Sie es verantworten können oder wollen, denn die Einwilligung von ihr dürfte schwierig zu erlangen sein. – Sie traut der Polizei nicht. Jedenfalls nicht so weit, dass sie sich für die Rolle eines Lockvogels hergeben würde. – Wo wohnt die Heumacher denn zurzeit?"

„Sie ist ins Park Hotel gezogen. Ich habe ihr dazu geraten."

„Na, wenn sie im Park Hotel wohnt, müssen Sie das auch nicht extra durchsickern lassen. Das haben die Journalisten über kurz oder lang selber recherchiert."

„Da mögen Sie recht haben, lieber Freund, aber wir müssen das in Kauf nehmen. Aus Sicherheitsgründen ist das Park Hotel natürlich optimal. Zwei meiner Beamten sind dort in Zivil vor Ort. Hotelleitung und Service Personal kennen sich wegen der vielen Persönlichkeiten aus Politik und Wirtschaft, die dort immer mal wieder übernachten und häufig mit Personenschutz anreisen beziehungsweise durch Spezialisten aus unserem Haus unterstützt werden, bestens aus. Ein gut eingespieltes Team."

„Gut, das hört sich optimal an." Hart drehte sein Gesicht dem Hauptkommissar zu. „Da ist noch etwas, Herr Behrends, das mir Kopfzerbrechen macht. Alles deutet doch zurzeit darauf hin, dass Simbach den Mord an Otto Heumacher begangen hat. Ist das richtig?"

„Ja, wir sind bei unseren Ermittlungen bisher weder auf ein anderes Motiv gestoßen noch auf irgendeine Spur, die in eine andere Richtung als zu Simbach führt. In dem Haus heute Nacht haben wir allerdings auch keinerlei Hinweise oder Spuren gefunden, die auf Simbach im Zusammenhang mit dem Mord an Heumacher deuten. Außer dem Fernrohr hat er nichts zurückgelassen. Und das Ding stammt – wenn der Aufkleber stimmt – aus einem niederländischen Online Shop." Er überlegte einen Moment und fuhr dann fort: „Unsere Spezialisten haben auf dem Dachbodenraum des Speichers, von dem aus der tödliche Schuss abgegeben wurde, einen Nagel, an dem frisches Blut und eine Baumwollfaser klebten, entdeckt."

„Und?", fragte Hart ungeduldig, „reicht es für eine DNA?"

„Wahrscheinlich ja. Aber wir haben noch kein Ergebnis. Der Mantel, den Simbach bei seiner Festnahme anhatte, lag ja noch in dem Reihenhaus. Er ist jetzt ebenfalls im Labor der KTU. Auf einem Ärmel waren mehrere Schleimspuren, die von Simbach stammen, als er sich die Nase im Polizeipräsidium wiederholt abgewischt hat. Wir werden seine DNA, mit der von dem Blut an dem Nagel vergleichen."

„Hm." So etwas wie ein Lächeln zeigte sich in dem von blauen Flecken und Beulen gezeichneten Gesicht des Observers. „Ich bin gespannt auf das Ergebnis, tippe aber auf keine Übereinstimmung."

Behrends stand auf und trat neugierig an das Bett. „Wie kommen Sie darauf?"

Hart schob die linke Hand unter seinen Kopf, um den Hauptkommissar besser ansehen zu können. „Ich glaube nicht, dass Simbach Otto Heumacher selber erschossen hat. Es passt einfach nicht zu ihm. – Überhaupt passt da einiges nicht zusammen. Nehmen wir mal an, er hat einen Auftragskiller engagiert. Dann erhebt sich zuallererst die Frage: Woher hat er das Geld? Solche Gangster sind nicht für wenig zu haben. Und weiter fragt man sich doch, warum hat er den erfolgreichen Mörder nicht auch auf Anna Heumacher angesetzt und stattdessen so ein verrücktes und kompliziertes Bombenattentat ausgeklügelt?"

„Na ja", überlegte der Kripochef laut, „er könnte das Geld sonst wo herhaben. Zum Beispiel von einem guten Freund geliehen oder im Lotto oder Glücksspiel gewonnen, oder er könnte es geerbt haben. Ob er geerbt hat, werde ich übrigens am Montag gleich mal herausfinden lassen. - Und warum er nicht den Killer auch auf Frau Heumacher angesetzt hat, könnte genau aus dem Grund sein, den Sie vermuten, dass er nämlich nicht über hinreichende finanzielle Mittel verfügte. Er konnte zwei Auftragsmorde einfach nicht bezahlen."

„Okay. Nehmen wir das mal an, Herr Behrends. Im ersten Brief wird die Höhe der geforderten Summe genannt und die Ankündigung einer weiteren Kontaktaufnahme, um den Übergabemodus mitzuteilen. – Ist eigentlich überprüft worden was an der im Schreiben angekündigten Demonstration auf einer Baustelle dran ist?"

„Ja, natürlich. In einer Zementbude ist ein Feuerlöscher explodiert. Heumacher hatte seine Leute auf der Baustelle verdonnert, darüber zu schweigen" Behrends ging zurück zum Fenster und wartete auf weitere Schlussfolgerungen von Hart.

„Gut," fuhr dieser fort „Im zweiten Brief wird präzise angegeben wann und wo die Diamanten hinterlegt werden sollen. Wir wissen immer noch nicht was dort bei der Übergabe eigentlich passiert ist. Wir wissen nur, dass Heumacher anscheinend nicht geliefert hat und dafür sterben musste, ohne dass ein zweiter Erpressungsversuch erfolgte. Jedenfalls behauptet Simbach einen Tag später in dem dritten Schreiben an Anna Heumacher, dass ihr Mann sterben musste, weil er nicht bezahlt hat."

„Hm" der Kripochef nickte zustimmend.

„Was halten Sie von folgender Theorie, Herr Behrends?" Hart schob sich das Kopfkissen weiter unter den Rücken „Simbach geht von Anfang an davon aus, dass der Versuch Otto Heumacher zu erpressen scheitern wird. Darauf baut er seine weitere Planung auf. Nach dem Erpressungsversuch an Heumacher lässt er ihn töten. Das braucht er um den Druck auf Anna Heumacher zu steigern. Er will sein Geld und er will seine Rache an beiden Heumachers. Der erste Teil des Racheplanes ist durch den Tod von Otto erledigt. Wenn Anna bezahlt hätte, könnte er einen günstigen Zeitpunkt abwarten um die Villa, in der sich Anna aufhält in die Luft zu jagen. Meiner Meinung nach hatte er durch das Fernrohr genau beobachtet, wann Anna das Geld ins Haus gebracht hatte. Wie er an das Geld kommen wollte, wissen wir nicht, denn wir haben ihn ja bei den Vorbereitungen überrascht. Durch die Finte mit der Bombe in einem der Wohnblöcke hat dieser teuflische Verbrecher es hinbekommen, dass ihm die Polizei das Geld sogar selber übergeben hat."

Gespannt blickte Hart zu Behrends.

Dieser machte ein sehr nachdenkliches Gesicht. „Eine Theorie, die durchaus realistisch sein könnte. Dabei gehen Sie davon aus, dass Simbach nur Geld für einen Mord hatte. Wir werden versuchen nach dem Wochenende Licht in seine wirtschaftlichen Verhältnisse zu bringen. Es bleibt aber bei aller Richtigkeit Ihrer Theorie, lieber Herr Hart, die Frage, wie wir ihm das beweisen können! Bisher haben wir nicht ein Indiz, das ein Gericht werten könnte." Behrends trat wieder an Hart's Bett „Fazit ist jedenfalls, dass der Psychopath Simbach da draußen frei rumläuft und wir keine Ahnung haben, wo wir ihn fassen könnten."

Dann grinste der Kripochef und gab Hart die Hand.

„Ich weiß aber wer hier draußen vor der Tür wartet. Ich bin Frau Dohrmann dankbar, dass sie Schubert und mir den Vortritt gelassen hat."

Er stand auf „Wir wollen Ihre Freundin nicht länger warten lassen. Haben Sie herzlichen Dank für Ihre Hilfe. Ich halte Sie auf dem Laufenden und muss jetzt dringend ins Präsidium." Grinsend fügte er hinzu: „Außerdem geht es heute im Bridgeclub um wichtige Clubpunkte." Er reichte dem Observer die Hand.

„Moment noch, Herr Behrends. Ich vermisse mein Handy. Wissen Sie, ob es noch im Präsidium ist?"

„Ach, natürlich. – Entschuldigen Sie, hätte ich fast vergessen."

Der Kripochef wühlte in seinen Taschen und gab Hart nach kurzem Suchen das Handy zurück.

12. Kapitel

Hauptkommissar Behrends eröffnete das letzte Spiel mit zwei Treff. Er hatte dreiundzwanzig Punkte in der Hand und hoffte sehr, dass sein Bridgepartner Professor Dr. Fischer ihn zum Schlemm einladen würde. Sie spielten beide auf Nord/Süd. West hatte gepasst, und Ost passte nach ihm ebenfalls, wenn auch erst nach kurzer Überlegung. Das Zögern, bevor Ost die Pass-Karte legte, ließ ihn vermuten, dass sein Freund wenigstens sechs oder sieben Punkte in der Hand halten könnte.

Aber sein Partner zeigte mit der Antwort von zwei Karo kein Interesse an einem Schlemm. Behrends legte zwei Couer, Professor Fischer zeigte ihm mit zwei Pique eine Viererlänge in der Farbe, so dass er risikolos auf drei Sans Atout gehen konnte.

Er gewann das Spiel mit zwei Überstichen und schrieb für Nord/Süd 660 Punkte an, da sie in Gefahr gespielt hatten. Von den Nord/Süd-Spielern vor ihnen hatten zwei die drei Sans Atout mit einem Überstich gewonnen und ein Paar den Kontrakt gerade erfüllt.

Den ganzen Nachmittag über hatten sie sich bei den Reizungen immer gut verstanden und mit den Punkten, die beide in Händen hielten, das optimale Ergebnis erzielt. Der Hauptkommissar war mit dem Turnierabend zufrieden.

„Wie sieht es aus, Frank? Wollen wir noch ein Bier zusammen trinken?", fragte er gut gelaunt seinen Freund, als der den Scorezettel bei der Turnierleitung abgeben hatte und sich zu ihm gesellte.

„Nee, lass man heute. Ich muss dringend noch etwas erledigen. Ein anderes Mal, Walther." Er reichte dem

Freund zum Abschied die Hand.

„Schade, ich hätte dich gern etwas gefragt. Wir suchen immer noch den Mörder des Bauunternehmers Heumacher und den flüchtigen Mann, der das Wohnhaus der Heumachers gestern Abend in die Luft gesprengt hat."

„Okay, so viel Zeit habe ich noch. Was willst du wissen?"

Der Chef der Mordkommission sah Professor Fischer nachdenklich an. „Vielleicht kannst du mir die eine Frage kurz beantworten. – Glaubst du, dass ein Mensch, ohne kriminelle Vergangenheit, aber von so massiven Hassgefühlen getrieben, dass er bereit war, Menschen zu töten; dass so ein Mensch, nachdem dieser Tötungsversuch misslang, weiterhin von derartigen Hassgefühlen beherrscht wird, dass er nicht sofort die Stadt verlässt, um sich erst einmal vor der Polizei in Sicherheit zu bringen, sondern mit vollem Risiko erneut versuchen wird, den Menschen umzubringen, auf den er es abgesehen hatte? Schließlich ist die gesamte Polizei unserer Stadt hinter ihm her, was er genau weiß."

Professor Fischer rieb sich das glatt rasierte Kinn. „Ich bin Pathologe und kein gelernter Psychologe, wie du weißt. Was soll ich dir darauf antworten? Willst du etwas aus einer Schublade meiner Küchenpsychologie hören? Warum fragst du nicht euren Polizeipsychologen? Ihr habt doch noch jemanden, oder nicht?"

„Schon, aber in diesem Fall interessiert mich deine Küchenschublade mehr als eine wissenschaftlich fundierte aber unverständliche Meinung unseres Hauspsychologen. Also, wie denkt der Professor darüber?"

„Hm, ich habe noch nie einen derartigen Hass in mir gespürt. Andererseits, mein Lieber, warum sollte ein Hassender rationaler handeln als ein Liebender? Und Liebende tun ja oft die verrücktesten Dinge. Ich meine damit, Dinge, die von der Vernunft her nicht zu erklären beziehungsweise nicht nachvollziehbar sind. – Also ich glaube schon, dass der Mann, der so von Hass dominiert wird, nicht berechenbar ist in seinen Handlungen. Aus Liebe wurden Menschen schon in den Suizid getrieben. Warum nicht auch aus Hass? Sich in der Nähe des Ortes aufzuhalten, wo man am intensivsten verfolgt wird, ist schließlich auch so etwas Ähnliches wie ein Suizid."

„Könnte sein. Könnte aber auch nicht sein. Glaubst du, dass ein so emotional gesteuerter Mensch trotzdem über einen Rest von Rationalität noch verfügen kann, um sich zunächst erst einmal irgendwohin zu verkriechen, neue Pläne zu schmieden, abzuwarten, bis die Aufmerksamkeit der Polizei etwas nachlässt und dann zuschlägt?"

„Wie du schon sagst: könnte sein, könnte aber auch nicht sein. Walther, ich bin da nicht der richtige Ansprechpartner für dich. Diskutiere das mit einem Psychologen oder Psychoanalytiker oder sonst wem. Ich kann dir da wirklich nicht weiterhelfen." Professor Fischer knöpfte seinen Mantel zu, bevor er fortfuhr „Ist es so wichtig für dich? Ihr lasst den Kerl doch hoffentlich überall auf der ganzen Welt suchen."

„Naja, so weit sind wir noch nicht. Aber genau das steckt dahinter. Wie sicher sind wir, dass der Kerl sich in der Nähe versteckt hält und in Kürze einen zweiten Versuch unternimmt?"

Gewöhnlich achtete der Hauptkommissar nicht so sehr auf das, was die meisten Menschen Intuition nennen. Er war ein Mann, der sich auf klare Fakten, auf Analysen und seinen gesunden Menschenverstand verließ. Damit war er bisher auch immer gut und erfolgreich gefahren.

Aber als er den Bridgeclub wenig später verließ, drängte ihn so ein Gefühl, dass er nicht näher beschreiben konnte, noch einmal im Präsidium vorbeizuschauen. Möglich, dass es auch schon Fahndungserfolge gab, die man ihm aus Rücksicht auf sein Bridgeturnier noch nicht mitgeteilt hatte.

Ihm fiel ein, irgendwo gelesen zu haben, dass man über die meisten eigenen Handlungen und Gedanken keine bewusste Kontrolle ausübt. Die unbekannte Größe in unserem Kopf, das Unterbewusstsein, denkt für uns und lässt uns handeln. So jedenfalls die neueste wissenschaftliche Erkenntnis der Neurologen, Psychologen und anderer, die sich mit dem menschlichen Gehirn beschäftigen.

Er kramte sein Handy aus der Jackentasche und rief seine Frau an, dass es später werden würde und er noch ins Büro wolle.

Auf seinem Schreibtisch fand er keine Hinweise von Mitarbeitern auf irgendwelche interessanten Erkenntnisse im Mordfall Heumacher oder Simbach. Trotzdem blieb er noch unentschlossen an seinem Schreibtisch sitzen und versank in Nachdenken.

Das Läuten des Telefons schreckte ihn aus seinen Gedanken. Der Blick ging automatisch zu seiner Armbanduhr. Es war bereits 18.07 Uhr.

„Behrends?"

„Hier spricht Wachtmeister Schlank. Ich habe Sie

vorhin ins Gebäude gehen sehen, Herr Hauptkommissar. Ein Taxifahrer steht hier unten im Eingang vor mir. Er möchte gern mit jemanden sprechen, der mit der Suche nach diesem Attentäter Simbach zu tun hat, sagt er. Und da ich Sie habe rein..."

„Ja, ja, schon gut. Bringen Sie den Mann zu mir rauf", unterbrach ihn der Kripochef.

„Jawohl, Herr Hauptkommissar."

Eigentlich waren solche Gespräche Sache von Schubert, aber da der anscheinend nicht im Hause war, schob er missmutig zwei dicke Aktenstapel zur Seite, um Platz an dem wackeligen Besprechungstisch zu schaffen, und rückte einen Stuhl zurecht.

Wachtmeister Schlank klopfte an die Tür und trat erst ein, nachdem Behrends laut „Ja, bitte" gerufen hatte. Ihm folgte ein Mann mittleren Alters in einer abgetragenen Lederjacke, der sich neugierig im Zimmer umschaute und verlegen mit den Fingern durch seine speckigen Haare fuhr.

„Der Taxifahrer, Herr Hauptkommissar." Es klang wie die Ankündigung von Thomas Gottschalk zu Beginn von „Wetten, dass".

„Bitte setzen Sie sich", wandte sich der Kripochef an den Hereingebrachten, zeigte auf den zurechtgerückten Stuhl und marschierte ohne weitere Begrüßungsformalitäten hinter seinen Schreibtisch. Mit einem knappen „Danke" wandte er sich an den Uniformierten, der auf dem Absatz kehrt machte und hinausging.

Behrends fixierte den Besucher, der sich unsicher auf den Stuhl am Besprechungstisch gesetzt hatte. „Na, dann erzählen Sie mal. Mein Name ist übrigens

Behrends. Ich leite hier im Haus die Abteilung für Kapitalverbrechen. Sie wollen eine Aussage machen? In welcher Angelegenheit denn?"

„Vielleicht ist es nicht von Bedeutung, Herr ..."

„Behrends", half der Hauptkommissar.

„Ich fahre für den Taxiruf einen neuen Mercedes 220 D. – Heute Nacht hatte ich drei Fahrgäste, die ziemlich abgefüllt waren, so dass ich Angst hatte, die würden mir den Wagen vollkotzen. Wir müssen die Reinigung des Wageninneren selbst machen. Verstehen Sie? Ich habe deshalb ständig in den Rückspiegel geschaut. Verstehen Sie? Ich dachte ..."

„Ich verstehe bisher nur Bahnhof", unterbrach ihn der Hauptkommissar unwirsch. „Vielleicht nennen Sie mir erst einmal Ihren vollen Namen."

„Hans Imkermann, Herr Kommissar. Ich fahre seit einundzwanzig Jahren Taxi und achte gewöhnlich nicht mehr darauf, was meine Fahrgäste so reden. Aber hier musste ich doch aufpassen, ob einem da hinten schlecht werden würde. Verstehen Sie?"

„Weiter!"

„Auf dem Autobahnzubringer Universität kamen wir in eine Verkehrskontrolle. Wohl wegen dem Mann, der gesucht wird. Wurde uns ja dauernd von der Zentrale durchgegeben. Aber von meinen Fahrgästen konnte es keiner sein, die waren viel zu besoffen und sind von dem Polizisten genau kontrolliert worden. Alle drei. Der hat denen sogar an den Haaren gezogen. Verstehen Sie? Ich dachte schon, der Polizist wollte, dass die aussteigen. Aber das habe ich ihm gesagt, das kommt nicht in Frage. Wie soll ich denn das besoffene Pack wieder ins Auto kriegen? Verstehen Sie?"

„Ich verstehe. Und weiter ...!", unterbrach ihn der

Kripochef leicht ungehalten.

Der Taxifahrer kratzte sich verlegen am Kopf „Ich will Ihnen doch genau erzählen, was Sache ist, Herr Kommissar. Also, als wir nach der Kontrolle weiterfahren durften, da fingen zwei von den Fahrgästen wie verrückt an zu lachen. Und dann hauten sie dem Dritten auf die Schulter und sagten, dass sie das Gesicht von dem Polizisten hätten sehen mögen, wenn der die Perücke plötzlich in der Hand gehabt hätte. Verstehen Sie? In den Nachrichten haben die gesagt, dass dieser Attentäter eine Perücke trägt. Mir ist das erst viel später wieder eingefallen, weil ich immer aufpassen musste, dass die mir nicht den Wagen vollkotzen. Aber als es mir vorhin wieder einfiel, habe ich gedacht, dass die drei vielleicht diesem Attentäter die Perücke geklaut hatten und dass Sie das wissen müssten, weil der Attentäter sie ja nun nicht mehr hat. Verstehen Sie, Herr Kommissar?"

Hauptkommissar Behrends saß jetzt kerzengerade hinter seinem Schreibtisch und starrte den Taxifahrer ungläubig an.

„Herr Imkermann", seine sonore Stimme klang ganz ruhig aber der drohende Unterton war nicht zu überhören. „Jetzt konzentrieren Sie sich bitte genau auf die Beantwortung meiner Fragen. Antworten Sie nur kurz und knapp. Einverstanden?" Während er den Taxifahrer nicht aus den Augen ließ, kramte er blind einen Stadtplan aus der Schreibtischschublade und faltete ihn auseinander.

„Wo genau haben Sie die Fahrgäste aufgenommen?"

„Hier!" Imkermann tippte mit dem Zeigefinger auf den Sielwall.

„Wann genau?"

„So kurz vor ein Uhr."

„Wohin sollten Sie die Fahrgäste bringen?"

„Zuerst zum Bahnhof und dann haben die es sich anders überlegt und wollten nach Lilienthal."

„Nach Lilienthal?"

„Ja."

„Und Sie sind dann über die Uni nach Lilienthal gefahren?"

„Sag ich doch."

„Und dann stand ein Streifenwagen auf dem Zubringer und man hat das Fahrzeug und die Fahrgäste kontrolliert?"

„Ja. Kontrolliert wurden nur die Fahrgäste. Nicht das Fahrzeug oder meine Papiere."

Hauptkommissar Behrends schrieb alle Antworten untereinander auf. Jetzt unterbrach er die Tätigkeit, nickte dem Taxifahrer freundlich zu und griff zum Telefon.

„Wachhabender? Ja, hier spricht Behrends. Ich muss dringend mit dem Verantwortlichen der Streifenwagenbesatzung reden, die gestern bzw. heute Nacht um etwa 1.30 Uhr herum die Personenkontrolle an der Autobahnauffahrt Universität Richtung Hamburg, durchgeführt hat. Dringend! Haben Sie gehört? Und dann rufen Sie Kommissar Schubert auf seinem Handy an, er soll sofort ins Präsidium kommen. Alles verstanden? Gut, und melden Sie Vollzug."

„Entschuldigung. Aber ich glaube, Herr Imkermann, Sie haben da eine sehr wichtige Beobachtung gemacht." Behrends sah den Taxifahrer nachdenklich an. „Kann sein, dass Sie alles, was Sie mir gerade gesagt haben, meinem Kollegen noch einmal erzählen müssen. Macht Ihnen das was aus?"

„Nö, ich habe für heute ja Feierabend. Warum fragt der denn alles noch einmal? Sie haben doch alles aufgeschrieben, was ich gesagt habe."

„Schon, aber wir machen das immer so, damit ein Zeuge sich besser erinnern kann oder auch eine Erinnerung korrigieren kann. Sagen Sie, Herr Imkermann, wo haben Sie denn die drei Fahrgäste in Lilienthal abgesetzt?"

„Tja, das kann ich nicht genau sagen. Den, den die Fritz genannt haben, der wohl die Perücke hatte, habe ich kurz nach Lilienthal rausgelassen. Ging in eine lange Auffahrt rauf zu einem Bauernhof mit Kneipe, glaube ich. Übrigens hat der die ganze Fahrt bezahlt und mir fünfzig Piepen zusätzlich gegeben, damit ich die beiden anderen nach Hause fahr. Die wohnten noch ein ganzes Stück weiter. Ich kenn mich in der Ecke nicht aus, Herr Kommissar, war ja auch alles dunkel und die beiden haben immer angesagt, wie ich fahren soll." Er fuhr wieder mit den Fingern durch seine fettigen Haare, die fast schulterlang glatt, wie bei Prinz Eisenherz, herunterhingen.

„Haben Sie den Fünfzigeuroschein noch?", wollte der Hauptkommissar wissen.

„Nein. Die Kasse habe ich schon heute Morgen bei meinem Chef abgeliefert."

Behrends notierte das. „Schätzen Sie mal, wie weit dieser Bauernhof außerhalb von Lilienthal liegt. Da, wo Sie diesen Fritz, den Perückenklauer, abgesetzt haben."

„Schlecht zu sagen, Herr Kommissar. Ging manchmal über holprige Feldwege. Aber es war nicht sehr weit. Vielleicht so zwei bis drei Kilometer. Mehr wohl nicht."

„Würden Sie dort wieder hinfinden? Ich meine im Hellen."

Der Taxifahrer grinste breit. „Natürlich. Wo ich mal war, da finde ich immer wieder hin."

„Eine letzte Bitte, Herr Imkermann. Können Sie die drei Fahrgäste beschreiben? Zum Beispiel was sie für Kleidung getragen haben Körpergröße, Haarfarbe, waren sie dick oder dünn oder trug einer auffälligen Schmuck, vielleicht einen Siegelring oder einen Ohrring? Denken Sie mal scharf nach, versuchen Sie sich an alles zu erinnern, was Ihnen aufgefallen war. Sie haben Ihre Fahrgäste ja im Spiegel beobachtet, wie Sie vorhin sagten. Verstehen Sie?"

Das „Verstehen Sie?" rutschte dem Hauptkommissar so raus. Aber Imkermann bemerkte es gar nicht, denn seine Aufmerksamkeit richtete sich auf die Tür, durch die Kommissar Schubert mit düsterem Gesichtsausdruck eintrat.

„Herr Hauptkommissar", begann er mürrisch, „wir sitzen mit noch zwei Kollegen drüben beim Skatspielen. Wir hatten alle drei einen langen Tag, und jetzt ist Feierabend. Sie wollen doch auch nicht gestört werden, wenn Sie Bridge spielen."

„Sie haben recht, Schubert. Tut mir leid, aber Sie müssen auch die beiden Kollegen gleich zurück zum Dienst holen. Der Mann hier", er zeigte auf den Taxifahrer, „hat eine wichtige Beobachtung gemacht. Kann sein, dass wir jetzt wissen, wo Simbach sich aufhält." Er stand hinter seinem Schreibtisch auf. „Und jetzt notieren Sie genau meine Anweisungen, Schubert. Wir brauchen alles an Streifenwagen, was verfügbar ist. Besorgen Sie Kartenmaterial von

Lilienthal und von allen angrenzenden Dörfern. Schicken Sie an alle Autobahnauffahrten im Umkreis von etwa einhundert Kilometern Streifenwagen, die dort auf weitere Anweisungen warten sollen. – Haben Sie? – Dann lassen Sie sich von Herrn Imkermann hier alle drei Fahrgäste, die er heute Nacht nach Lilienthal gefahren hat, genau beschreiben. Auch noch einmal, wo er sie aufgenommen, abgesetzt und was er während der Fahrt beobachtet hat. Anschließend schicken Sie jemanden in die Taxizentrale. Er soll alle Geldscheine, die Herr Imkermann heute abgerechnet hat, beschlagnahmen und die Nummern mit der Liste auf meinem Schreibtisch vergleichen." Behrends zog sich auf dem Weg zur Tür bereits seinen Mantel an. „Herr Imkermann behauptet wieder dorthinzufinden, wo er schon einmal war. Vielleicht ist er so freundlich" er blickte den Taxifahrer auffordernd an „ mit einem unserer Beamten jetzt gleich die Strecke noch einmal in seinem Taxi abzufahren und zu zeigen wo genau alle drei Personen ausgestiegen sind. – Natürlich gegen Bezahlung. - So, ich fahre jetzt zu Herrn Hart ins Krankenhaus. Er ist der Einzige, der Simbach mit Perücke gesehen hat. Wenn auch nur schemenhaft, aber wir haben sonst nichts. Dieses verdammte Update von unserem Zeichenprogramm hat heute Nachmittag den Computer immer wieder abstürzen lassen. Wir verfügen über kein Phantombild."

Die Türklinke hatte er bereits in der Hand, als er sich zu seinem Mitarbeiter umdrehte. Auf dessen Gesicht zeichneten sich die ganze Frustration jahrelanger Überstunden, beruflicher Enttäuschungen und das ganze Scheißleben eines Kommissars in der Abteilung Kapitalverbrechen ab. Der Hauptkommissar konnte sich ein Grinsen nicht verkneifen und rief ihm zu: „Vergessen Sie nicht die Kollegen zu benachrichtigen. – Skat zu zweit, bereichert den Abend auch nicht mehr, als die Jagd auf Verbrecher. Ich melde mich bei Ihnen vom Krankenhaus."

Sagte es, nickte dem ratlos von einem zum anderen schauenden Taxifahrer freundlich zu und verschwand.

***

„Claudia, ich glaube, du musst jetzt gehen." Hart zog behutsam seine rechte Hand zurück, die seine Freundin mit beiden Händen umfasst hielt. „Es ist schon fast sieben Uhr."

So später Besuch im Krankenhaus, werde nicht gern gesehen, hatte die Nachtschwester schon vor einer guten halben Stunde gesagt, als sie hereinschaute, um sich zu Beginn ihrer Nachtschicht vorzustellen.

Nach dem Weggang von Hauptkommissar Behrends am Nachmittag hatten sie sich lange unterhalten über die schlimmen Stunden in der vergangenen Nacht. Claudia brach immer wieder in Tränen aus, als er von seiner verzweifelten Lage, von den Quälereien durch seinen Peiniger und von den Ängsten, die er ihretwegen ausgestanden hatte, erzählte.

Liebevoll streichelte sie die gesunde Hälfte seines geschundenen Gesichtes. „Okay. Ich komme morgen am Vormittag wieder, Rigidus. Hast du noch starke Schmerzen? Soll ich der Schwester sagen, dass sie dir ein Schmerzmittel gibt?"

„Nein, Claudia, ich bin ganz gut durch den Tropf für die Nacht versorgt." Er überlegte einen Augenblick.

„Bevor du gehst, sieh doch bitte mal in meiner Hose nach, ob da mein Portemonnaie steckt und nimm dir den Ersatzschlüssel für den Porsche heraus. Der Wagen müsste noch auf dem Aldi-Parkplatz stehen. Könntest Du ihn holen und hier beim Krankenhaus abstellen?"

„Ja, klar, morgen früh."

„Nimm dir Geld für ein Taxi aus dem Portemonnaie."

Claudia ging zu dem eingebauten Kleiderschrank und fand dort seine Garderobe. Ordentlich aufgehängt auf Kleiderbügeln.

„Jetzt sieh dir das an, Rigidus. Die haben deine ganzen verdreckten und blutigen Sachen fein säuberlich in den Schrank gepackt. Ich nehme am besten alles gleich mit für die Reinigung." Sie begann jedes Kleidungsstück vom Bügel zu nehmen. Sorgfältig durchsuchte sie die Taschen und leerte den Inhalt auf einen Stuhl. Als das Portemonnaie auf diese Weise gefunden war, entnahm sie den Autoschlüssel und legte ihn extra.

Auf dem Flur wurden plötzlich Stimmen laut. Es klopfte kurz an der Tür, die im gleichen Augenblick geöffnet wurde. Bevor die Nachtschwester, die von dem nachdrängenden Besucher förmlich ins Zimmer geschoben wurde, etwas sagen konnte, erfüllte die sonore Stimme von Hauptkommissar Behrends den Raum.

„Entschuldigung, Frau Dohrmann! Herr Hart, ich muss Sie dringend noch einmal sprechen."

Hart, der aufrecht im Bett saß, drehte sich so weit um, dass er den Besucher anschauen konnte. Die Bewegung war schon nicht mehr so schmerzhaft wie noch am frühen Nachmittag. Vielleicht lag es an dem stetig in seine Venen tropfenden Schmerzmitteln. „Bitte, schießen Sie los. Frau Dohrmann wollte sich gerade verabschieden. – Aber wenn es so eilt mit dem, was Sie von mir wollen, kann sie natürlich auch noch so lange warten."

„Ja, es eilt wirklich. – Sie müssen nicht nach draußen, Frau Dohrmann." Behrends hielt Claudia am Arm fest, die gerade mit der Krankenschwester zusammen das Zimmer verlassen wollte.

„Sie können ruhig hierbleiben und zuhören."

Die Nachtschwester blieb unschlüssig in der Tür stehen. Der Hauptkommissar wandte sich ihr zu und gab ihr zu verstehen, dass die Einladung zum Zuhören nicht auch für sie galt. „Wir wissen vielleicht, wo Simbach sich zurzeit aufhält, Herr Hart", begann Behrends jetzt ohne Umschweife. „Ein Taxifahrer hat sich bei mir gemeldet." Behrends gab die Aussage des Mannes in knappen Sätzen wieder, dabei räumte er den Stuhl frei, auf dem die verschmutzten Kleidungsstücke lagen, und ließ sich ächzend nieder. „Deshalb wollte der Mann den Vorgang der Polizei melden, weil er dachte, wir brauchen nun nicht mehr nach einem Flüchtigen mit Perücke zu suchen. Ein wenig einfach gestrickt, der Gute. – Aber ich glaube, lieber Herr Hart, dass Simbach selber einer der drei Fahrgäste war."

„Woraus schließen Sie das?"

„Als ich hier vor wenigen Minuten ankam, habe ich mit Schubert telefoniert, der sich das Aussehen der drei Fahrgäste schildern lassen sollte. Danach könnte einer der Beschriebenen von der Größe und den braunen, dünnen Haaren her, gekleidet in einen dunklen Mantel, durchaus Simbach sein. Die anderen beiden sollen wohl so gut wie kahlköpfig gewesen sein. Das Alter der drei traute sich der Taxifahrer nicht zu schätzen."

„Das heißt, dass diese dritte Person die Perücke aufgehabt haben muss und sie durch irgendeinen Umstand abgenommen oder verloren hat", unterbrach Hart den Bericht des Hauptkommissars.

„Richtig. Genau das war auch meine Schlussfolgerung und ich bin fast sicher, dass diese dritte Person kein anderer als Simbach war." Der Hauptkommissar strich über seine Stoppelhaare, als wollte er sich vergewissern, dass sie echt waren.

„Haben die Fahrgäste sich mit Namen angeredet?", wollte Hart wissen.

„Der Taxifahrer konnte sich nur daran erinnern, dass der besagte Dritte mit Fritz angesprochen wurde."

Trotz der im Augenblick nicht so stark spürbaren Schmerzen, stöhnte Hart leicht, als er sein Gesicht zum Fenster drehte und wie zu sich selbst sprach. „Der Taxifahrer hat Ihnen doch berichtet, dass die drei Fahrgäste, wie Sie sagen, ziemlich alkoholisiert gewesen sind. Wann und wie sollte Simbach sich betrunken haben? Der Mann ist vor der gesamten Polizei dieser Stadt auf der Flucht. Da geht er doch nicht in irgendeine Kneipe, trinkt 15 Schnäpse mit zwei Kumpeln und fährt anschließend mit denen im Taxi spazieren. Da passt doch etwas nicht."

Es entstand eine Pause, in der jeder der im Zimmer Anwesenden seinen eigenen Gedanken nachging.

„Vielleicht waren die zwei anderen tatsächlich Freunde oder Helfer von ihm. Sie haben auf ihn irgendwo gewartet, sich gegenseitig mit Bier oder Wein bespritzt, um ordentlich nach Alkohol zu riechen, haben die Betrunkenen gespielt und glaubten, in einem Taxi sicherer aus der Stadt zu kommen als mit einem eigenen PKW. In Lilienthal sind sie dann zur weiteren Tarnung an verschiedenen Stellen ausgestiegen."

„Möglich. Ja, so könnte es gewesen sein. Nur – wenn die Drei tatsächlich zusammengehören und selbst in Lilienthal noch die Tarnung aufrechterhalten, indem sie dem Taxifahrer unterschiedliche Ziele angeben, warum erzählen sie dann den Quatsch mit der Perücke im Taxi?"

Wieder kehrte Schweigen ein.

Schließlich streckte Hart seine Schultern bis der Schmerz ihn stoppte und fragte, was der Hauptkommissar denn eigentlich von ihm erwarte.

„Ich mag es kaum aussprechen, Herr Hart, aber wenn es tatsächlich Simbach war, der sich in der Nacht nach Lilienthal abgesetzt hat und er sich auch noch in dieser Pension auf dem Bauernhof aufhält, wo er das Taxi verlassen hat, was ich inständig hoffe, dann haben wir eine gute Chance, ihn dort zu erwischen."

„Gut, aber wie soll ich Ihnen dabei helfen?"

„Ich habe folgenden Plan: Wir fahren mit einem Krankenwagen auf den Bauernhof. Das dürfte zunächst keine Fluchtgedanken bei Simbach auslösen, sollte er das Notarztfahrzeug bemerken. Sie gehen als Notarzt verkleidet, begleitet von zwei Sanitätern ins Haus. Im Haus muss ich es Ihrem Geschick überlassen, wie Sie mit anderen Personen, denen Sie begegnen, umgehen. Simbach hat mit großer Wahrscheinlichkeit die Suchmeldungen im

Radio mitbekommen und wird sich möglicherweise einer uns unbekannten Verkleidung bedienen. Sie sind der Einzige, der Simbach erkennen könnte, auch wenn er sich wieder maskiert haben sollte. Sie haben eine ganze Nacht im gleichen Raum mit ihm verbracht. Nur Sie wissen, wie er geht, sich gebärdet, kennen seine Gestik, könnten ihn an der Sprache identifizieren und so weiter." Behrends machte eine Pause. Sein forschender Blick ruhte auf Hart, der jedoch keine Regung zeigte. „Meine Beamten sind draußen im Gelände verteilt, und die beiden Sanitäter sind natürlich Polizisten, die auf Ihre Anweisung Simbach überwältigen und festnehmen werden." Behrends konzentrierte sich, ob er etwas Wichtiges ausgelassen hatte.

„Ach ja, wir werden ab sofort die Wohnhäuser observieren, die nach Angabe des Taxifahrers den beiden anderen Fahrgästen zugeordnet werden. Möglich, dass die Drei verabredet haben sich zu treffen. Sollten wir Simbach in dem Haus nicht erwischen, ergibt sich hierdurch vielleicht eine Möglichkeit."

Claudia Dohrmann, die bisher schweigend zugehört hatte, stellte sich jetzt schützend vor ihren Geliebten und starrte den Hauptkommissar böse an. „Warum kontrollieren denn Ihre Beamten nicht allein im Haus alle Personen, wenn das Haus umstellt ist?"

Behrends wich ihrem Blick nicht aus und erklärte mit sanfter Stimme seine Einschätzung der Lage. „Sehen Sie, Frau Dohrmann, der Gesuchte ist unberechenbar. Wir haben keine Ahnung, ob er über Waffen verfügt, oder Sprengstoff bei sich hat und zu was er fähig ist, wenn er in eine ausweglose Situation gerät. Ich setze deswegen auf den Überraschungseffekt, um Blutvergießen zu vermeiden."

„Ja, aber gerade, weil er unberechenbar ist, ist es doch so gefährlich!" In Claudias Stimme lag Verzweiflung.

Hart umfasste ihre Taille und zwang sie, sich neben ihn auf das Bett zu setzen. „Beruhige dich, Claudia. – Wie sicher können wir eigentlich sein, dass Simbach tatsächlich im Taxi war?" brachte er das Gespräch wieder auf einen der Ausgangspunkte zurück.

Behrends fischte sein Handy aus der Jackentasche und während er die Kurzwahlnummer seines Assistenten eintippte antwortete er dem Observer mit einem breiten Grinsen im Gesicht. „Ziemlich sicher. Der Taxifahrer hat von dem Fahrgast – und bleiben wir doch einfach bei Simbach – zwei Fünzigeuroscheine als Bezahlung bekommen, die er heute Morgen bei der Abrechnung in der Taxizentrale abgeliefert hat. Ich versuche gerade Schubert zu erreichen. Wir haben von der Bank die Nummern aller Geldscheine, die Frau Heumacher abgeholt hatte." Er hielt das Handy an sein rechtes Ohr und lauschte auf das Freizeichen. „Schubert? – Ja, ich bin's. – Sind die Geldscheine schon von der Taxizentrale abgeholt worden?"

„So schnell geht das alles nicht, Chef", fistelte es missmutig aus dem Handy, das der Hauptkommissar auf *Mithören* gestellt hatte.

„Okay, Schubert. Machen Sie Dampf, und rufen Sie mich sofort an, wenn Sie ein Ergebnis haben." Er klappte das Handy zu, ohne die Reaktion seines Mitarbeiters abzuwarten.

„Wenn wir Sie in einer Stunde abholen, Herr Hart,

hielten Sie das für möglich? Ich meine damit, ob Sie es sich physisch zutrauen."

Bevor der Observer dem Kripochef antwortete, wandte er sich an Claudia, indem er sie in seine Arme schloss und ihr zuflüsterte, dass die Sache lange nicht so gefährlich sei, wie sie es sich vorstellte. Und an Behrends gerichtet, bekundete er seine Bereitschaft mit einem kurzen „Okay".

Der Hauptkommissar verließ daraufhin mit einem „Herzlichen Dank" den Raum, um ins Präsidium zu eilen.

Als die Tür hinter Behrends geschlossen war, stand Hart vorsichtig auf. Der Schwindel blieb aus. Langsam schob er das fahrbare Gestell, an dem der Tropf befestigt war, vor sich her und ging barfuß zum Fenster. Claudia folgte ihm mit ausgestreckten Armen, um ihn notfalls zu stützen.

Es war jetzt völlig dunkel draußen.

„Claudia, könntest du nach Hause fahren und mir saubere Klamotten besorgen?"

„Ich sollte nein sagen", antwortete sie noch immer verärgert. Dass er ihre Sorge um ihn bei seiner Entscheidung einfach ignoriert hatte, machte sie wütend. „Aber ich weiß, dass du sonst in diesem scheußlichen Nachthemd einfach losfahren würdest."

„Okay", grinste er sie an. „Dann holst du auf dem Rückweg den Porsche ab und fährst nachher hinter dem Krankenwagen her. Ich werde deswegen mit Behrends sprechen."

Wie hingezaubert erschien ein Lächeln auf Claudias Gesicht. Sie würde in seiner Nähe sein. Ein Blick auf ihre Armbanduhr mahnte sie zur Eile.

„Es ist jetzt kurz nach sieben, Rigidus. Um 20.00

Uhr wieder hier zu sein, müsste ich gerade so schaffen." Sie stellte sich auf die Zehenspitzen und gab ihm einen Kuss, bevor sie seine Sachen unter den Arm nahm und eilig das Zimmer verließ.

13. Kapitel

Simbach entdeckte an der Hauptstraße direkt gegenüber der Hofzufahrt zu seiner Erleichterung eine Bushaltestelle. Allerdings fuhr der Überlandbus am Samstag erst wieder um 12.10 Uhr. Also setzte er sich in das Wartehäuschen und überlegte, wie er es am schnellsten zur holländischen Grenze schaffen könnte.

Hoffentlich gab es im Ort eine Autovermietung oder ein Autohaus. Vielleicht wäre es sogar besser, ein gebrauchtes Auto zu kaufen, als einen Wagen zu mieten. Aber zunächst musste er sein Äußeres verändern. Der verdammte Porschefahrer war ein Risiko. Wenn der eine genauere Beschreibung seiner Verkleidung abgab, die dann in den Medien bekannt gegeben würde, konnte es schwierig und gefährlich für ihn werden.

Noch hatten sie ihn im Radio so beschrieben, wie er bei seiner Festnahme ausgesehen hatte. Sein jetziges Aussehen hatte damit wenig Ähnlichkeit. Trotzdem, die Zeit drängte.

Er hatte Glück. Mitten in Lilienthal entdeckte er ein kleines Kaufhaus mit einer Konfektionsabteilung. Eine Lammfelljacke seiner Größe fand er nach kurzem Suchen bei einem Ständer mit Restposten und erwarb noch eine Pelzkappe mit Ohrenklappen dazu.

Vor dem Verlassen des Kaufhauses suchte er die Toiletten auf, zog sich um, nahm Schnauzbart und Nickelbrille ab, ließ seine Haare unter der Pelzkappe verschwinden und klebte sich einen Teil des riesigen Schnauzbartes als kleinen Spitzbart auf das Kinn.

Als er endlich im Ort ein Autohaus gefunden hatte,

suchte er auf dem Parkplatz für Gebrauchtfahrzeuge nach einem möglichst unauffälligen, billigen Wagen. Er entdeckte einen dunkelblauen Golf GTI, der ihm für seine Zwecke als genau richtig erschien. Der herbeigerufene Verkäufer, der gleichzeitig der Inhaber des Autohauses war, eröffnete ihm allerdings, dass der Wagen nicht vor Montag ausgeliefert werden könne, weil die Zulassungsstelle nicht eher geöffnet habe.

Simbach zeigte dem Mann vier Fünfzigeuroscheine und versprach ihm diese als Handgeld, wenn er ihm heute noch ein Auto mit amtlichen Kennzeichen besorgen würde. Er müsse noch am späten Abend die Fähre in Kiel nach Schweden erreichen und sein Auto stünde mit Totalschaden in einer BMW-Werkstatt.

Der Gebrauchtwagenhändler sah den Kunden von der Seite an. Es hatte sich zwar ganz erheblich abgekühlt und ein eisiger Nord-Westwind kündigte Schnee an, aber die meisten Menschen liefen deshalb noch nicht in Winterpelzen herum. Dieser Kunde schien gegen Kälte besonders empfindlich zu sein, denn die dicke Lammfelljacke war bis zum Hals zugeknöpft und von der ledernen Pelzmütze hatte er die Ohrenklappen heruntergezogen.

Aber der kleine Spitzbart, den der Mann trug, sah lustig aus, und der Verkäufer lud ihn zu einer Tasse Kaffee ein. Er bat um ein wenig Geduld. Er habe einen Kunden, der seinen Gebrauchtwagen am Montag in Zahlung geben wolle, weil er dann einen Neuwagen ausgeliefert bekomme. Er könne den Kunden anrufen und fragen, ob der sein Auto schon heute direkt an ihn verkaufen wolle.

Simbach frohlockte, genau das wäre sein Deal. Ohne viel Formalitäten, ein Fahrzeug gegen cash. „Bitte, rufen Sie ihn an."

Nach etwa zehn Minuten kam der Verkäufer zurück und erklärte ihm, dass der Kunde erst gegen 18.00 Uhr Zeit habe, mit dem Wagen hierherzukommen. Aber er sei an dem Verkauf interessiert, wenn er die gleiche Summe Geld dafür bekäme, wie das Autohaus ihm geboten hatte.

„Wie hoch ist denn der Kaufpreis?", fragte Simbach. „Und was für ein Modell fährt der Mann überhaupt?"

„Es handelt sich um einen älteren Passat. Der Wagen ist aber werkstattgepflegt und top in Ordnung. Das kann ich Ihnen versichern."

„Okay. Was soll er kosten?"

„Der Ankaufspreis, den wir dem Kunden geboten haben, liegt natürlich weit über der Schwackeliste, weil wir keinen Nachlass auf den Neuwagen gewähren. Vielleicht können Sie mit dem Kunden ja noch verhandeln. – Also, wir geben eine Gutschrift in Höhe von 7.000 Euro für das Fahrzeug."

Der Autohändler schaute etwas verlegen zur Seite und Simbach vermutete, dass er auf den tatsächlich zugesagten Preis noch schnell mindestens 2.000 Euro aufgeschlagen hatte. Aber es gab wohl kaum eine andere Möglichkeit für ihn, am Samstagnachmittag an ein Auto mit zugelassenem Kennzeichen zu kommen. „Einverstanden", willigte er ein, „aber der Wagen muss vollgetankt spätestens um 18.00 Uhr bereitstehen. Ich besorge jetzt das Geld und bin um kurz vor sechs wieder hier." Simbach gab dem Verkäufer die versprochenen zweihundert Euro.

„Okay." Der Mann ließ das Geld blitzartig in seiner Hosentasche verschwinden und stand auf. „Vergessen Sie nicht, innerhalb von drei Tagen das Fahrzeug auf

Ihren Namen umzumelden."

„Selbstverständlich", erwiderte Simbach, „ich bin am Montag schon wieder in Kiel zurück und melde den Wagen am gleichen Tag auf meinen Namen an."

„Okay, bis nachher". Der Autohändler eilte davon.

Er wird jetzt den Kunden anrufen und ihm mitteilen, dass er 1.000 Euro mehr herausgehandelt habe und die anderen 1.000 Euro würde er zu den zweihundert in seine eigene Tasche stecken, dachte Simbach verärgert. Aber es half nichts, er musste hier verschwinden, um endlich in Ruhe Pläne zu schmieden, wie er den Porschefahrer und die Heumacher vernichten konnte.

Der Hass war wieder voll entbrannt.

∗∗∗

Der Krankenwagen bog langsam auf die Hofzufahrt. Claudia Dohrmann hatte strikte Anweisung, an der Kreisstraße mit dem Porsche zu warten. Die Hofzufahrt schlängelte sich als S-Kurve etwa zweihundert Meter lang von der Straße bis zur Gastwirtschaft.

Als der Wagen auf dem völlig leeren Parkplatz von dem Kripobeamten so abgestellt wurde, dass er wieder in Fahrtrichtung stand, zeigte die digitale Zeitangabe auf dem Armaturenbrett genau 20.45 Uhr.

Das Blaulicht auf dem Dach und die Warnblinkanlage warfen gespenstisches Licht auf den Hof und spiegelten sich in den nur schwach erleuchteten Fensterscheiben der Gaststube.

Hart meinte im Schatten eines Stallgebäudes eine Bewegung auszumachen. Wahrscheinlich einer der versteckten Polizisten, der sich zu unvorsichtig und zu nahe herangeschlichen hatte.

Die beiden Kripobeamten, als Sanitäter des Deutschen Roten Kreuzes verkleidet, und Hart, dessen Gesicht durch die geschickten Hände einer Maskenbildnerin und mit einer großen, schwarzen Hornbrille versehen, nichts mehr von den Misshandlungen der vergangenen Nacht erkennen ließ, stiegen aus und wandten sich dem Eingang zu. Hart hatte einen Notarztkoffer in der Hand. Auf seinem weißen Kittel prangte der Button Dr. med. F. Schmidt.

Die drei hatten den Eingang noch nicht erreicht als die Tür aufgestoßen wurde und der Wirt herausstürzte.

„Was ist passiert?" Hemdsärmelig stand er vor dem Notarzt.

„Wir haben einen Anruf bekommen, dass einer Ihrer Gäste einen Herzanfall hat. Wo ist der Mann?", fragte Hart seinerseits und wollte sich an dem Wirt vorbeidrängeln.

„Wir haben keine Gäste im Haus."

„Wie, Sie haben keine Gäste im Haus? Der Anrufer hat doch Ihre Gastwirtschaft genau beschrieben. Sonst wären wir nicht hier."

„Wir haben keine Gäste im Haus", wiederholte der Wirt. „Sind alle abgereist."

„Wann? Jetzt gerade vor einer halben Stunde? Älter ist der Notruf nicht."

„Nein, schon heute Vormittag."

Hart ließ sich seine Enttäuschung nicht anmerken. Er trat noch einen Schritt näher an den Wirt, dessen Bierfahne ihm unangenehm entgegenschlug. „Guter Mann", seine Stimme nahm einen drohenden Ton an,

„wenn Sie uns hier auf den Arm nehmen wollen, dann kommt Sie das verdammt teuer zu stehen. Nicht einmal am ersten April würde ein Richter für derartige Scherze Verständnis haben. – Und wir vom Notdienst schon gar nicht. Also lassen Sie uns jetzt ins Haus und selber nachsehen, ob jemand ärztliche Hilfe benötigt."

Der Wirt wich keinen Schritt zur Seite. Er stand nahe vor dem Notarzt und entzifferte mühselig in dem fahlen Licht den Namen auf dem Kittel. „Herr Dr. Schmidt, wenn ich Ihnen sage, dass hier keine weiteren Personen im Hause sind, weder in der Gastwirtschaft noch in einem der Hotelzimmer, dann müssen Sie mir das schon glauben. Wer weiß, wer sich diesen Scherz ausgedacht hat. Von hier wurde jedenfalls nicht nach einem Notarzt telefoniert."

Hart glaubte ihm. Es brannte auch hinter keinem der Fenster Licht. Ein weiteres Fahrzeug stand auch nicht auf dem Parkplatz. Jedenfalls nicht auf dem Hof, wo sie sich befanden. Da waren sie also zu spät gekommen. Wenn Simbach hier übernachtet hatte, dann war der Vogel ausgeflogen. Und dann hatte auch das ganze Theaterspielen keinen Sinn mehr.

„Rufen Sie Herrn Behrends an und berichten Sie ihm, dass das Nest leer ist", wandte er sich an den einen der beiden Kriminalbeamten." Er klopfte dem etwas verwirrt schauenden Wirt auf die Schulter und erklärte ihm in wenigen Sätzen, weshalb das Manöver hier stattfand. „Die Polizei wird gleich die Zimmer Ihrer Gäste genauer untersuchen wollen", erklärte er abschließend. „Aber vielleicht könnten Sie sich dieses Bild mal ansehen und sagen, ob dieser Mann als Gast hier war."

Er zeigte dem Wirt das Bild von Simbach, dass bei

seiner Festnahme im Polizeipräsidium aufgenommen worden war.

„Nein. So hat keiner der Gäste ausgesehen. Den einen Gast habe ich ohnehin nur flüchtig kennen gelernt. Aber der hatte einen ziemlich großen Schnauzbart und sah auch sonst anders aus. Tut mir leid, aber da kann ich Ihnen nicht weiterhelfen.“

„Wann ist der mit dem Schnauzbart denn abgereist?“

„Weiß ich nicht. Der war auf einmal weg. Ich musste wegen des Wetterumschwungs das Vieh von der Weide holen. Als ich wiederkam, hatte er fünfzig Euro unter seinen Frühstücksteller geschoben und war weg.“

„Wohin, wissen Sie also nicht?“

„Nein.“ Der Wirt drehte sich um und marschierte zum Haus zurück. Ihm war kalt und er ärgerte sich über die Trickserei der Polizei.

„Moment noch!“, rief ihm Hart nach. „Mit was hat der Schnauzbärtige bezahlt?“

„Mit einem Fünzigeuroschein. – War viel zu viel. Aber wie soll ich ihm das Wechselgeld wiedergeben, wenn er einfach verschwindet?“

„Haben Sie den Fünfzigeuroschein noch?“

„Ja, natürlich. Kommen Sie rein. Ich zeig Ihnen den Schein.“ Damit ging er endgültig in die Gaststube zurück.

„Moment mal!“ Die Fistelstimme von Kommissar Schubert, der plötzlich aus dem Dunkel auftauchte, stoppte Hart, der dem Wirt folgen wollte. „Dies ist Polizeiarbeit und nichts für private Schnüffler. Es war abgesprochen, dass Sie hier nur die Zielperson identifizieren. Ansonsten arbeiten Sie doch für Frau Heumacher. Also privat. Da Simbach sich hier nicht mehr aufhält, ist Ihre Mission zu Ende, Herr Hart."

Hart schluckte diese Unverschämtheit. Er war viel zu enttäuscht und fühlte sich auch noch ziemlich schlapp und mitgenommen, nachdem er das Krankenzimmer mit dem Notarztwagen getauscht hatte. Irgendwann würde er es Fistelschubert mit gleicher Münze zurückzahlen. Und rechtlich gesehen war es schließlich korrekt, wie der Kommissar handelte. „Regen Sie sich nicht künstlich auf, Herr Schubert. Sagen Sie doch einfach: ‚Vielen Dank, Herr Hart, dass Sie trotz Ihrer schmerzhaften Blessuren hier mitgemacht haben.' Er deutete höhnisch eine Verbeugung an. „Und grüßen Sie Ihren Chef von mir. Ich fahre mit Frau Dohrmann jetzt zurück in die Stadt."

Hart zog seinen Arztkittel aus und gab ihn zusammen mit der Hornbrille dem Kripobeamten, der neben ihm stand. Auf Schuberts Gesicht verschwand der triumphierende Ausdruck. Er wusste, dass diese Szene ihm eine Rüge des Hauptkommissars einbringen würde, der sich im Einsatzwagen außerhalb des Grundstückes aufhielt.

Claudia kam Hart erstaunt entgegen, als sie ihn durch die Hofzufahrt kommen sah. „Was ist los, Rigidus? Habt Ihr ihn?"

„Nein, der Vogel ist bereits ausgeflogen. – Komm wir fahren zurück."

Claudia teilte zwar seine Enttäuschung, war aber heilfroh, dass es zu keiner Auseinandersetzung zwischen dem flüchtigen Simbach und der Polizei gekommen war. Langsam lenkte sie den Porsche auf die Kreisstraße Richtung Lilienthal.

„Ist es denn sicher, dass Simbach sich hier

aufgehalten hat?", fragte sie.

„Ja, ziemlich sicher. Der Mann, den der Wirt beschreiben konnte, trug einen übergroßen Schnauzbart. Genau wie Simbach, als er mich im Reihenhaus zurückließ und als Arzt verkleidet unbehelligt an den Polizisten vorbeikam. Außerdem hat er mit einem Fünzigeuroschein bezahlt. Simbach verfügt wahrscheinlich nur über das von Frau Heumacher erpresste Geld. Das waren ausschließlich Fünzigeuroscheine."

Sein Unmut über Schubert verschwand durch die Gegenwart von Claudia genauso schnell, wie er von dem Kommissar selbst ausgelöst worden war.

„Du siehst, Liebes, du hättest keine Angst haben müssen." Er beugte sich zu ihr hinüber und hauchte ihr einen Kuss auf die Wange. „He, wir müssen tanken. Schau mal auf die Anzeige. Ich dachte, du hättest vollgetankt, als du den Wagen geholt hast." Verwundert hatte er beim Hinüberbeugen die Anzeige im roten Bereich der Reservefüllung bemerkt.

„Ich hatte gar keine Zeit mehr dazu, wir können doch hier im Ort tanken."

„Okay, fahr an die erste Tankstelle, die noch geöffnet hat." Hart lehnte sich zurück und schloss die Augen. Schmerzen hatte er keine. Die recht hohe Dosis an schmerzstillenden Tabletten, die er vor dem Verlassen der Klinik eingenommen hatte, zeigte Wirkung. Aber er fühlte sich nicht gerade fit. „Hoffentlich kann Behrends feststellen, ob Simbach ein Taxi zu der Gastwirtschaft bestellt hat", sinnierte er. „Das wäre immerhin eine Spur. Wie sonst kommt man aus dieser gottverlassenen Gegend weg?"

„Ein Bus fährt hier nur zweimal am Tag", ergänzte

Claudia seine Überlegungen. „Ich habe oben an der Haltestelle den Fahrplan gelesen. Der letzte für heute ging um 12.10 Uhr."

„Hm, er kann per Anhalter gefahren sein. Aber wohin?"

„Er kann versucht haben, auch nur bis Lilienthal zu kommen, um sich dort einen Wagen zu besorgen", warf Claudia ein.

„Ja, das ist sogar sehr wahrscheinlich, denn er muss damit rechnen, dass seine Bekannten, mit denen er gestern im Taxi unterwegs war, ermittelt werden und eine genauere Beschreibung von ihm abgeben." Hart öffnete wieder die Augen und setzte sich aufrechter.

„Ich würde versuchen, so schnell wie möglich ein anderes Versteck zu finden, um in Ruhe meine Rachepläne zu schmieden."

„Ich auch", meinte Claudia trocken.

„Da vorn kommt ein Autohaus mit Tankstelle."

„Okay. Mal sehen, ob die schon geschlossen haben." Sie fuhr an die erleuchtete Zapfsäule für *Super Benzin* und stieg aus.

Hart löste seinen Sicherheitsgurt und spürte beim Aussteigen jetzt doch schmerzhaft die Rippenverletzungen. „Ich gehe schon mal hinein, Claudia. Bis zum Stehkragen volltanken, ja?" Er hatte eine Eingebung und wollte ihr nachgehen. Wenn Simbach sich tatsächlich ein Auto besorgt hatte, dann war es naheliegend, hier als Erstes danach zu fragen.

Als der Kunde vor ihm bezahlt hatte, fragte er den Mann an der Kasse, wem das Autohaus gehöre.

„Warum wollen Sie das wissen?", fragte der unfreundlich zurück.

Hart sah ihn forschend an. Der Mann sah nicht nach

einem typischen Tankwart aus. Im Gegenteil. Er trug einen geschlossenen Anzug mit Krawatte, seine etwas zu langen, schwarzen Haare lagen eng und fettig am Kopf, und seine Hände machten nicht den Eindruck als würden sie häufig für grobe Arbeit gebraucht werden. Auffallend waren die von Nikotin gelb gefärbten Mittel- und Zeigefinger der rechten Hand.

„Ich suche einen Freund, der mich angerufen hatte, weil er dringend ein Auto braucht. Scheinbar ist aber sein Handy nicht in Ordnung oder auch nur der Akku leer. Ich weiß es nicht. Jedenfalls hätte ich ein Auto für ihn und kann ihn jetzt nicht erreichen. Kann ja aber auch sein, dass er sich selber schon eins besorgt hat. Dann könnte ich mir vorstellen, dass er hier angefangen hat zu suchen. Wenn er hier ein Auto gekauft oder gemietet hat, dann muss ich dem anderen Bescheid geben."

Der Mann an der Kasse lehnte sich genüsslich zurück und grinste. „Da habe ich ja Glück gehabt, Herr Kollege, dass Sie nicht früher aufgetaucht sind. Ich habe nämlich vorhin einem Kunden einen Gebrauchtwagen verkauft, der unbedingt noch heute mit einem zugelassenen Wagen nach Kiel musste. Könnte Ihr Freund gewesen sein." Er legte eine kurze Kunstpause ein, um dann nachzuschieben: „Ich bin der Eigentümer dieses Autohauses mit Tankstelle."

Hart erfasste die Situation blitzschnell, ging aber auf die letzte Bemerkung nicht ein. Anscheinend hielt dieser schmierige Typ ihn auch für einen Autohändler.

„Ja, richtig, er muss nach Kiel. Das wird er gewesen sein. Na, dann hat es ja auch ohne mich geklappt." Er versuchte einen enttäuschten Gesichtsausdruck aufzusetzen.

„Was hat er sich denn für ein Auto ausgesucht?"

„Da gab es nicht viel zum Aussuchen", rekelte der Mann sich zufrieden auf seinem Drehstuhl. „Reine Glücksache, dass ich überhaupt ein zugelassenes Auto auf dem Hof hatte."

„Und? Was fährt er jetzt?", hakte Hart nach und musste sich beherrschen, seine Anspannung zu verbergen.

In dem Moment kam Claudia herein. Der Mann an der Kasse, der alle Vorurteile über Autoverkäufer bei Hart bediente, setzte sich aufrecht hin und schaute wohlwollend der jungen, hübschen Kundin entgegen.

Hart witterte Gefahr, dass Claudia durch eine ungeschickte Bemerkung das verheißungsvolle Gespräch mit dem Autoverkäufer beenden könnte. Er handelte sofort. Nach ihrem freundlichen „Guten Abend" rief er ihr übermäßig laut zu: „Mensch, Claudia, Ulf hat bereits ein Auto. Der nette Kollege hier hat ihm heute Abend einen Wagen verkauft. Wir können bei Jürgen das Angebot absagen." Eindringlich sah er zu ihr hinüber und hoffte inständig, sie würde ohne Fragerei kapieren.

Claudia stutzte für den Bruchteil einer Sekunde, aber erfasste dann sofort, dass Rigidus hier ein Spiel trieb. „Prima", rief sie zurück. Sie wusste nicht, um was es eigentlich ging und wollte nicht mehr sagen.

„125 Euro und 17 Cent", der Schwarzhaarige hatte die Quittung schon in der Hand.

„Willst du bezahlen, oder soll ich?"

„Ich mach das schon." Hart trat an die Seite seiner Freundin. Aus seinem Portemonnaie legte er dem unsympathischen Autohändler 150 Euro auf den Tresen.

„Bekommen wir bei Ihnen noch einen Kaffee?", fragte er, als ihm das Wechselgeld zurückgegeben wurde.

„Drüben am Automaten", der Mann wies in eine Ecke vor den Getränkeregalen.

Auf dem Weg dahin fragte Hart laut, ob Claudia Lust hätte, nach Kiel weiterzufahren, um Ulf zu überraschen, der bestimmt bei Ulla und Hans über Nacht bleiben würde.

„Da machen Sie sich mal keine Hoffnungen. Ihr Freund wollte unbedingt die letzte Fähre nach Schweden erwischen", mischte sich der Geschäftsinhaber leutselig ein.

„Donnerwetter! Davon hat er mir nichts erzählt. Muss seine Pläne wohl geändert haben", erwiderte Hart. „Dann müssen Sie ihm aber einen ziemlich schnellen Hirsch verkauft haben, wenn er die Fähre noch erreichen will."

„Na ja, wie man's nimmt. Schneller Hirsch nicht gerade, aber ein Passat mit immerhin 150 PS läuft auch ganz fix. Die meiste Zeit der Strecke können Sie aber nur 120 fahren."

„Ich weiß", erwiderte Hart genauso leutselig. „Vielleicht holen wir ihn mit dem Porsche ja noch ein. Was meinst Du, Claudia?"

„Ich weiß nicht recht, Rigidus. Viel Lust habe ich nicht."

Claudia hatte ihre Jacke ausgezogen und löffelte in ihrem Kaffee herum. Der Autohändler konnte sich gar nicht satt sehen an der jungen Frau mit der schlanken Figur und der üppigen Oberweite. Er hatte seinen Platz an der Kasse verlassen und räumte jetzt in ihrer Nähe Waren von einem Regal in das andere.

Hart durchschaute das Manöver. Er war es gewohnt, dass seine Freundin die Blicke der Männer auf sich zog. Ihm ging es mit dem anderen Geschlecht nicht viel anders und sie amüsierten sich gelegentlich beide darüber.

„Trinken Sie einen Kaffee mit", forderte er den Autoverkäufer auf.

„Warum eigentlich nicht? Ist sowieso gleich Feierabend und Kunden kommen um diese Zeit eher selten." Er richtete sich auf und erklärte mit Blick auf Claudia noch einmal stolz, dass ihm der Laden hier gehöre.

„Wann genau ist Ulf denn von hier weggefahren?" Hart reichte ihm einen Becher mit frisch gebrühtem Kaffee aus dem Automaten.

Der Mann nahm vorsichtig den Becher, ohne Claudia dabei aus den Augen zu lassen. „Ziemlich spät. Der Kunde, dem der Passat eigentlich gehörte, hatte sich um einiges verspätet. Stau auf der Autobahn oder so. Jedenfalls war Ihr Freund stinksauer und wollte schon abspringen, als der Wagen endlich auftauchte."

„Wann war denn das?"

„So gegen acht Uhr."

„Dann ist er ja erst gegen halb neun weggekommen von hier."

„Kann sein" Der stolze Eigentümer des Autohauses rückte noch ein Stück näher an Claudia.

„Na, Claudia, da haben wir doch eine reelle Chance, unseren Ulf noch vor Kiel einzuholen, wenn er erst ...", er schaute auf die große Uhr über der Kasse, „wenn er erst eine knappe Stunde Vorsprung hat."

Claudia erkannte die Strategie, die der Observer

verfolgte. Er wollte herausbekommen, mit welchem Auto und wann Simbach von hier weggefahren war. Das Fahrziel hatte der Händler bereits ausgeplaudert. Jetzt brauchten sie noch das Kennzeichen, damit die Polizei den Wagen verfolgen oder stoppen konnte.

„Wie sollen wir denn Ulf im Dunkeln erkennen, wenn wir sein Kennzeichen nicht wissen. Überraschung wäre es doch nur, wenn wir ihn auf der Autobahn ausbremsen würden und er dann wutentbrannt auf uns losgeht, Rigidus."

Sie nahm es in Kauf, dass der schmierige Kerl neben ihr jetzt schon auf Tuchfühlung an sie heranrückte. Bevor Hart etwas sagen konnte, beugte sich der Mann dicht an ihr Ohr und raunte: „Ich kann es Ihnen ja ins Ohr flüstern."

Der Geruch des Mannes nach Tabak, billigem Parfüm und Benzin, verursachte ihr Übelkeit. Trotzdem ertrug sie es. Mit einem Seitenblick auf Hart, der um Verständnis bat, drehte sie dem aufdringlichen Mann voll ihr Gesicht zu und lächelte ihn betörend an. „Na, da bin ich aber gespannt."

Sie schauderte leicht, als der heiße Atem unangenehm durch die schulterlangen Haare, bis in Ihr Ohr drang.

„OHZ-U 100."

Claudia rückte weg von ihm und wiederholte laut fragend „OHZ-U 100?"

Der Autoverkäufer nickte und strahlte sie an.

Triumph und Erleichterung standen Hart ins Gesicht geschrieben. Er nutzte sofort die Gelegenheit, um Claudia in ihre Jacke zu helfen und rief fröhlich: „Na, dann wollen wir mal. Wäre doch gelacht, wenn wir den Passat nicht einholen würden. Danke, dass Sie meinem Freund geholfen haben." Damit schob er Claudia an dem verdutzten Autohändler vorbei Richtung Ausgang. „Ich fahre", murmelte er im Hinausgehen.

Sie saßen noch nicht richtig im Porsche, als Claudia lauthals über den schmierigen Autohändler herzog. „Und warum hast du nicht gleich Behrends angerufen angerufen, als du den Verdacht hattest, dass der Typ Simbach ein Auto verkauft hat? Die Polizei hätte ihn ganz offiziell verhören können." beklagte sie sich.

„Das will ich dir sagen. Wie ich diesen Autofritzen einschätze, hätte der den Beamten alles Mögliche erzählt aber nichts Brauchbares, um Simbach zufinden. Der hatte doch Angst, dass sein Autoverkauf an einen Verbrecher annuliert werden könnte."

Nach etwa einem gefahrenen Kilometer fuhr Hart den Porsche scharf rechts ran. „Du warst großartig, Claudia." tröstete er sie „Wie du dem Dreckskerl das Kennzeichen entlockt hast, war wirklich ganz großes Kino." Er schaltete den Motor aus und lehnte sich entspannt zurück um zu telefonieren.

„Behrends", meldete sich der Angerufene offensichtlich verärgert.

„Hier spricht Hart."

„Mann, wo sind Sie, Herr Hart? Ich habe von dem Vorfall mit Schubert gehört. Das wird Folgen haben." Das klang schon weniger ungehalten, aber noch ziemlich sauer auf seinen Stellvertreter.

„Ich habe Neuigkeiten für Sie. Mit Hilfe der weiblichen Vorzüge von Frau Dohrmann habe ich gerade eben herausgefunden, mit was für einem Fahrzeug und wohin Simbach sich von hier abgesetzt hat." Ein empfindlicher Knuff, der ihn angrinsenden

Claudia, traf seinen Oberschenkel.

„Sind Sie noch in Lilienthal?", unterbrach ihn die sonore Stimme des Hauptkommissars.

„Ja. Sie sollten sich auf die Verfolgung eines Passats, Modellreihe nicht bekannt, mit dem Kennzeichen OHZ-U 100 Richtung Kiel konzentrieren."

„Was will der Kerl denn da?", entfuhr es Behrends.

„Weiß ich nicht. Ein Autohändler hier im Ort hat den Wagen an Simbach verkauft, der ihm gesagt hat, dass er noch heute die Fähre nach Schweden erwischen müsste."

„Danke, Herr Hart." Behrends schwieg einen Augenblick lang „Ich kann mir aber auch vorstellen, dass Simbach damit eine falsche Fährte legen wollte. Was meinen Sie?"

„Ja, kann ich mir auch vorstellen. – Wahrscheinlich hat er genau das Gegenteil vor und setzt sich nach Süden ab. Hatten sie nicht gesagt, dass sich auf dem Fernrohr, welches Simbach in dem Reihenhaus benutzt hatte, ein holländischer Aufkleber befand? Vielleicht will er nach Holland."

„Sehr gut möglich. Aber auch ein Untertauchen in Hamburg ist naheliegend. Ich leite alle erforderlichen Maßnahmen sofort ein. Fahren Sie wieder zurück ins Krankenhaus?"

„Das weiß ich noch nicht. Im Augenblick geht es mir ganz gut. Mal sehen wann die Schmerzen wieder einsetzen."

„Okay. Die Observierung der Häuser in denen vermutlich die anderen zwei Fahrgäste wohnen behalten wir noch bei. Ich melde mich bei Ihnen über Ihr Handy. " Behrends beendete das Telefongespräch.

Hart schob nachdenklich das Handy in die

Seitentasche seiner Jacke. Ihn befiel eine innere Unruhe. Die schnelle Kenntnis von der Flucht Simbachs aus Lilienthal weg nach Schweden; da hatte der Hauptkommisar recht, Irgendetwas stimmte da nicht.

„Claudia", sinnierte er laut „warum gibt Simbach sein Reiseziel bekannt? Hätte er doch gar nicht gemusst, beim Autokauf."

„Vielleicht wollte er Zeitdruck auf den schmierigen Typen ausüben, indem er ihm sagte, dass die Fähre dann oder dann abfährt."

„Möglich. Aber er hat Schweden genannt. Er hätte sagen können, er müsste wegen eines wichtigen Termins pünktlich wegfahren. – Er hat Kiel und Schweden genannt. Warum? Wenn ich auf der Flucht bin, erzähle ich nicht wildfremden Menschen, wohin ich will."

„Vielleicht war der Schmierfink ja kein Fremder für ihn." Nach Claudias Gesichtsaudruck zu urteilen, glaubte sie selbst nicht an diese Erklärung.

„Weißt du, was ich annehme? Behrends hat recht. Ruf doch bitte beim Fähren-Service in Kiel an, Claudia, und frage, wann die letzte Fähre heute fährt. Ich will mir die Karte mal genauer ansehen."

„Von Kiel gehen doch auch die Fähren nach Norwegen und Russland. Willst du die Abfahrtzeiten ebenfalls wissen?"

„Nein, ich glaube nicht, dass er sich nach Russland oder Norwegen absetzen würde." Während er mit Claudia sprach hatte er eine Autokarte auf seinen Knien ausgebreitet. Sein Studium der Karte galt der Frage, wie man am schnellsten und sichersten von Lilienthal aus mit dem Auto ein potenzielles Fluchtziel erreichen konnte. Für einen Flüchtenden hatten Autobahnen den Nachteil, dass man zwischen den Ab- und Auffahrten keine Möglichkeit hatte auszuweichen. Bundesstraßen hingegen konnte man an fast jeder beliebigen Stelle verlassen oder in umgekehrter Richtung weiterfahren. Auch schnelles Fahren war auf Bundesstraßen möglich.

Claudia hatte die Reiseauskunft der Stena-Line erreicht und meldete ihm das Ergebnis.

„Um 19.30 Uhr ging die letzte Fähre nach Göteborg."

„Hm, damit ist klar, dass er nie nach Schweden wollte."Er faltete die Karte so weit zusammen, dass nur noch Teile von Niedersachsen und den Niederlanden zu sehen waren.

„Die Polizei wird wahrscheinlich nur die Autobahnzu- und abfahrten kontrollieren. Ich würde an Simbachs Stelle die Autobahnen meiden." sinnierte Hart.

„Wenn wir hier noch lange stehen, dann ist er jedenfalls schon an der holländischen Grenze bevor wir das Auspuffrohr des Passats gesehen haben", bemerkte Claudia trocken mit erwartungsvollem Blick auf ihn.

„Du hast recht. Wir müssen uns entscheiden." Er legte die Autokarte vollständig zusammen und gab Meppen als Zielort in sein Navigationssystem ein. „Ich glaube mit Holland liegen wir richtig. Ich erinnere mich jetzt auch an diesen Zettel in Simbachs Portemonnaie auf dem *Greetje 23.11.- 23* stand. Vielleicht ein Geburtsdatum. Könnte also auch sein, dass Simbach Verwandte in den Niederlanden hat."

„Müssen wir nicht die Polizei verständigen, Rigidus?"

„Ich glaube nicht, dass wir das müssen. Hauptkommissar Behrends wird alle Möglichkeiten in alle Fluchtrichtungen berücksichtigen. Was wir hier vorhaben, liebe Claudia, ist erstens ziemlich spekulativ und zweitens hätten wir immer noch die Chance, polizeiliche Verstärkung anzufordern, wenn wir wirklich auf Simbach stoßen sollten." Er sah seine Freundin lächelnd an. „Es kann auch sein, dass wir hier eine Geisterfahrt antreten und Simbach ganz woanders abgetaucht ist. Dann ersparen wir uns die bissigen Bemerkungen eines Kommissars Schubert und machen in Holland ein paar Tage Urlaub. Einverstanden?" Er drückte liebevoll ihre Hand. Das Strahlen auf Claudias Gesicht lud zu mehr Zärtlichkeiten ein. Mannhaft verdrängte er den Gedanken daran, legte den Sicherheitsgurt an und ließ den Porsche mit allen Pferdestärken vom Seitenstreifen auf die Straße schießen. Das Navi zeigte als Endziel Meppen an.

Hart jagte den Sportwagen in halsbrecherischer Geschwindigkeit. Unzählige Male übertrat er die Geschwindigkeitsbeschränkungen. Wenn er wirklich eine Chance haben wollte, Simbach noch vor der holländischen Grenze einzuholen, dann musste er dieses Risiko eingehen. Claudia saß verkrampft und auch ängstlich schweigend neben ihm. Sie wollte ihn nicht durch Gespräche in seiner Konzentration stören.

Auf wenig befahrenen Landstraßen ging er wegen der Gefahr eines Wildunfalls mit der Geschwindigkeit etwas runter. Claudia atmete dann erleichtert durch. Hinter Lastrup verlief die Straße weniger kurvenreich, und Hart drehte wieder auf. Zweifel tobten wie wild gewordene, kleine Teufel in seinem Kopf. *Traf die*

Einschätzung zu, dass Simbach schlicht das Gegenteil von dem tat, was er angekündigt hatte? Simbach war in jeder Hinsicht unberechenbar. Was war, wenn Simbach gar nicht den kürzesten Weg zur holländischen Grenze genommen hatte? Wenn er abseits der Bundesstraße irgendwo in einer kleinen Gastwirtschaft gerade sein Abendbrot verzehrte und sie an ihm schon vorbeigeschossen waren?

Wenn, wenn, wenn ...

Claudia hatte sich zurückgelehnt und hielt für einen Moment die Augen geschlossen. Das konzentrierte Aufpassen auf das Kennzeichen OHZ-U 100 bei jedem Fahrzeug, das sie überholten, ermüdete. Auf der Landstraße war zum Glück sehr viel weniger Verkehr.

Hart wischte sich mit der Linken über die schweißnasse Stirn. Entweder waren es die vielen Schmerztabletten oder das angestrengte Fahren, das seinen Kreislauf überstrapazierte. Vielleicht auch beides.

Der Porsche näherte sich mit 130 km/h einem erleuchteten Gebäude auf der rechten Fahrbahnseite. Instinktiv verringerte er die Geschwindigkeit. Noch war die Entfernung zu groß, um zu erkennen, ob es sich um eine Tankstelle oder einen Gasthof handelte.

Blaue Hinweisschilder auf einen LKW-Parkplatz deuteten auf einen Gasthof für Fernfahrer hin. Viele holländische Fernfahrer nahmen diese Route. Der Name des Gasthofes wurde kurz darauf auf einem beleuchteten Werbeschild angezeigt. Hart nahm den Fuß vom Gaspedal und ließ den Wagen mit 70 km/h vorbeirollen.

Auf dem Parkplatz für PKW's standen nur wenige Fahrzeuge. Der für die Brummis schien besser belegt zu sein.

Gerade vorbei an dem Gasthof, trat er plötzlich scharf auf die Bremse. Claudia, die eingenickt war, wurde nach vorn geschleudert. Nur der Sicherheitsgurt bewahrte sie vor einem Aufprall gegen das Armaturenbrett.

„Rigidus, was ist denn los?", schrie sie erschreckt.

„Entschuldige." Er wendete den Wagen mitten auf der Straße und fuhr langsam zurück. „Ich meine, vor dem Lokal einen schwarzen Passat gesehen zu haben. Und zumindest hatte er das Kennzeichen OHZ. Den Rest werden wir gleich feststellen."

Angestrengt spähten sie beide zu den parkenden Autos vor dem Gebäude.

„Bingo! Sieh Dir das an, Claudia. Es ist wirklich der Wagen mit dem Kennzeichen OHZ-U 100."

Er musste nicht lange überlegen, wie er vorzugehen hatte. Wenn Simbach noch im Restaurant saß, würde es verhältnismäßig einfach werden ihn festzuhalten, bis die Polizei ihn verhaften konnte. Sollte er ein Zimmer genommen haben, um hier zu übernachten und sich nicht mehr im Lokal aufhalten, würde es etwas schwieriger werden. Er müsste den Wirt um Unterstützung bitten. Da er aber keinerlei Legitimation vorweisen konnte, würden erst Telefonate mit Behrends erforderlich werden.

Langsam fuhr er bis zum LKW-Parkplatz, der nur knapp dreißig Meter entfernt war, und setzte den Porsche direkt vor einen Laster mit Fahrtrichtung Holland. Er betätigte noch einmal den Scheibenwischer bevor er den Motor abstellte, weil es plötzlich heftig zu schneien begonnen hatte.

„Pass auf, Claudia, ich gehe mal um das Haus

herum, um die Lage zu peilen. Ich muss wissen wo und wieviele Nebeneingänge es gibt.und ob Simbach in der Gaststube sitzt. Du bleibst im Wagen. - Hier" er gab ihr das Fahndungsfoto „kannst dir das Konterfei von Simbach so lange einprägen. Wenn ich mir einen Überblick verschafft habe, rufe ich Behrends an."

Hart schloss behutsam die Autotür, schlug den Jackenkragen hoch und verschwand ins Dunkle.

***

Simbach lehnte sich entspannt zurück und ließ seinen Blick durch den Gastraum schweifen. Hauptsächlich Lastwagenfahrer, die wie er, einen späten Imbiss zu sich genommen hatten und ihr letztes Bier tranken. Danach würden sie draußen noch eine rauchen – jedenfalls die meisten von ihnen – und dann in die Kojen ihrer Führerhäuser klettern. An einem der Tische saßen zwei Männer, die holländisch miteinander sprachen. Offensichtlich wollten sie im Gasthof übernachten, denn Ihre Zimmerschlüssel lagen neben den Biergläsern.

Mehrmals hatte er zu ihnen hinübergeschaut, weil er sie nicht sicher als Fernfahrer identifizieren konnte. Aber die beiden wirkten auch nicht wie Polizeibeamte in Zivil. Trotzdem schaute er nervös auf seine Armbanduhr. Es wurde Zeit für ihn. Mit einem Fünfzigeuroschein winkte er der hinter dem Tresen gelangweilt an einer Cola nippenden Bedienung.

Bisher war alles einigermaßen glatt gelaufen. Bis auf die verspätete Übergabe des Autos. Das hatte ihn geärgert, aber er tröstete sich damit, dass die Polizei, wenn sie denn hinter den Autokauf käme, seine

Verfolgung in Richtung Kiel aufnehmen würde. Sein Vorsprung war groß genug, um hier, wenige Kilometer vor der Grenze, eine erste Pause zu machen. Seit dem Morgen hatte er nichts Richtiges mehr gegessen.

Er bezahlte, steckte das Wechselgeld achtlos in die Lammfelljacke und stand auf, um die Toilette aufzusuchen. Die Pelzmütze noch in der Hand verließ er die Gaststube. Die WC-Räume lagen am Eingangsflur.

In dem Moment als er den Flur betrat und erstaunt feststellte, dass es schneite, gingen die Lichter eines Autos aus, dass vor dem LKW-Parkplatz hielt. Durch das Schneetreiben erkannte er einen roten Porsche. Ein Erschrecken ließ ihn sekundenlang erstarren.

„Der Porschefahrer" murmelte er verblüfft. Ein Zittern durchlief seinen Körper. *Wie hatte der verfluchte Hund ihn finden können? In den Rundfunknachrichten hieß es, er würde tagelang im Krankenhaus liegen müssen.*

Die junge Frau, die im gleichen Augenblick als die Autotür geöffnet wurde durch die Innenbeleuchtung zu erkennen war, hatte Ähnlichkeit mit der Freundin von der Heumacher, die er in der Villa gesehen hatte. Es traf Simbach wie ein Schlag vor den Kopf. Der Porschefahrer verschwand jetzt im Dunkeln beziehungsweise im immer stärker werdenden Schneegestöber.

Mit zwei, drei Sätzen stürmte er in die Herrentoilette und schloss sich ein. Sollte der Porschefahrer tatsächlich hinter ihm her sein oder war es einer dieser verrückten Zufälle, die den verhassten Widersacher gerade auf diesem Parkplatz halten ließ, um seine Blase zu entleeren?

Wenn das so wäre, würde er wahrscheinlich gleich weiterfahren. Darauf deutete auch, dass die junge Frau im Auto sitzengeblieben war. Simbach zündete sich mit zittrigen Händen eine Zigarette an. Nach dem ersten tiefen Lungenzug durchzuckte ihn die Frage, warum der Porschefahrer nicht mit der Heumacher unterwegs war, sondern mit dieser jüngeren Frau. *Trieb der Hurensohn es jetzt mit der Jüngeren?*

Sofort kam wieder der ganze aufgestaute Hass in ihm hoch als er an den missglückten Versuch, Anna Heumacher zu töten, dachte.

Er horchte, ob auf dem Flur jemand war und schlich vorsichtig zurück zur Eingangstür. Der Porsche stand immer noch da. Ob im Wageninneren jemand saß konnte er wegen des dichten Schneetreibens nicht mehr sehen. Vielleicht ist jetzt die beste Gelegenheit unbemerkt zum Auto zu kommen, dachte er. Der Porschefahrer kann mich bisher unmöglich gesehen haben.

Simbach zog sich die Pelzmütze tief ins Gesicht und ging nach allen Seiten spähend nach draußen. Ein wahrer Schneesturm empfing ihn, so dass er sich die Hand schützend vor die Augen hielt.

Er spurtete los zu seinem Auto, das vielleicht zwanzig Meter von dem Porsche entfernt vor dem Hotelanbau stand.

Der Zusammenprall der beiden Personen im dunklen Schneetreiben kam so unverhofft und plötzlich, dass beide strauchelten und sich aneinander festhielten um nicht hinzufallen. Simbach, dem die Pelzmütze vom Kopf gerutscht war, richtete sich erschrocken auf. Beide starrten sich an. Claudia drohten die Sinne zu schwinden, als sie erkannte wen sie vor sich hatte. Geschockt, plötzlich dem Mann zu begegnen, der sie kaltblütig hatte umbringen wollen, drohten ihr die Knie einzuknicken. Gebannt starrte sie Simbach in das verzerrte Gesicht. So sah also ein Mörder in Wirklichkeit aus. Bis auf den Spitzbart glich er genau dem Bild, das Rigidus ihr gegeben hatte. Aber ein Mördergesicht auf einem Foto anzusehen, war etwas ganz anderes als ihm in der Realität zu begegnen.

Wenn sie jetzt laut schreien würde, hätte sie vielleicht eine Chance, dass ihr Hilferuf gehört würde. Aber es kam kein Laut aus ihrer Kehle. Wie abgeschnürt fühlte sich ihr Hals an. Ein Alptraum!

Simbach fasste sich schneller. Blitzartig schossen seine Hände vor und ergriffen ihren rechten Arm. Brutal drehte er ihn auf den Rücken. Ihr spitzer Aufschrei erstarb zum kläglichen Jammerlaut hinter der Pelzmütze, die er ihr mit der Linken auf das Gesicht presste.

Es waren nur noch wenige Meter bis zu seinem Wagen.

Simbach drückte ihr die Pelzkappe noch fester auf Mund und Nase, um ihre Gegenwehr im wahrsten Sinne des Wortes zu ersticken. „Hören Sie verdammt noch mal mit dem Gestrampel auf", fauchte er ihr ins Ohr. „Los, bewegen Sie sich vorwärts!"

Das Gegenteil trat ein. Claudia war dem Ersticken nahe. Simbach stemmte sich gegen das Schneetreiben und schob die stolpernde Claudia Dohrmann vor sich her. Von dem Druck mit der Pelzkappe auf ihr Gesicht ließ er erst ab, als er sie auf den Beifahrersitz bugsiert hatte.

Hart kam von der Rückseite des Gebäudes zurück. Keine Spur von Simbach. *Wahrscheinlich fühlte der*

Kerl sich so sicher, dass er ein Hotelzimmer genommen hatte. Er hatte den Vordereingang noch nicht erreicht, als ein Auto ohne Scheinwerferlicht mit durchdrehenden Reifen auf ihn zukam. Ganz nah schleuderte der Wagen an ihm vorbei. Auf dem Beifahrersitz erkannte er zusammengekauert Claudia. Simbach, der das Auto steuerte schien ihn nicht bemerkt zu haben.

Hart riss entsetzt die Augen auf. „Verdammt!" fluchte er. Dann hatte er die Schrecksekunde überwunden und stürmte los zu seinem Porsche. Eiskalte Wut erfasste ihn. Sekunden später hatte er Mühe, den durch übermäßige Beschleunigung ins Schlingern geratenen Wagen abzufangen.

Auf der Landstraße zeichneten sich die Reifen des Passats deutlich in dem liegen bleibenden Schnee ab. Der Schneefall hatte in den letzten Minuten kräftig zugenommen, so dass ein schnelles Fahren zum Risiko wurde.

Er rechnete damit, dass Simbach wieder irgendeinen Haken schlagen würde, denn auf der wenig kurvenreichen Landstraße hatte der keine Chance, dem Porsche zu entkommen. Hart brauchte unbedingt Sichtkontakt zu dem Flüchtigen. Das war nicht so einfach. Die Sichtweite betrug nicht mehr als fünfzehn bis zwanzig Meter bei dem Schneetreiben.

Noch konnte er keine Rücklichter erkennen. Er beschleunigte ungeduldig, mit dem Erfolg, dass der hochmotorisierte Sportwagen auf der glatten Fahrbahn sofort seitwärts ausbrach. Geschickt korrigierte er die Fahrtrichtung, brachte das Fahrzeug auf die Straßenmitte und drosselte die Geschwindigkeit.

Angestrengt versuchte er durch das Schneetreiben, die Straßenränder zu erfassen. Simbach konnte in einen Feldweg abgebogen sein. Seine Augen begannen zu tränen. Flüchtig wischte er sich über das Gesicht. Plötzlich tauchten Rückleuten auf. Sofort verringerte er die Geschwindigkeit. Das Kennzeichen war nicht zu erkennen, aber es musste sich um den Passat handeln, so viel konnte er vom Heck des Wagens erkennen. Vorsichtig gab er wieder Gas, um dichter heranzufahren. Die Tachonadel im Porsche ging auf sechzig Stundenkilometer. Es war gefährlich, noch dichter aufzufahren. Wenn der Wagen vor ihm bremste, käme es bei der Straßenglätte unweigerlich zum Crash. Der Gedanke, dass Claudia dadurch verletzt werden könnte, ließ ihn mit der Geschwindigkeit wieder leicht heruntergehen.

Die Rückleuchten verschwanden sofort im Nichts. Er beschleunigte wieder leicht, konnte jetzt aber nur noch die tanzenden Schneeflocken im Scheinwerferlicht sehen.

Ganz vorsichtig erhöhte er nochmals die Geschwindigkeit. Im gleichen Augenblick erkannte er fast unmittelbar vor sich Bremslichter, die wild hin und her schlingerten und dann plötzlich nicht mehr zu sehen waren.

Der Passat mit Simbach und Claudia musste entweder im Straßengraben gelandet oder von der Straße abgebogen sein. Hart trat voll auf die Bremse, aber der Porsche rutschte mit der Stotterbremse mindestens dreißig Meter weiter.

Er ließ die Scheibe herunter und steckte den Kopf nach draußen. Zu hören war außer dem Wind ein entferntes Motorengeräusch, dass immer leiser wurde.

Er wendete mitten auf der Straße. Der Gedanke, was passieren würde, wenn jetzt ein LKW kam, durchzuckte ihn kurz. Doch seine Konzentration galt sofort wieder den beiden Straßenseiten, als er langsam zurückfuhr. Irgendwo musste der Passat abgebogen sein. Beinahe hätte er die frische Autospur, die auf einem Feldweg zu einem Waldstück auf der linken Straßenseite führte, übersehen.

Er lenkte den Porsche auf die Reifenspur im Schnee und beschleunigte. Ohne auszubrechen schoss der Wagen auf dem Schotteruntergrund vorwärts. Nach etwa einhundert Metern führte der Weg in den Wald. Die Sicht wurde besser und wenig später und sah er die Rückleuchten vor sich. Obwohl Simbach jetzt rücksichtslos auf das Gaspedal trat, holte der Porsche langsam auf.

Beide Fahrzeuge fuhren mit halsbrecherischem Tempo durch den Wald. Der Schnee bedeckte hier unter den Bäumen kaum den Boden. Aber der Weg wurde immer schmaler und tiefhängende Äste knallten gegen Kotflügel und Seitentüren. Außerdem gab es Schlaglöcher, die ihn beim Durchfahren mit dem Kopf bis ans Dach schleuderten. Der Passat war jetzt nur noch knapp dreißig Meter vor ihm.

Hart riskierte einen Blick zum Tacho. Mehr als siebzig Stundenkilometer. Fast im gleichen Augenblick gab es einen ohrenbetäubenden Knall. Deutlich sah er im Scheinwerferlicht, wie sich der Passat überschlug. Alle vier Türen flogen durch den Aufprall auf und das Auto ragte kurz gespenstisch in den Himmel bevor es auf dem Dach aufschlug und liegen blieb.

Nur wenige Meter vor der Unfallstelle bekam Hart den Porsche zum Stehen. Ein Baum, der quer über dem Weg lag, war dem Flüchtigen zum Verhängnis geworden.

Vorsichtig näherte er sich dem Autowrack. Ein leises Stöhnen ließ ihn innehalten und lauschen.

„Claudia?" Seine Stimme klang gebrochen. Er räusperte sich und wiederholte den Ruf.

„Hier."

Er lief in Richtung der weinerlichen Stimme los. Etwa fünf bis acht Meter weit musste sie aus dem Auto geschleudert worden sein. Er stolperte über einen dicken Ast am Boden und versuchte dann, im Scheinwerferlicht des Porsche etwas zu erkennen. In dem Moment, als er das dunkle Bündel am Boden entdeckte, explodierte der Tank des Unfallautos.

Hart warf sich intuitiv vorwärts, um die Verunglückte mit seinem Körper vor dem Explosionsdruck und herumfliegenden Teilen aus dem Auto zu schützen. Einen Aufschrei konnte er nicht zurückhalten, als er mit den angebrochenen Rippen auf dem Waldboden aufschlug. Er biss die Zähne zusammen und zog Claudia vorsichtig weiter weg von der Brandgefahr.

„Claudia, bist du verletzt?"

„Mein Arm!", stöhnte sie. „Ich kann meinen rechten Arm kaum bewegen."

„Hast du sonst irgendwo Schmerzen?"

„Nein." Sie machte eine kurze Pause. „Was ist mit Simbach? Ich glaube er war angeschnallt."

Hart zeigte auf das brennende Auto. „Überzeuge dich selbst."

„Vielleicht lebt er noch, Rigidus.?"

„Okay, bleib so liegen. Ich sehe kurz nach."

Er näherte sich vorsichtig dem brennenden Wrack.

Die Flammen fanden hauptsächlich Nahrung im Rückbankbereich und schlugen noch nicht besonders hoch. In sicherer Entfernung ging er herum zur Fahrerseite. Er fand Simbach eingeklemmt zwischen Lenkrad und Sitz. Der Kopf hing unnatürlich verdreht neben der linken Schulter.

Die Hitze des Feuers wurde stärker. Es fraß sich weiter nach vorn. Kurz entschlossen machte Hart einen Schritt vorwärts, packte den herunterhängenden Arm Simbachs und zerrte den schmächtigen Mann nach draußen. Er war nicht, wie Claudia vermutete, angeschnallt gewesen. Nur hatte er nicht das Glück gehabt, herausgeschleudert worden zu sein, sondern wurde durch den schrägen Aufprall gegen das Armaturenbrett geschmettert. Der Passat hatte kein Airbag.

Hart schleppte den leblosen Körper weiter weg von dem brennenden Auto. Erst dann tastete er nach der Halsschlagader des Mannes. Es war kein Puls zu fühlen. So wie der Kopf verdreht vor ihm lag, sah es ganz nach einem Genickbruch aus.

Er wendete sich ab und ging zurück zu Claudia. Mitleid empfand er nicht mit dem Toten.

„Er ist tot." berichtete er.

Trotz der Dunkelheit bemerkte er das Erschrecken auf dem Gesicht von Claudia, die sich an einen Baumstumpf gelehnt hatte. Das gleiche Schicksal hätte auch sie ereilen können.

Vorsichtig half er ihr beim Aufstehen und trug sie dann zum Porsche, der mit laufendem Motor Wärme und Geborgenheit versprach.

Claudias rechter Arm war entweder gebrochen oder stark geprellt. Sie stöhnte vor Schmerzen, als er sie auf den Beifahrersitz bugsierte.

Als Erstes bat er über den Notruf um einen Krankenwagen. Claudia sah blass und eingefallen aus. Das Risiko, sie selber zu transportieren, wollte er nicht eingehen. Es war nicht auszuschließen, dass sie auch innere Verletzungen durch das Herausschleudern erlitten hatte. Die Beschreibung des Standortes, an dem er sich befand, gestaltete sich schwierig. Die Notrufzentrale kannte zwar den Gasthof, von dem aus Simbach die Flucht ergriffen hatte, aber es gingen dutzende von Feldwegen in die angrenzenden Wälder ab. Hart bat um einen Augenblick Geduld und konnte dann anhand des eingeschalteten Navis seine genaue Position durchgeben.

Danach rief er Hauptkommissar Behrends an, gab einen kurzen Bericht über die Ereignisse des Abends und bat ihn, die hiesige Polizei zu verständigen, um den Unfall aufzunehmen.

„Und Sie sind sicher, dass Simbach tot ist?", fragte Behrends nach.

„Ja, ich bin ganz sicher, obwohl ich kein Arzt bin und die eigentliche Todesursache natürlich noch festgestellt werden muss."

„Haben Sie etwas von dem Geld retten können? Er müsste es doch im Auto dabeigehabt haben."

„Nein. Von dem Geld habe ich nichts gesehen. Wenn er es bei sich hatte, dürfte es wohl verbrannt sein. Da ich keinen Feuerlöscher an Bord habe, kann ich hier im Moment auch nichts gegen das Feuer ausrichten." Es entstand eine kurze Gesprächspause, bevor er etwas ungehalten fortfuhr. „Wir stehen hier mitten in einem Waldstück, Herr Behrends, und ich hatte alle

Hände voll zu tun, um Frau Dohrmann zu versorgen und Simbach aus dem brennenden Auto zu ziehen." Seine Ungeduld in der Stimme war nicht zu überhören.

Der Hauptkommissar reagierte gewohnt einfühlsam, indem er ihm versicherte, sofort Feuerwehr und Schutzpolizei bei den niedersächsischen Kollegen in Bewegung zu setzen. Er selber sei gleich wieder im Präsidium und würde dort auf den Anruf von Hart warten, um zu hören, wie schwer die Verletzungen von Frau Dohrmann seien.

14. Kapitel

Es dauerte etwa dreißig Minuten, bevor Krankenwagen und kurz darauf Feuerwehr und Polizei an der Unfallstelle eintrafen. Claudia hatte Hart berichtet, wie es zu der Geiselnahme durch Simbach gekommen war. Der Drang zur Toilette sei nicht mehr auszuhalten gewesen, erzählte sie. Deshalb hatte sie das Auto verlassen und gehofft, ungesehen in Dunkelheit und Schneetreiben die WC's zu erreichen. Sie sei gerannt und plötzlich mit jemandem zusammengestoßen.

„Es war so entsetzlich, Rigidus, als ich dieses Mördergesicht so dicht vor mir sah."

Er streichelte ihr tröstend den gesunden Arm und beruhigte sie, dass ja nun alles überstanden sei.

Die vielen Scheinwerfer und Blaulichter wirkten gespenstisch in der Dunkelheit.

Hart bestand darauf, dass Frau Dohrmann in einem Krankenhaus gründlich durchgecheckt wurde, während er dem Notarzt zuschaute, wie der Claudias Arm an ihrer rechten Seite mit einem Klebeverband am Oberkörper fixierte.

Da der Porsche durch die Rettungsfahrzeuge eingeklemmt war, gab Hart einem jungen Polizisten seine Wagenschlüssel, mit der Bitte, das Auto nach Meppen zu fahren. Er würde im Krankenwagen bei der Verletzten bleiben und später nach Abschluss der Untersuchungen im Krankenhaus seinen Wagen von der Polizeiwache abholen.

Der Krankenwagen fuhr mit Blaulicht nach Meppen direkt zum Ludmillenstift. Claudia wurde zunächst in der ambulanten Unfallstation von dem diensthabenden Arzt untersucht. Eine genaue Diagnose, woher die Schmerzen im Arm beziehungsweise Schultergelenk kamen, wollte er aber erst nach Auswertung einer Computertomographie abgeben. Gebrochen schien nichts zu sein, weshalb auf eine Röntgenaufnahme verzichtet wurde. Sonstige innere Verletzungen schloss der Arzt aus, zumal die Patientin auch keine diesbezüglichen Beschwerden äußerte.

Während man versuchte, einen Radiologen aufzutreiben, musste Hart auf dem Gang vor dem Zutritt zur Nuklearmedizin warten. Er nutze die Zeit, um ausgiebig mit Behrends zu telefonieren, der sich erleichtert zeigte, dass Frau Dohrmann bei dem Unfall scheinbar glimpflich davongekommen war.

„Die Feuerwehr hat übrigens in dem Waldstück, nicht weit von dem ausgebrannten Passat, eine Tasche mit Geld gefunden. Nur Fünfzigeuroscheine. Es ist anzunehmen, dass es sich um das von Simbach erpresste Lösegeld handelt. Gezählt hat es noch niemand", berichtete der Hauptkommissar müde, aber zufrieden mit dem Ausgang der letzten Stunden.

„Muss wohl auch durch den Unfall herausgeschleudert worden sein", erwiderte Hart erfreut. „Ich werde mit Frau Dohrmann hier in Meppen den Rest der Nacht in einem Hotel verbringen, falls sie nicht stationär weiterbehandelt werden muss. Ich melde mich morgen wieder."

„In Ordnung. Dann wünsche ich Ihnen und Frau Dohrmann gute Genesung und eine erholsame Nacht."

„Ja, danke. Gibt es übrigens schon ein Ergebnis, ob das Blut an dem Nagel im Speichergebäude von Simbach ist?"

„Wahrscheinlich. Es liegt mir aber noch nicht vor. Hier geht im Augenblick alles ein wenig ungeordet zu. Aber Montag werden wir mehr wissen."

„Okay, dann gute Nacht, Herr Behrends."

Nachdem auch der Hauptkommissar noch einmal eine gute Nacht gewünscht hatte, beendeten beide das Gespräch und Hart widmete sich dem nicht ganz einfachen Unterfangen, zu dieser nächtlichen Zeit, telefonisch ein Hotelzimmer aufzutreiben.

Über eine Stunde dauerte es noch, bevor Claudia das Abschlussgespräch mit dem Arzt geführt hatte. Völlig übermüdet, aber glücklich kam sie auf den Flur, wo Hart sich auf einer Bank ausgestreckt hatte, und berichtete, dass ihr außer einer Badewanne mit heißem Wasser nichts fehle und die Schmerzen in der Schulter nur Folgen einer schmerzhaften Prellung seien.

Das Hotel, in dem Hart sich angemeldet hatte, befand sich ganz in der Nähe des Ludmillenstiftes. Keine zehn Minuten zu Fuß, versicherte eine freundliche Krankenschwester, und erklärte ihnen den Weg.

***

Hauptkommissar Behrends griff zum Telefonhörer. Pünktlich um neun Uhr am heutigen Montag hatte Schubert ihn davon in Kenntnis gesetzt, dass der DNA Vergleich negativ ausgegangen sei.

Von Simbach stammte das frische Blut an dem Nagel auf dem Dachboden des Speichers, von dem aus der tödliche Schuss auf Otto Heumacher abgegeben worden war, jedenfalls nicht. Damit wurde es auch immer unwahrscheinlicher, dass Simbach als Schütze infrage kam. Natürlich war das kein Beweis dafür, aber an Simbach selber als Todesschützen gab es jetzt doch erhebliche Zweifel.

Er wählte die Rufnummer von Architekt Trautmann, bei dem Hart immer noch wohnte.

„Behrends hier. Guten Morgen, Herr Trautmann. Ich möchte Herrn Hart ungern über Handy anrufen, da ich nicht weiß, ob das gerade angebracht ist. Er hat sich seine Ruhe mehr als verdient. Wir haben ihm außerordentlich viel zu verdanken. Ohne ihn, wären wir mit unserer Polizeiarbeit lange nicht so weit gekommen."

„Na, nun übertreiben Sie man nicht, Herr Behrends", unterbrach ihn der Architekt.

„Nein, nein, es ist so wie ich sage. – Ist denn Herr Hart schon aus Meppen zurück, so dass ich ihn sprechen könnte?"

„Nein. Ich weiß gar nicht, dass er in Meppen ist oder sein sollte. Da sind sie wohl besser informiert."

„Hm, wenn er sich bei Ihnen meldet, sagen Sie ihm bitte, er möchte mich im Büro anrufen. Auf Wiederhören, Herr Trautmann."

Der Hauptkommissar legte auf und lehnte sich mit geschlossenen Augen zurück. Es war ein verdammt anstrengendes Wochenende gewesen. Seit Donnerstag der letzten Woche praktisch im Dauereinsatz. Nicht einmal die Ergebnisse der Clubmeisterschaften hatte er nachgefragt.

Der Fall Simbach war eigentlich so gut wie abgeschlossen. Er hatte durch seinen Tod der Polizei viel Arbeit erspart. Erleichterung spürte er als Chef der Mordkommission besonders darüber, dass kein

Nachspiel wegen der indirekten Gewaltandrohung gegen Simbach zu befürchten war. Das war bei seinem Kollegen Daschner im Fall der Kindesentführung leider ganz anders gewesen.

Aber immer noch lief draußen ein Mörder frei herum.

Die DNA half bisher bei der Suche nach dem Täter überhaupt nicht weiter, weil sie in keinem Zentralregister bundesweit erfasst war. Außerdem war auch gar nicht sicher, ob das Blut an dem Nagel überhaupt von dem Attentäter stammt. Nicht die geringste Spur, die sie hatten. Seine Beamten hatten fleißig gearbeitet. In Hotels und Pensionen nachgefragt, ob irgendein Gast sich auffällig verhalten hatte seit dem Mord an Otto Heumacher. Ob plötzliche Abreisen vorgekommen sind.

Nichts! Nicht der geringste Ansatzpunkt an irgendeiner Stelle weiter zu ermitteln. Der Speicher stand seit Jahren leer. Er gehörte einer Erbengemeinschaft, die sich nicht einigen konnte, was mit der Immobilie geschehen sollte. Keiner konnte Auskunft geben, wer das Schloss der einen Tür ausgebaut hatte und warum. Es gab keine verwertbaren Fingerabdrücke. Im ganzen Gebäude nicht.

Über siebzig Berufspendler, die immer die gleiche Strecke zur gleichen Zeit fuhren, wurden befragt, ob sie irgendetwas gesehen hätten, was zur Aufklärung der Tat beitragen könnte.

Nichts. Kein Zeuge, der den Schützen gesehen oder etwas Auffälliges beobachtet hatte. Es war nicht einmal nachweisbar, dass das Blut an dem Nagel überhaupt vom Täter stammen musste.

Und was noch deprimierender war, es gab auch,

außer der anscheinend misslungenen Erpressug, kein erkennbares Motiv für den Mord. Abgesehen von Spekulationen, die besonders Schubert vertrat, dass Frau Heumacher aus Habgier oder einer ihrer Verehrer dahinter stecken könnte, hatte Simbach das stärkste Motiv.

Natürlich ermittelten seine Beamten auch in Richtung Anna Heumacher, aber bisher gab es nicht den geringsten Schimmer eines begründeten Verdachtes.

Langsam öffnete er wieder die Augen und beugte sich vor, um die vielen Berichte seiner Mitarbeiter, die sich auf dem Schreibtisch angesammelt hatten, durchzusehen.

Am späten Nachmittag klingelte sein Telefon und er wurde mit Hart verbunden.

„Danke für Ihren Rückruf, Herr Hart", nahm er den Anruf entgegen. „Wie geht es Ihnen nach all den Strapazen? Werden Sie sich zur Weiterbehandlung wieder ins Krankenhaus begeben müssen?"

„Ich glaube das Krankenhaus kann auch nicht mehr an Therapie anbieten, als mich ruhigzustellen. Nein, nein ich werde zu Hause schneller gesund als in einem Krankenzimmer."

„Gut. Der DNA Vergleich ist negativ. Das wollte ich Sie wissen lassen. Das Blut an dem Nagel auf dem Dachboden stammt definitiv nicht von Simbach. Wir haben von dem Attentäter nicht die geringste Spur."

„Profi also!", kommentierte Hart

„Sieht ganz so aus." Hauptkommissar Behrends ließ seine Gedanken einen Augenblick lang um den Begriff Profi kreisen. „Wenn es wirklich ein Profikiller war, dann muss es auch einen Auftraggeber geben.

Vielleicht ist das der uns fehlende Ansatzpunkt, um irgendwie auf eine Spur zu stoßen."

„Als ich Frau Heumacher am Freitag bat, im Tresor ihres Mannes nach einem Anhaltspunkt suchen zu dürfen, ob er das Lösegeld bezahlt hatte, fand ich eine Aktennotiz von Heumacher. Der Vermerk bezog sich auf ein Telefonat mit einem anonymen Anrufer, der ihm – Otto Heumacher – eine angemessene Strafe androhte, weil er sich bei der Angebotsabgabe für den Bau einer Großdeponie in Schweden nicht an die Preisabsprache gehalten hatte. Angemessen war in Anführungszeichen gesetzt."

„Kein Name auf dem Papier?"

„Nein. Wie gesagt, es war ein anonymer Anrufer. Der genaue Text der Notiz lautete:

Anonymer Anruf am 17.10.2004: Ich soll mir etwas einfallen lassen, wie ich glaubhaft den Auftrag für den Neubau einer Großdeponie in Göteborg zurückgeben kann, anderenfalls müsste ich mit einer „angemessenen" Sanktion rechnen, weil ich mich nicht an die Preisabsprache gehalten habe. Alles Quatsch! Preisabsprache hat es mit mir nicht gegeben, weil ich zukünftig gar nicht mehr mitbieten will. – Angemessen, stand in Anführungszeichen dort. Vielleicht befinden sich ja weitere Hinweise in der Aktenlage des Bauunternehmens."

„Sehr interessant, Herr Hart. Ich bewundere Ihr fotografisches Gedächtnis. Ich kann Ihnen verraten, dass es eine internationale Deponiemafia gibt. Nur wenige Firmen sind in der Lage, solche Spezialaufträge auszuführen, und diese wenigen teilen den Kuchen untereinander auf. Es ist den Behörden leider noch nicht gelungen, derartige Preisabsprachen und

Machenschaften zu beweisen. Scheinbar ist aber die Firma Otto Heumacher da unwissend hineingestolpert."

„Sieht ganz so aus."

„Wir werden allerdings Interpol um Hilfe bitten müssen. Möglich, dass es ähnliche Fälle schon gab. Aber wir schließen auch Simbach als Auftraggeber nicht aus. Die Recherche um eine mögliche Erbschaft Simbachs ist nicht ganz einfach. Soweit wir erfahren haben, gibt es keine namensgkeichen Verwandten. In dem Ort wo er mit Hauptwohnsitz gemeldet war, bevor er das Appartemnt hier als neuen Wohnsitz eintragen ließ, ist nichts von einer Erbschaft bekannt. Letztlich weiß auch keiner ob der Erblasser überhaupt in Deutschland gelebt hat. Aber wir bleiben dran."

Beide philosophierten noch ein wenig über die Erfolgsaussichten den Mord aufzuklären, bevor ein anderer Anrufer dringend den Kripochef sprechen wollte.

„Weiterhin gute Genesung, Herr Hart. Und nochmals herzlichen Dank für Ihren selbstlosen Einsatz. Seien Sie sicher, dass wir den Mörder von Otto Heumann irgendwann schon fassen werden. – Übrigens möchte sich der Polizeipräsident noch persönlich bei Ihnen und Frau Dohrmann bedanken. Also werden Sie bald wieder ganz gesund und grüßen Sie Frau Dohrmann", verabschiedete er sich.

***

Am Dienstagmorgen erhielt Hart einen Anruf von Anna Heumacher. Sie wollte sich bei ihm bedanken und fragen was sie ihm als Honorar schuldig sei. Hart nannte ihr seinen Tagessatz und wenn sie sich großzügig erweisen wolle, würde er ihr gern die Reparatur der Lackschäden an seinem Auto ebenfalls in Rechnung stellen. Durch die wilde Fahrt auf dem Waldweg nahe Meppen, waren doch einige Kratzer durch die herunterhängenden Zweige entstanden.

„Selbstverständlich, Herr Hart." Sie druckste etwas herum, bevor sie mit dem Anliegen herausrückte, was wahrscheinlich der Hauptgrund des Telefonates war „Ich zahle Ihnen eine anständige Prämie zusätzlich zu Ihrem Tagessatz, wenn Sie den Mörder meines Mannes herausfinden."

„Liebe Frau Heumacher, die Polizei arbeitet mit Hochdruck daran den Mord aufzuklären. Gerade gestern Abend habe ich mit dem Chef der Kripo gesprochen. Ich wüsste nicht wie ich Ihnen da helfen kann."

„Doch, Herr Hart, Sie können. Sie haben doch ganz andere Möglichkeiten, über die kein Beamter verfügt, weil er stur nach dem Gesetz handeln muss."

„Wollen Sie andeuten, dass ich mit illegalen Praktiken meine Aufträge erledige?" Er grinste in sich hinein. So ganz Unrecht hatte die Heumacher ja nicht.

„Um Gottes willen. Nein, natürlich nicht. Aber zur Polizei habe ich nun einmal wenig Vertrauen."

Hart ließ sich Zeit mit einer Antwort. „Hm, ich weiß nicht. Es gibt nichts, was ich wüsste und die Polizei nicht. Wo sollte ich ansetzen? Ich könnte ..."

„Was ist mit diesem Hauser, der hier im Haus die Alarmanlage überprüft hat?" unterbrach sie ihn ungehalten. „Der Mann hieß Hauser. Mein Mann hatte ihn beauftragt."

„Das war kein anderer als Simbach selber. Er hat

sich mir gegenüber damit gebrüstet. Und Simbach ist tot." Hart hielt einen Augenblick inne „Wie, sagten Sie, hat sich Simbach genannt? Hauser?"

„Ja, als Hauser hat er sich mir vorgestellt und den Namen hatte mir auch mein Mann gesagt."

„Okay, Frau Heumacher, ich sage Ihnen nichts zu, aber ein paar Recherchen kann ich ja mal unternehmen. Möglich, dass ich deshalb in der Firma Ihres Mannes mit der Frau Richter sprechen muss."

„Bitte, tun Sie das. Ich bin Ihnen sehr dankbar Herr Hart. Auf Wiedersehen."

Sie hatte aufgelegt, bevor Hart antworten konnte. Der Name Hauser sagte ihm etwas. Er meinte ihn auf der Schreibtischunterlage des Bauunternehmers gelesen zu haben. Er suchte im Telefonverzeichnis seines Handys die Rufnummer der Bauunternehmung Heumacher.

„Hart hier. Ich möchte bitte Frau Richter sprechen" „Moment, bitte" hieß es aus der Vermittlung und dann meldete sich Frau Richter.

„Guten Tag, Frau Richter. Ich weiß nicht, ob Sie sich an mich erinnern; ich war neulich bei Ihnen um Kontoauszüge zu überprüfen. Sagen Sie, ist Ihnen der Name Hauser bekannt?"

Frau Richter brauchte nicht lange zu überlegen. „Ja, das ist der Inhaber der Firma *Home-Securitas*"

„Haben Sie eine Adresse oder Telefonnummer?

„Einen Augenblick." Er hörte wie in irgendwelchen Papieren geblättert wurde. „Hier habe ich sie. Wollen Sie mitschreiben oder soll ich ein Fax schicken?"

„Schicken Sie ein Fax an das Architekturbüro Trautmann. Ich hole es mir von dort. Und vielen Dank, Frau Richter. Wiederhören"

Hart lehnte sich zurück, um zu entspannen bevor er seinen Freund Viktor Trautmann anrief und darum bat, das Fax von der Frau Richter mit nach Hause zu bringen. Viktor Trautmann kannte Frau Richter durch jahrelange Zusammenarbeit.sehr gut.

Vieleicht, überlegte er, bestand ja tatsächlich die Möglichkeit über die Firma *Home-Securitas* etwas über Simbach herauszufinden, was bei der Suche nach dem Todesschützen weiterhalf. Dass ein Profikiller den Mord ausgeführt hatte stand für ihn außer Zweifel. Für Hart kamen nur zwei Auftraggeber des Killers in Frage, entweder Simbach oder diese Deponiemafia. Der Spur Deponiemafia ging die Kripo bereits nach. Er hatte Behrends selber darauf gebracht.

Aber wäre es nicht ein unglaublicher Zufall, dass ausgerechnet zur gleichen Zeit als Simbach den Unternehmer mit der Erpressung unter Druck gesetzt hatte, eine Verbrecherorganisation sich an Heumacher tödlich rächt? Und das, soweit er im Bilde war, für einen einzigen Auftrag, bei dem der Bauunternehmer sich nicht an Preisabsprachen gehalten haben soll?

An Hart nagte immer noch, dass er dem Auftrag Otto Heumachers Leben zu schützen nicht hatte genügen können. Irgendwie stand er noch in der Schuld des Bauunternehmers. Er fasste den Entschluss Anna Heumachers Auftrag anzunehmen.

Sein Freund Viktor gab ihm am Mittag das Fax mit einer Hamburger Adresse und Telefonnummer der Firma *Home-Securitas*. Hart wählte sofort und bekam nach einmal Freizeichen das Besetztzeichen. Er wählte gleich noch einmal mit dem gleichen Ergebnis.

Nach einem ausgiebigen Mittagessen zusammen mit

Viktor Trautmann versuchte er erneut die Hamburger Sicherheitsfirma zu erreichen. Wieder kein Anschluss. Weshalb erst nach einem Freizeichen das Besetztzeichen kam, führte er auf eine Rufumleitung zurück.

Sie saßen noch in dem Speiselokal und er erzählte Viktor, um was es bei den Anrufversuchen ging. Die Firma *Home-Securitas* war dem Architekten nicht bekannt.

„Du hast doch ein Zweigbüro in Hamburg, Viktor. Kennst du diese Adresse?"

„Ja, natürlich, gehört zu Hamburg-Neuland und liegt im Süden. Ist so ein kleiner Stadtteil zwischen Reitbrook und Heimfeld."

„Okay. Ich mach mich dann mal auf die Socken. Ist ja komisch, dass dort dauernd besetzt ist"

"Sieht danach so aus, als ob es sich um eine Briefkastenfirma handelt, Rigidus. In der Gegend gibt es eigentlich keine Gewerbebetriebe, reine Wohngegend."

„Könnte gut zu der ganzen Geschichte um diesen Simbach passen. Ich fahre da jetzt hin"

Trautmann und Hart standen auf. Sofort kam ein junges Mädchen mit Viktors Mantel und der Jacke von Hart zu ihnen geeilt. Trautmann war hier bestens bekannt und wurde wegen seiner großzügigen Trinkgelder zuvorkommend bedient.

„Was versprichst du dir eigentlich davon, wenn du zu dieser Adresse nach Hamburg fährst" fragte Viktor beim Hinausgehen.

„Weiß ich auch noch nicht. Dieser Hauser, alias Simbach, muss unter der Adresse ja irgenetwas laufen haben. Mal sehen, Viktor"

Hart stand vor dem rotgeklinkerten Doppelhaus und vergewisserte sich, dass die rechte Haushälfte die richtige Hausnummer hatte, die er suchte. Das eingeschossige Wohnhaus mit ausgebautem Dachgeschoss, wie die großen Dachfenster verrieten, machte einen gepflegten Eindruck. Ein Firmenschild war nicht zu entdecken. Am Briefkasten las er unter einem Streifen Tesafilm den Namen *Hanna Hauschild.*

Hart ging zu der Haustür der anderen Haushälfte und klingelte. Auf dem Namensschild stand *Adelheit Köster.* Er brauchte nicht lange zu warten. Eine ältere freundliche Frau öffnete die Tür und fragte was er wünsche.

„Entschuldigen Sie bitte die Störung, ich versuche telefonisch Frau Hauschild zu erreichen, bekomme aber immer nur ein Besetztzeichen. Wissen Sie ...“

„Da geht auch niemand mehr ans Telefon“ unterbrach ihn die Frau „Hanna Hauschild ist vor über zwei Monaten verstorben.“

„Oh,“ tat Hart erstaunt „Davon haben wir bisher nichts gewusst. Ich komme von der Allianz Versicherung, Abteilung Gebäudevielschutz. Frau Hauschild hat auf unser neuestes Versicherungsangebot nicht reagiert. Und da ich gerade in der Gegend bin, wollte ich mal nach dem Rechten schauen. Wissen Sie, manchmal ändert sich so einiges im Hausrat. Nicht, dass später eine Unterversicherung festgestellt wird.“ Wenn Anna Heumacher das mit *nicht stur an das Gesetz halten* gemeint hatte, dann war dies so ein Fall, konstatierte er zufrieden über die eigene Schlagfertigkeit.

„Den Weg hätten Sie sich sparen können, junger Mann. Die wertvollen Möbel, die Hanna besaß, wurden von ihrem Neffen rausgeschafft und verhökert. Eine Schande ist das."

„Von ihrem Neffen? Wie kommt der denn dazu?"

„Na, der hat doch das meiste geerbt." Sie trat jetzt etwas näher an Hart heran und flüsterte „Ein ganz ungepflegter Kerl, dieser Neffe. Und widerlich nach Alkohol hat er gerochen."

Hart hakte nach „Hatte Frau Hauschild denn überhaupt etwas zu vererben?"

„Hm, Hanna hat nie so direkt mit mir darüber gesprochen." Sie machte ein vielsagendes Gesicht und lächelte wissend „Aber wenn Sie mich fragen, war da nicht ganz wenig auf dem Sparkonto."

Hart lächelte zurück „Wie heißt denn der glückliche Neffe, der hier geerbt hat?"

„Weiß ich nicht. Sie hat früher nur mal erzählt, dass ihr einziger Verwandter ein Neffe ist, dem man übel mitgespielt hat. Geht mich ja auch nichts an."

„Tja, es gibt schon traurige Schicksalsschläge." philosophierte Hart „Sagen Sie, Frau Köster, haben Sie als gute Nachbarin zufällig einen Schlüssel für nebenan? Ich würde gern mal sehen, was von dem Hausrat denn nun noch vorhanden ist."

Für einen Augenblick sah sie ihn skeptisch an und fragte ob er in eine Schlägerei geraten sei. Als er ihr versicherte, dass es sich bei den blauen Flecken in seinem Gesicht um die Folgen eines Autounfalls handelte, drehte sie sich um und nahm aus einem Schlüsselkasten einen Schlüssel mit dem Anhänger *H. Hauschild*.

„Ich bin schlecht zu Fuß. Bringen Sie ihn wieder her, wenn Sie fertig sind." Sie händigte ihm den Schlüssel aus und schloss die Tür.

Das ganze Haus der Verstorbenen roch penetrant nach Katzen. Sämtliche Möbel waren ausgeräumt, bis auf einen kleinen Aktenschrank aus Blech, einigen billigen Holzstühlen, Kleinregalen und außer der Kücheneinrichtung sowie dem Doppelbett im Schlafzimmer. Hart brach kurzerhand den abgeschlossenen Aktenschrank mit dem Stiel einer stabilen Suppenkelle auf und begann planlos zwischen alten Zeitungen, Haufen von Fotografien die unsortiert in Schuhkartons lagen und anderem Papierkram herumzuwühlen. In einem Leitz-Ordner fand er etwas Interessantes.

Ein Dankschreiben des Deutschen Tierschutzbundes an Hanna Hauschild, für die großzügige Spende, die sich durch den Verkauf der Immobilie ergeben würde. Das Schreiben datierte vom April, also lange vor ihrem Tod.

Hart nahm den Brief heraus und setzte sich damit auf einen Küchenstuhl. Wenn er das richtig verstand, hatte Simbachs Tante den Hausrat und das Bargeld ihrem Neffen Alfred Simbach hinterlassen und das Haus selbst sollte nach ihrem Tod veräußert werden zu Gunsten des Tierschutzbundes. Er faltete das Schreiben zusammen und steckte es ein.

Im Wohnzimmer stand auf einem Hocker das Telefon. Hart überprüfte die Rufumleitung und stellte fest, dass nach einmal Läuten der Ruf auf eine Handynummer umgeleitet wurde. Er notierte die Mibilfunknummer und ging zurück zur Haustür. Neben der Tür hing genauso wie bei der Köster ein Schlüsselbrett. Einem Gefühl folgend schnappte er sich den kleinsten Schlüssel und schloss damit problemlos den Briefkasten auf, in dem ein älteres

Anzeigenblatt sichtbar steckte.

Er entnahm zwei kleine Kataloge, das Anzeigenblatt und zwei Briefumschläge. Die Werbung und die Zeitung tat er wieder in den Briefkasten; mit den Briefen ging er zurück in die Küche, Der eine Umschlag enthielt eine Rechnung der Telefongesellschaft mit der Nachricht, dass die Rechnungssumme von dem Girokonto auftragsgemäß abgebucht wurde. Das zweite Schreiben von einem Hamburger Kreditinstitut war an die Hausanschrift der Verstorbenen adressiert aber nicht an Frau H. Hauschild, sondern an Herrn A. Simbach.

Gespannt riss Hart den Umschlag auf. Die Bank teilte Simbach mit, dass auf Grund der Vorlage von Totenschein und beglaubigtem Testamentauszug das Sparkonto von Frau Hanna Hauschild aufgelöst wurde. Der beigefügte Kontoauszug zeigte die zuletzt abgehobene Summe von 21.550, 45 Euro. Hart pfiff leise durch die Zähne. Das Geld war nicht bar abgehoben worden, sondern auf ein Girokonto übertragen. Aufgeregt griff er nach der Telefonrechnung und verglich die Kontonummern. Sie waren gleich.

Hart eilte zum Briefkasten. Dann musste doch auch ein Kontoauszug vom Girokonto verschickt worden sein. Er nahm die Kataloge wieder heraus und blätterte sie einzeln durch. Tatsächlich war ein Brief des gleichen Kreditinstitutes in einen Katalog gerutscht.

Vor etwa vier Wochen wurde von diesem Girokonto ein Betrag in Höhe von 20.000 Euro auf ein Nummernkonto überwiesen. „Das ist es", murmelte er laut vor sich hin. Hastig steckte er auch diese beiden

Bankschreiben ein und verließ das Haus. Er brauchte bei Kösters nicht zu klingeln, Frau Köster erwartete ihn schon vor ihrer Haustür.

Hart bedankte sich artig bei ihr, sagte etwas über den unerträglichen Katzengeruch und dass seine Versicherung sich mit dem Neffen in Verbindung setzen würde und hetzte dann zu seinem Wagen. Er fuhr ein Stück weiter, um aus Sichtweite der Häuser zu kommen und hielt in einer Busbucht an. Bei laufendem Motor überdachte er die Bedeutung und Folgen seiner Erkenntnisse.

Der Geldtransfer auf ein Nummernkonto war noch lange kein Beweis, dass Simbach damit einen Killer bezahlt hatte, aber doch ein starkes Indiz. Der Höhe des Geldbetrages nach konnte es aber nur eine Anzahlung sein, denn ein guter Profikiller kostete seiner Überzeugung nach mindestens das Doppelte. Wenn das so war, stand Simbach noch mit der gleichen Summe, die er geerbt hatte, in der Schuld des Mörders.

Ein Blick in den Rückspiegel überzeugte Hart davon, dass kein Bus in Sicht war. Er stützte seinen Kopf in beide Hände und schloss für einen Moment die Augen. Das Gefühl, der Lösung ganz nahe zu sein, ließ seinen Puls merklich ansteigen. Filmartig ließ er die Ereignisse der letzten fünf Tage vor seinem geistigen Auge ablaufen. Als die Bilder der Festnahme von Simbach in der Villa Heumacher vorbeizogen, stoppte er plötzlich den Film. Er sah den Zettel aus Simbachs Portemonnaie. *Greetje 23.11.-23 Peperstraat.* Er hatte dem Zettel bisher keine Bedeutung beigemessen, weil er meinte, es handelte sich um das Geburtsdatum einer Greetje in der Peperstraat, wo immer das auch sein mochte. Eine Bekannte von Simbach.

Plötzlich, wie das Aufblitzen eines Küstenleuchtfeuers in stockfinsterer Nacht, kam ihm der Gedanke: - Könnte es sein, dass es sich um eine Verabredung handelte? Nicht das Geburtsjahr 23.11.1923 war gemeint, sondern der 23.11. um 23 Uhr. Der Bindestrich vor der 23 galt gar nicht der weggelassenen 19 als Jahrhundertangabe. Aus welchen Gründen auch immer hatte Simbach die Uhrzeit nicht ausgeschrieben.

Hart rief Claudia Dohrmann an und bat sie ohne lange Vorreden, den Namen *Greetje* zu googeln. Keine drei Minuten musste er warten, da meldete Claudia, dass zwar über eine Millionen Einträge zu finden seien, aber eine ganze Seite bezog sich allein auf ein Restaurant Greetje in der Peperstraat in Amsterdam.

Hart zuckte zusammen „Was hast Du gesagt? Greetje Restaurant in der Peperstraat in Amsterdam?"

„Ja"

„Das ist es. Ich liebe dich, Claudia. Du bist ein Schatz. Ich erkläre dir alles später und fahre jetzt nach Holland. Spätestens übermorgen bin ich wieder zu Hause."

„Muss ich mir Sogren machen, Rigidus? Bitte sei vorsichtig!"

„Bin ich. Ich melde mich, Claudia." damit beendete er das Gespräch.

Heute war Dienstag, der 23. November. Sollte das der Treffpunkt mit dem Killer sein, um die andere Hälfte des Mörderhonorars zu übergeben? Sicher war das nicht, denn Simbach hatte wahrscheinlich viele Kontakte in Holland. Behrends hatte zum Beispiel erzählt, dass auf Simbachs Fernrohr eine Firma aus den Niederlanden angegeben war.

Aber es passte dennoch alles wunderbar zusammen. Der flüchtige Simbach konnte sich gar nicht die Zeit nehmen, um lange Vorbereitungen eines erneuten Mordversuchs an Anna Heumacher zu treffen. Er musste am 23. November in Amsterdam sein. Deshalb seine Flucht zur holländischen Grenze. Behrends und er hatten mit ihren Überlegungen im Krankenhaus daneben gelegen. Und dann die vor dem Mord überwiesenen zwanzigtausend Euro auf ein anonymes Nummernkonto.

Auf jeden Fall war es einen Versuch wert, um vielleicht doch noch an den Killer heranzukommen. Schließlich hatte er den Auftrag von Anna Heumacher angenommen, alles zu versuchen, den Mörder zu finden.

Hart lenkte den Porsche auf die Straße. Seiner Einschätzung nach konnte er in viereinhalb bis fünf Stunden in Amsterdam sein. Zeit genug unterwegs zu tanken und Behrends die neuesten Erkenntnisse mitzuteilen. Wahrscheinlich müsste auch die Kripo von Amsterdam eingeschaltet werden.

Es war genau 15.45 Uhr

***

Das Essen hatte ganz hervorragend geschmeckt. Hart saß an einem Tisch am Fenster, nahe dem Tresen, mit Blick auf das Wasser. Kurz vo zweiundzwanzig Uhr hatte er das Restaurant *Greetje* erreicht und Glück gehabt, dass dieser Tisch gerade freigeworden war. Er schob den Teller zur Seite und lehnte sich bequem zurück. Die holländischen Kripobeamten, um die Behrends nachgesucht hatte, warteten auf der anderen Straßenseite in einem dunkelblauen Volvo. Hart konnte sie gut von seinem Tisch aus sehen.

Er bestellte noch einen Kaffee bei der netten jungen Bedienung. Es war kurz nach dreiundzwanzig Uhr. Das Kribbeln in seinem Bauch nahm zu.

Als die Servriererin ihm das Getränk brachte, kam noch ein später Besucher herein und nahm am Nachbartisch Platz. Das Lokal hatte sich mittlerweile bis auf wenige Gäste geleert.

Der Mann bestellte ein Wasser und fragte die Bedienung in schlechtem Englisch, ob jemand etwas für ihn abgegeben hätte. Sein Name sei Letchewsky. Die Bedienung erkundigte sich am Tresen und bedauerte dann, dass niemand etwas für ihn hinterlegt hatte.

Hart hatte den Dialog gespannt verfolgt. Der Mann, der den Namen Letchewsky genannt hatte, schaute auf seine Armbanduhr, trank das Glas Wasser leer und machte Anstalten, das Lokal zu verlassen. Hart stand auf und wandte sich ihm zu.

„Excuse me please, Sir. Are you looking for Mister Simbach?"

Als der Mann hochsah, erschrak Hart. Noch nie hatte er in so eiskalte Augen geblickt. „Ich kenne keinen Mister Simbach" antwortete Letchewsky in einem Englisch mit stark polnischem Akzent.

„Sorry" Hart drehte sich wieder seinem Tisch zu. Aus den Augenwinkeln sah er, wie die rechte Hand des Mannes in die ausgebeulte Seitentasche seines Sakkos glitt. Ein Schauder durchlief ihn, weil er dem Mann den Rücken zudrehte. Er setzte sich, nahm sein Handy und tippte die Rufnummer der Infoline seines Golfclubs ein. Nach zwei Freizeichen sagte er auf deutsch: „Hallo, Herr Simbach, tut mir leid, aber hier ist niemand, der auf etwas von Ihnen erwartet. - Okay, auf Wiedersehen." Er winkte der Bedienung.

„Ich muss dringend weg. Wenn jemand fragen sollte, ob ein Herr Simbach etwas für ihn abgegeben hat, richten Sie ihm bitte aus, dass Simbach erst morgen kommen kann. Und mir machen Sie bitte die Rechnung fertig." Hart hatte mit der Serviererin wieder englisch und so laut gesprochen, dass der Mann am Nachbartisch es hören konnte. Selbst wenn der Pole kein deutsch verstehen sollte, musste er mitbekommen haben, dass Hart mit Simbach telefoniert hatte.

Der Mann stand auf, legte einen Fünfeuroschein unter die Wasserflasche und verließ grußlos das Restaurant. Hart sah ihn am Fenster vorbeigehen. Er versuchte den Kripobeamten im Volvo ein Zeichen zu geben, aber die beiden zündeten sich gerade Zigaretten an und beugten sich zu einander, so dass sie ihn nicht bemerkten. Wütend darüber, dass damit die Chance den Polen zu observieren vertan war, nahm er sein Taschentuch, faltete es auseinander und griff sich damit das leere Wasserglas vom Nachbartisch. Augenzwinkernd quittierte er den entrüsteten Blick der jungen Frau, die gerade abräumen wollte und legte zu der Rechnungssumme ein großzügiges Trinkgeld. Ein breites, verständnisvolles Lächeln war der Dank. Hart blieb noch ein paar Minuten lang sitzen bevor er ging.

Draußen sah er sich unauffällig um. Von dem Polen keine Spur. Hart schlenderte auf die andere Straßenseite und vergewisserte sich nochmals, ob er beobachtet wurde. Dann trat er an das Fahrzeug der beiden holländischen Kripobeamten und reichte ihnen durch das Fenster das in sein Taschentuch gewickelte Wasserglas. Er wusste, dass beide gutes Deutsch sprachen.

„Das Glas bitte sofort auf DNA Spuren und sämtliche Fingerabdrücke untersuchen lassen" bat er sie. Der Beamte an der Beifahrerseite tat das Glas vorsichtig in eine Plastiktüte und bestätigte, dass das in Ordnung gehe. Hart erzählte den beiden, dass die Zielperson wahrscheinlich ein Pole mit dem Namen Letchewsky sei und das Lokal wenige Minuten vor ihm verlassen hatte.

„Leider haben Sie mein Zeichen nicht bemerkt, weil Sie sich gerade mit Ihren Zigaretten beschäftigt hatten" fügte er vorwurfsvoll hinzu. Die beiden Holländer setzten betretene Minen auf. „Tut uns leid" entschuldigte sich der Fahrer.

„Ich hoffe stark, dass der Pole morgen Abend hier wieder aufkreuzt" fuhr Hart fort „sonst gibt es richtig Probleme." Bedeutungsvoll sah er von einem zum anderen „Deshalb müssen alle kriminaltechnischen Untersuchungsergebnisse des Glases morgen bis zum Nachmittag vorliegen. Mit *vorliegen* meine ich vor allem den Vergleichsabschluss, ob die DNA von diesem Glas mit der übereinstimmt, die der deutsche Hauptkommissar Walther Behrends im Fall der Ermordung eines Bauunternehmers ermittelt hat. Dieser Letchewsky könnte ein Auftragskiller sein."

Hart wusste nicht genau inwieweit die holländischen

Behörden über Einzelheiten der Mordgeschichte in Kenntnis gesetzt worden waren. Er verspürte aber auch wenig Neigung, dies hier am Straßenrand nachzuholen.

„Sie wissen ja wo und wie Sie mich erreichen können. Gute Nacht." verabschiedete er sich kurz angebunden und marschierte zu seinem Porsche, den er nicht weit weg geparkt hatte.

Immer noch mächtig verärgert darüber, dass der Pole verschwunden war, ohne dass jemand wusste wohin, rief er Behrends an. Ausdrücklich hatte ihn der Kripochef darum gebeten. *Egal zu welcher Uhrzeit,* war seine Bitte gewesen. Hart hatte ihm nach Verlassen Hamburgs seine Entdeckung telefonisch mitgeteilt und gesagt, dass er im Auftrage Anna Heumachers jetzt nach Holland fuhr, um weitere Recherchen zur Klärung des Mordfalles durchzuführen.

Behrends zeigte sich alles andere als erfreut darüber, diese Recherchen im Ausland ohne Kenntnis der dortigen Polizeibehörden anzufangen. Letzlich verständigten sich beide darauf, dass er, Behrends, sich darum kümmern wollte, dass wenigstens zwei holländische Kripobeamte sich in der Nähe des Lokals zum Eingreifen bereithalten sollten. Hart war einverstanden gewesen.

Jetzt berichtete er Behrends, dass es ihm kalt den Rücken runtergelaufen sei als er die Augen dieses Mannes gesehen hatte. Und es müsste schon ein ganz unglaublicher Zufall sein, falls seine Interpretation von Simbachs Notiz zutraf, dass ausgerechnet genau zu dieser Zeit und an diesem Ort ein Unbeteiligter sich erkundigt, ob etwas für ihn hinterlegt worden ist.

„Nein, nein, Herr Behrends." beendete Hart seinen

Bericht an den Kripochef. „Ich bin überzeugt dem Berufskiller, den Simbach beauftragt hatte, gegenüber gestanden zu haben. Ihre Kollegen hier haben es vermasselt, den Mann zu observieren."

„In der Tat, unverzeihlich, aber auch unbeabsichtigt. Nur einen Moment Unaufmerksamkeit. Schade." ergriff Behrends Partei für die holländischen Berufskollegen.

„Ja, wirklich schade. Nur konnte ich mich nicht selbst an die Fersen dieses Mannes heften. Wenn der auch nur den geringsten Verdacht geschöpft hätte, dann wird er mit Sicherheit morgen Abend nicht wiederkommen. Der Mann ist durch und durch Profi. Und solche Leute haben einen besonderen Instuinkt dafür, wann Gefahr droht."

„Sie haben recht, Herr Hart, und völlig richtig gehandelt." nach kurzer Überlegungspause fuhr er fort „Wir können nur hoffen, dass der Mann morgen Abend wieder im *Greetje* auftaucht. Ich bin gespannt auf die Laborergebnisse der holländischen KTU. Sollten die DNA Übereinstimmung zeigen, schlagen wir noch im Restaurant zu. Ich werde alles mit der Amsterdamer Dienststelle in die Wege leiten."

„Okay. Warten wir ab. Und warnen Sie die hiesige Polizei, der Mann ist brandgefährlich. Bis morgen, schlafen Sie gut."

„Gute Nacht, Herr Hart."

***

Der Pole, den man im Killermilieu Doc nannte, ging bis zur nächsten Straßenecke, bog in die Seitenstraße und stellte sich in einen dunklen Hauseingang. Er blieb einen Moment abwartend stehen. Als niemand zu sehen war, ging er die Querstraße weiter und wiederholte das Manöver noch zweimal. Dann war er sicher, dass er nicht verfolgt wurde.

Der Kerl mit den blauen und grünen Flecken im Gesicht war wohl wirklich nur ein Bote seines Auftraggebers, von dem er nur den Namen kannte. Dass Auftraggeber und Killer sich nie persönlich kennen lernen, war ungeschriebenes Gesetz in den Kreisen und galt dem Schutz beider.

Ab dreiundzwanzig Uhr sollten die restlichen zwanzigtausend Euro in einem Päckchen auf den Namen *Leszek Letchewsky* hinterlegt worden sein. So war die Vereinbarung, die sein Verbindungsmann ausgehandelt hatte. Geldübergaben in Bahnhofsschließfächern oder ähnlichen Orten hatte der Pole stets abgelehnt. Zu risikoreich. Es gab immer wieder Idioten, die Schließfächer aufbrachen, weil sie sich interessante Beute versprachen oder es auch nur aus Vanadlismus taten, und deshalb wurden solche Einrichtungen häufig von Polizisten in zivil oder Privatunternehmen überwacht. Anderseits brauchte er Bargeld zum Leben. Das Nummernkonto war seine Altersversorgung.

Gut, dass er deutsch sprechen und verstehen konnte. So hatte er das Telefonat mitbekommen, das der lange Kerl mit Simbach geführt hatte. „Also morgen", murmelte er auf Polnisch. Er beeilte sich ein Taxi aufzutreiben. Sein Fünfsterne Hotel lag außerhalb des Centrums.

Den folgenden Tag hatte er überwiegend in einem Fitnessstudio verbracht, müde vom Krafttraining und einem ausgiebigen Abendbrot lag er noch eine Stunde auf seinem Bett bevor er sich fertig machte. Die neun Millimeter Ruger Pistole steckte er wieder in die rechte Seitentasche seines Sakkos. Man konnte nie wissen.

Sein Taxi setzte ihn zwei Straßen vor der Peperstraat ab. Den Rest ging er zu Fuß. Aufmerksam beobachtete er alles was sich auf der Straße und den Fußwegen bewegte. Eine Gruppe von fünf Personen kam ihm ausgelassen lachend entgegen. Sonst sah er keine Menschen Seele. Es war kurz nach dreiundzwanzig Uhr als er das *Greetje* betrat.

Erstaunt noch soviele Gäste zu dieser Nachtzeit hier anzutreffen setzte er sich an einen freien Tisch. Suchend, als erwarte er noch einem Bekannten, blickte er sich um. Bis auf eine Frau saßen nur männliche Gäste im Lokal. Keiner nahm Notiz von dem späten Gast. Auffallend gleichgültig nippten alle an ihren Getränken. Gegessen wurde nirgendwo mehr.

Instinktiv witterte er, wie ein Tier, Gefahr. Innerlich zum Zerreißen angespannt, stand er auf, ging langsam zum Tresen und fragte ob für einen Letchewsky etwas abgegeben worden sei. Der Mann hinter der Zapfanlage wischte sich die Hände an seiner schneeweißen Schürze ab, griff unter den Tresen und holte ein Päckchen in grauem Einwickelpapier hervor, das er vor dem Gast auf den Tresen legte.

„Please." Er drehte sich zur Seite und zapfte an dem Bier weiter.

Der Pole merkte, wie sich seine Nackenhaare hochstellten. Auf dem Päckchen klebte ein Adressenetikette mit der Anschrift: *Herrn Leschewski*. Sein Auftraggeber wusste hundertprozentig genau wie der Name *Letchewsky* geschrieben wurde. Auch der Vorname *Leszek* fehlte. Ohne äußerliche Regung im

Gesicht schob er das Päckchen ein Stück zurück und sagte: „I keep it later"

Damit schlenderte er, beide Hande in den Sakkotaschen vergraben, zu seinem Platz zurück.

Er spürte jetzt die Gefahr förmlich mit allen Fasern. Seine Rechte umfasste die Ruger in der Seitentasche fester. Das junge Mädchen von gestern Abend kam an seinen Tisch und fragte mit zitternder Stimme, was er zu trinken wünsche, die Küche habe um diese Zeit Feierabend.

„Water please" bestellte er. Das Mädchen drehte sich um und eilte in Richtung Tresen. Der Pole sprang auf, hatte mit zwei langen Schritten das Mädchen eingeholt, umfasste sie mit der Linken und hielt ihr die Pistole an die Schläfe.

Sämtliche Gäste im Lokal hielten plötzlich eine Waffe in der Hand ohne recht zu wissen auf was sie zielen sollten, denn der Killer hatte sich geschickt hinter der jungen Frau an die Wand gestellt. Dem erschreckten Aufschrei der Geisel folgte eine unheimliche Stille. Keiner regte sich. Die eiskalten Augen auf die anwesenden Polizisten gerichtet und ohne das geringste Zeichen einer Gefühlsregung im Gesicht flüsterte der Killer: „Put down!"

Zögernd legte zuerst einer, dann immer mehr die Waffe auf den Boden. Das Mädchen fest an sich gepresst machte der Killer einen seitlichen Schritt zur Eingangstür. Er versuchte sie mit dem Ellenbogen zu öffnen. Sie war abgeschlossen. Auch das zeigte keine Reaktion in seinem Gesicht. Ganz langsam schleppte er die junge Frau hinüber zum Tresen. Dann hob er kurz die Pisole an, zielte auf den Mann hinter der Zapfanlage und schoss. Die neun Millimeter Kugel traf den jungen Beamten am Kopf. Der spitze Schrei der Geisel ging in leises Wimmern über, als er den heißen Lauf der Pistole fest an ihren Kopf presste.

Die eisige Stimme des Polen übertönte das Wimmern der Frau, als er befahl, dass sich alle in der hinteren Ecke der Gaststube auf den Boden legen sollen.

Fieberhaft überlegte er, wie er fliehen konnte. Mit Sicherheit wurden alle Hinterausgänge und erdgeschossigen Fenster sowie die Toilettenräume überwacht. Er saß in der Falle. „Kurva" knurrte er und entschied sich, die Flucht nach vorn auf die Straße zu versuchen. Er winkte einen der am Boden liegenden Polizisten zu sich her. Pures Entsetzen zeichnete das Gesicht des Mannes, der auf allen Vieren angekrochen kam.

„Open the door" Der Mann richtete sich auf, um seinen Kollegen draußen ein Zeichen zu geben, die Tür aufzuschließen. In dem Moment wurde sie von außen aufgestoßen. Der drinnen stehende Polizist flog zur Seite und zwei oder drei Rauchbomben explodierten mitten im Raum. Sofort breitete sich ein beißender undurchsichtiger Qualm aus. Der Pole ging instinktiv in die Knie und schleuderte die junge Frau von sich. Blitzschnell robbte er zu der Wand mit den Toilettentüren. Der Rauch breitete sich so schnell aus, dass er nur tasten konnte um eine Türklinke zu finden. Hustend fand er endlich was er suchte und öffnete die Tür. Er wälzte sich durch und schlug sie mit dem Fuß sofort wieder zu, um den Qualm fernzuhalten. Keuchend und sich mit beiden Händen die tränenden Augen reibend blieb er in der Hocke. Als er blinzelnd versuchte, wieder etwas zu sehen, traf ihn der Schlag mit dem Lauf der Maschinenpistole so heftig am Kopf, dass er die Besinnung verlor.

Der Mann der Sondereinheit der Polizei packte ihn am Kragen und zog ihn in den rauchfreien Flur. Er nahm die Gasmaske ab und fesselte den Bewusstlosen mit einem Kabelbinder die Hände auf dem Rücken. Andere Polizisten kamen herein und transportierten den Polen ab.

In der späteren Nachbesprechung mit allen Einsatzkräften, an der auch Hart teilnehmen durfte, kam heraus, dass der Polizeibeamte hinter dem Tresen, einen nicht lebensgefährlichen Streifschuss abbekommen hatte. Die junge Frau, die der Killer als Geisel genommen hatte, litt unter einem schweren Schock.

Schon am frühen Nachmittag des Vortages stand für die ermittelnden Behörden in Deutschland und den Niederlanden fest, dass der DNA Vergleich positiv war. Das Blut an dem Nagel auf dem Speichergebäude stammte von dem Polen. Der Großeinsatz holländischer Polizeikräfte, einschließlich eines Kommandos der Anti-Terroreinheit war erfolgreich verlaufen.

Zeitfracht Medien GmbH
Ferdinand-Jühlke-Straße 7
99095 Erfurt, Deutschland
produktsicherheit@kolibri360.de